U0782385

世界著名作家短篇小说精选系列

左拉短篇小说精选

[法] 爱弥尔·左拉 著　郑克鲁 译

群众出版社
·北京·

图书在版编目（CIP）数据

左拉短篇小说精选／［法］左拉著，郑克鲁译．—北京：群众出版社，2017.10

（世界著名作家短篇小说精选系列）

ISBN 978 - 7 - 5014 - 5743 - 4

Ⅰ.①左… Ⅱ.①左… ②郑… Ⅲ.①短篇小说—小说集—法国—近代 Ⅳ.①I565.44

中国版本图书馆 CIP 数据核字（2017）第 225453 号

左拉短篇小说精选

［法］左拉 著 郑克鲁 译

出版发行：群众出版社

地 址：北京市丰台区方庄芳星园三区 15 号楼

邮政编码：100078

经 销：新华书店

印 刷：三河市书文印刷有限公司

版 次：2018 年 1 月第 1 版

印 次：2018 年 1 月第 1 次

印 张：8.25

开 本：880 毫米×1230 毫米 1/32

字 数：178 千字

书 号：ISBN 978 - 7 - 5014 - 5743 - 4

定 价：32.00 元

网 址：www.qzcbs.com

电子邮箱：qzcbs@sohu.com

营销中心电话：010 - 83903254

读者服务部电话（门市）：010 - 83903257

警官读者俱乐部电话（网购、邮购）：010 - 83903253

文艺分社电话：010 - 83901330 010 - 83903973

现实的深刻观察家左拉

郑克鲁

　　左拉被认为是十九世纪后期最重要的作家。一八四〇年生于巴黎，母亲是法国人，父亲是意大利人。左拉七岁时，当工程师的父亲去世了，家境艰难。一八五八年，全家离开南方的埃克斯，来到巴黎。左拉在毕业会考中遭到失败，失去读大学的机会。一八六二年，左拉进入阿舍特书局当雇员，不久当上广告部主任。同年十月，他入了法国籍。一八六四年，他开始发表作品，很快受到现实主义的影响。随后开始的长篇小说创作，展示了新的文学方向：注意从生理学去探索人物的心理活动。从一八七〇年开始，左拉进行《卢贡－马卡尔家族》（1870—1893）长达二十卷小说的创作，其中的《小酒店》（1876）、《娜娜》（1879—1880）、《萌芽》（1885）引起轰动，左拉成为与雨果齐名的大作家。左拉效法巴尔扎克，要反映第二帝国的变迁，包括政治演变、经济发展、罢工斗争、社会状况，规模宏大。左拉是自然主义的理论家和领袖，他的小说观

1

反映在《实验小说》（1880）和《自然主义小说家》（1881）等几部著作中。一八九七年，轰动全国的德雷福斯案件，引起了左拉的注意，他在《震旦报》上发表了致总统的长信《我控诉》，指名道姓地揭露当局指鹿为马、颠倒黑白的卑鄙伎俩，竟然遭到一年监禁和罚款三千法郎的判决。左拉不得不流亡到英国。直到一八九九年总统去世，左拉才得以回到法国，但到一九〇六年才恢复名誉。一九〇二年，左拉夫妇在家中因煤气中毒身亡。人民记得左拉的功绩，一九〇八年他的骨灰安放在先贤祠。

左拉的第一本书是个故事集《给尼侬的故事》，从此开始他的小说创作。他一生写过八十来部中短篇小说，收入八个集子，有七八十万字，不可谓不多，在鸿篇巨制《卢贡－马卡尔家族》之外占据了一个重要位置，所以在权威的"七星丛书"的左拉作品集五卷本中，第一卷就搜集了他的中短篇小说。其重要性由此可见。

左拉的短篇小说内容广泛，涉及政治、家庭生活、社会风俗、巴黎和各地的人情世故、人物素描、奇特的爱情和画家生活、童话故事、动物故事等，展现和影射了十九世纪下半叶法国的社会状况和光怪陆离的现实。从第一篇小说到最后一篇小说，前后经历了三十多年，贯穿了左拉一生的创作，在某种程度上补充和填补了《卢贡－马卡尔家族》缺失的东西，所以说，左拉的短篇小说在他的创作中是不可或缺的组成部分。

《磨坊之役》是左拉最著名的一部短篇小说，一般人只知道它被收入《梅塘之夜》（1880），在这个集子中，除了莫泊桑的《羊脂球》，就是这篇小说脍炙人口了。其实小说最初发表在一八七七年七月俄文的《欧罗巴信使报》上，次年又发表在法国的《改革报》上。在左拉的短篇小说中，也只有这一篇直接描写一八七〇年的普法战争。评论家认为左拉在小说中抨击了沙文主义，但不可否认，小说歌颂了民众的爱国情感。小说主人公们遭遇到的是猝然而至的悲剧，但是全篇却洋溢着英雄主义的高昂激情，显示了法国人民奋不顾身地保卫家园的优秀品质。

这部短篇小说集中有几篇以家庭生活、男女爱情为题。《苏尔蒂太太》是常常被人提起的一篇小说。表面看来，这写的是画家的才情和夫妇的关系。第一主人公苏尔蒂太太有绘画才能，虽然是女子，却想扬名于世。她的丈夫苏尔蒂尽管有突出才能却生性慵懒，而且淫荡，成名后疏于作画。他的工作逐渐由妻子代替，最后完全被她取代。这对画家夫妇的生活相当奇特，小说的魅力也来自于此。可以说，在艺术家之中，这种情况并非绝无仅有。左拉其实取材于小说家都德夫妇的原型。左拉虽然在一八八〇年就已经写出这部短篇小说，却直到都德去世以后才在《大杂志》上用法文发表。

《娜依丝·米库兰》是应屠格涅夫之约为俄国杂志写成的一部短篇小说。关于女人犯罪的题材左拉已经写过，如《苔蕾丝·拉甘》，这里又是一例。《为了一夜的爱》的女主人公苔蕾丝·德·马尔萨纳也是左拉笔下女罪犯中的一员。这个人物的性格与左拉的自然主义观点十分接近。轻的说她是歇斯底里的，重的说她的神经有毛病，或者说她有虐待男性的嗜癖。

左拉在早期的长篇小说中，就实验了法国生理学家克洛德·贝尔纳分析人扭曲心理的理论。苔蕾丝·德·马尔萨纳是一个心狠手辣的凶手，她不慎将其奶妈的儿子科龙贝尔杀死后，立即想到要利用钟情于她的小公务员于连，答应以身相许，让他把死尸扔进河里。于连的自杀解脱了她。小说没有细写于连为什么自杀，当然这不是小说要描写的重点。

《昂日丽娜》创作于左拉在德雷福斯案件中受到当局的迫害后不得不逃到英国的时期。一八九八年九十月间，他在英国的诺乌德写《昂日丽娜》。他的妻子让娜和孩子们在八月十一日来到他身边，一直到十月十五日。到英国后的头几个星期，左拉感到孤独和烦闷。他开始构思新的长篇小说。妻子走后，《昂日丽娜》也就写成了，结尾是乐观的。左拉当时住在"潘"这幢租来的房子里，经常骑自行车消遣。他注意到一幢被废弃的房子，听到了一个小女孩儿被继母杀害的故事，孩子父亲的精灵每夜坐车来招魂。左拉很感兴趣，想详细了解情况。① 不过，最后他把故事放在了巴黎附近，而且只保留了原有情节的框架，作了不少改动。这是左拉最后一部短篇小说。由神秘的闹鬼故事，变为一个正常的生活变迁故事：突如其来的悲剧，化为重新生活，开始新的篇章。前面符合左拉避居到英国时的精神阴郁状态，后面符合左拉回到国内重新开始正常生活的现实状态。

---

① 维兹泰利：《同左拉一起在英国》，伦敦，查托和温德斯出版社，1899 年，第 122—123 页。

《雅克·达木尔》是左拉涉及巴黎公社的一个短篇小说。十九世纪七十年代末，法国社会发生了一些变化，对公社社员的态度有所改变。左拉始终同情下层人物，在多部作品中描绘了他们的生活。在最初写作《巴黎之腹》时，他的手稿（1872）就多处提到巴黎公社：一个流放者，人们以为已经死了，却回到巴黎。即使在后来的长篇《崩溃》中，也写到流血的一周。以上种种，和《雅克·达木尔》是一脉相承的。左拉对工人生活的关注，使他写出像《小酒店》、《萌芽》这样轰动一时的长篇小说。尽管如此，《雅克·达木尔》仍然是独立存在的。主人公是个普通人，他被政治席卷而去，不知为什么而战斗，甚至连贝吕也不是一个引人堕落者。当然，我们不能苛求左拉去高度评价巴黎公社，甚至他在小说中通过路易丝贬低公社社员是作为一种障眼法。总体而言，左拉能够写出一个被流放的公社社员的不幸经历，还是值得称道的。

　　左拉从同情下层人民发展到对他们赞颂。《铁匠》的产生源于左拉一八六八年住在贝纳库的马蹄铁匠勒瓦塞家里，不过发挥了想象。左拉在贝纳库并没有住上一年，也不是为了康复身体。在叙述者眼前呈现的劳动者具有极其强健的体魄，他巍然挺立，就像一尊米开朗基罗塑造的雕像。他热爱自己的工作，一天要干上十四个小时。他知道自己不是简单地锻造犁铧，他是在造福于这一带。农田作物的丰收应该归功于他。他为此感到骄傲。他的形象的意义在于，他摆脱了周围那些庸俗的甚至卑劣的人，可以说他是一个纯粹的人，他使叙述者治愈了懒惰和多疑的毛病，在精神上进入一个新境界，所以受到叙述者的敬仰。《穷人的妹妹》尽管是个童话故事，但其内涵也是对穷人纯良品质的赞颂。

左拉也擅长讽刺幽默。《猫的天堂》、《陪衬女》和《广告受害者》是三篇讽刺小说。《猫的天堂》接近寓言。一定的如意是以一定的限制为陪衬的，这是一条生活的哲理，从猫的感受是否可以得出这个道理呢？《陪衬女》的构思别出心裁。左拉对主人公杜朗多的独特"本事"似褒实贬，字里行间包含着辛辣的嘲讽和贬斥。《广告受害者》则更具有现实意义。在左拉生活的时代，做过出版社广告部主任的他，已经看到广告常常出现的弊病，恨不能口诛笔伐，可想他也曾深受其害。

左拉创作的短篇小说的内容取材多种多样。从自身经历去撷取题材自然是最直接的，《铁匠》、《昂日丽娜》就是根据自身经历改写而成的。有的是从身边发生的事，加以观察，改变人物的身份而写成一篇故事，《苏尔蒂太太》就属于这一类。有的从历史事件产生的影响去构思，《雅克·达木尔》、《磨坊之役》是从自己的观点出发，加以思考，对历史事件做出的反映。有的是看到别人的著述，结合自己的文学主张，从中阐发而成，如：《为了一夜的爱》是看了意大利冒险家、作家卡萨诺瓦（1725—1798）有名的《回忆录》，受到启发；《广告受害者》是看了菲拉雷特·沙斯勒的《旅行、哲学和美术》，里面写到有一个人忠实地按广告去做，用直流电疗法去治风湿病而丧失了生命。此外，有的小说是凭借左拉的想象力构想出来的，《穷人的妹妹》、《猫的天堂》、《陪衬女》显而易见归入这一类。

左拉有不少短篇小说首先发表在俄文刊物上。左拉在十九世纪七十年代中期以后，声誉大增，作品传到国外，俄国读者对他的作品很感兴趣。从一八七五年至一八八〇年，左拉给《欧罗巴信使报》提供作品。《为了一夜的爱》于一八七六年十月发表在《欧罗巴信使报》上，次年七月给了法国的《宇宙回声》。《磨坊之役》是一八七七年七月首先发表在《欧罗巴信使报》上的，次年才发表在法国的《改革报》上，此后还发表于其他报刊，最后收入《梅塘之夜》。《娜依丝·米库兰》按屠格涅夫的意见，写成一首"田园牧歌"，一八七七年九月发表在《欧罗巴信使报》上。《苏尔蒂太太》最早发表在一八八〇年四月的《欧罗巴信使报》上，直至一九〇〇年五月才见诸法国的《大杂志》。这四篇小说篇幅都很长，情节较为曲折，内容紧密结合法国的现实和风情，对外国人尤其有吸引力。

左拉的短篇小说有不少在后来写出的长篇小说中有进一步的发挥和变异。《雅克·达木尔》对工人的关注在《萌芽》中有所延续，在他后期的小说《崩溃》中有更深入的发展。同样，《磨坊之役》描写的是小规模的战斗，《崩溃》对战争的描写有了更大的发展。《为了一夜的爱》中的自然主义因素在左拉的早期小说中已见端倪，随后的长篇小说有更集中的描写，突出的如《小酒店》、《家常事》、《人兽》等。继《铁匠》之后，《小酒店》、《萌芽》中描写的工人形象有很大的变化和发展，虽然观察的角度和对工人的评价已有很大出入，但他们之间的不同表现了工人形象的各个侧面。在某种程度上，短篇小说的描写引发了左拉对题材更为广泛的思考。

　　十九世纪的法国短篇小说，经过梅里美、司汤达、巴尔扎克、福楼拜、巴尔贝·多尔维利（1808—1889，著有中短篇小说集《恶魔故事》）、戈比诺（1816—1882，著有短篇小说集《亚洲故事集》）、维利埃（1838—1889，著有《残酷的故事》及其续集），以及都德和莫泊桑，已经达到极致境界。左拉虽然不以短篇小说为代表作品，但是也留下了一些佼佼之作，可以列入优秀的短篇小说家之列。

目　录

磨坊之役①

一

　　在那个美丽如画的夏天傍晚，梅尔利埃老爹的磨坊沉浸在

---

① 1877年6月13日，左拉写信给《欧罗巴信使报》主编斯塔苏莱维奇："这次是一部短篇小说，1870年入侵时最激动人心的插曲之一。我尽力向您的读者谈谈战斗，我们的朋友屠格涅夫对我说过，俄国所有人的思想都转向那边。"小说在《欧罗巴信使报》上发表时，附了一个导言："这里，我要给你们叙述一个发生过的故事，是我听到一个见证人讲述的发生过的真实故事。这是关于1870年入侵的一个插曲。眼下，战争的声音在欧洲覆盖了一切，因此我要谈谈战争。一篇文学研究，一篇巴黎生活的记述，显示的是这一切，这是真实的，虽然在大炮轰响时非常平淡。"

喜庆宴请之中。院子里已放上三张桌子，一溜儿摆到底端，等待着宾客。当地人全都知道，这一天应是梅尔利埃的女儿弗朗索瓦丝和多米尼克订婚。多米尼克这个小伙子，大家都指责他好吃懒做，但是方圆三法里①之内，女人都目光灼灼地望着他，他长得多帅啊！

梅尔利埃老爹这座磨坊是一个真正的乐园。它处在罗克勒兹的正中心，大路在这儿拐弯。村子只有一条街、两排破房子，路的每一边是一排，但是拐弯处草地延伸出去，沿着莫雷尔河生长的大树，葱蔚涸润，覆盖到山谷的底部。在整个洛林地区，没有一个比这里更加悦人眼目的大自然角落了。左右两边，浓密的树林，百年的大树，缓缓地升上山坡，以一片海洋般的绿波填满了天际；而南边呢，平野开阔，肥沃丰饶，一片片田地无限伸展，被绿茵茵的篱笆分隔开。不过，尤其令罗克勒兹迷人的，还是七八月间最燠热的日子里绿荫廊下的凉爽。莫雷尔河从加尼树林奔泻而下，在树叶下流出好几法里，仿佛携带着树叶的阴凉；它带来了森林的簌簌声、冰凉而令人沉思的绿荫。它绝非是唯一的阴凉：各种各样的水流在树林下面歌唱；每走一步，泉水都喷涌而出；沿着狭窄的小径走去，会感到地下湖水穿透了青苔，利用树根和岩石间细小的裂隙，汩汩地涌出晶莹的喷泉。这些泉水的潺潺声多处升起，那么响亮，盖住了灰雀的鸣啭。令人真以为是身处迷人的公园，四处都有瀑布落下来。

---

① 一法里约合四公里。

下面，牧场是潮湿的。巨大无比的栗树洒下黑影。草地边，白杨组成的长排屏幕，将沙沙作响的帷幔罗列成行。有两条大道栽种着巨大的梧桐，树冠超过田野，朝向如今已经坍塌的加尼古城堡。在这片不断灌溉的地方，草过度地生长，宛若在树木繁盛的两道山坡之间的花坛，不过是天然的花坛，牧场就是草坪，大树勾画出巨大的花篮饰。晌午的太阳垂直射下来时，树荫发出幽蓝色，照亮的草丛在炎热中沉睡，凉风在枝叶下面掠过。

梅尔利埃老爹的磨坊正是在这儿用它的嘎吱声，使野地里的绿色草木一角显得生机盎然。这座用灰泥和木板盖成的建筑，似乎像世界一样古老。它一半浸在莫雷尔河中，河水在这儿形成一泓清澈的池水。这里安置了一道水闸，水从几米高处落在磨坊的轮子上，轮子转动时嘎吱嘎吱地响，象一个忠心的老女仆犯气喘病的咳嗽声。有人建议梅尔利埃老爹换掉轮子，他摇摇头说，新轮子会更加懒惰，而且不会那么熟悉干活儿。他用所有落在手里的东西修补这个旧轮子，桶板啦、生锈的废铁啦、锌皮啦、铅块啦。轮子显得更加欢快，它的侧影变得古怪，全部用青草和苔藓装饰起来。银色的水拍击它的时候，它就挂满了珍珠，只见它奇特的躯体上好像挂着一串螺钿的项链，熠熠闪光。

磨坊浸在莫雷尔河中的那一部分，模样像搁浅在那儿的一条蛮荒时代的古舟。建筑的很大一部分建在木桩上。河水进入地板下面，地板有一些窟窿，这些窟窿在当地很有名，可以从中捕捉鳗鱼和大虾。落水形成的池子犹如镜子一样清澈，在轮子还没有用泡沫搅浑水的时候，可以看到一群群大鱼像船队一样慢悠悠地游动。一根断了的梯子插入河中，靠近一根拴着一条小船的木桩。一条木头走廊架在轮子上方。开了几扇窗子，但开得很不规则。这是由墙角、小块墙面、后来增添的建筑、木梁和屋顶乱凑在一起的，给磨坊一副拆毁了的古城堡的外貌。但是常春藤在蔓延，各种各样的攀援植物堵住了太大的裂缝，如同给这座老房子披上了一件绿斗篷。从这儿经过的小妞儿，把梅尔利埃老爹的磨坊画在她们的画册上。

在大路那边，房子比较结实。一个石头砌的大门开向大院子，沿着左右两边，是车棚和马厩。一口井边，一棵巨大的榆树浓荫遮住了半个院子。尽里面，房子二层楼上的四扇窗子列成一排，一个鸽舍高耸其上。梅尔利埃老爹的别出心裁，就是每隔十年把房子的正面粉刷一遍。这会儿它正好被粉刷过，当太阳在中午照亮磨坊的时候，房子把全村人都照得眼花缭乱。

二十年来，梅尔利埃老爹是罗克勒兹的村长。大家尊敬他是因为他善于经营，挣下了一份产业。据说他有八万法郎，是一个铜板又一个铜板积攒起来的。他娶了玛德莱娜·吉亚尔，她给他带来作为嫁妆的磨坊，而他除了两条手臂什么也没有。可是玛德莱娜从不后悔自己的选择，他多么擅长果断地料理家事啊。而今妻子已经故去，他始终是个鳏夫，同女儿弗朗索瓦丝生活在一起。无疑，他本来可以休息，让磨坊的轮子沉睡在苔藓中，可是那样他就会百无聊赖了，房子对他来说就会是死屋。他始终工作，为的是娱乐。梅尔利埃老爹这时是个身材高大的老人，安详的长脸，从来不笑，但内心仍然是很快活的。

大家选他为村长，是由于他有钱，也是因为他在主持婚礼时会摆出一副讨人喜欢的面孔。

弗朗索瓦丝·梅尔利埃刚过十八岁。她不被看作村里的一个漂亮姑娘，因为她很瘦弱。直到十五岁，她甚至还是很丑。在罗克勒兹，大家不明白，梅尔利埃夫妇两人都非常健壮，他们的女儿却身体很差，模样也不尽如人意。但在十五岁，她虽然还很娇弱，却有一张世上最娟秀的小脸蛋儿。她的黑头发、黑眼睛，衬得面孔红扑扑的；一张嘴笑口常开，脸颊上有酒靥，清秀的额角仿佛戴上阳光的冠冕。尽管在当地人看来瘦骨伶仃，其实她并不瘦，远非如此。你尽管简单地断言，她扛不起一袋面粉，但随着年龄增长，她长得很丰满，最终变得像鹌鹑一样圆滚滚的，秀色可餐。她父亲长期的沉默寡言使她从小就很懂事。她一直笑盈盈的，是为了让别人高兴。其实她是很庄重的。

全村的年轻人自然而然都追求她，更多的还是因为她的钱，而不是因为她可爱。她最终选中了一个，使全村人啧有烦言。莫雷尔河对岸，有一个小伙子，人称多米尼克·庞盖。他不是罗克勒兹人。他来自比利时，为了继承他伯父的遗产，十年前来到了这里。他伯父在加尼树林的边上有一份小小的产业，正好面对磨坊，距离有几个射程远。据他说，他来是为了卖掉这份产业，然后回家乡去。可是看来这里使他着迷，因为他不再动窝。大家看到他种自己那块地，收获一些蔬菜，维持生活。他捕鱼，他打猎，有好几次，守林人差点儿抓住他，对他提出起诉。农民们不能解释这种自由生活靠什么来源，最后给他一个恶名，朦胧地说他是个偷猎者。他很懒散，因为常常看到他在应该干活儿的时候躺在草地上睡大觉。他居住的那间破房子，在几棵树下，也不像一个正经的年轻人的住所。他可能跟加尼废墟的狼群有来往，这丝毫不会令老女人们吃惊。年轻姑娘有时大胆地护着他，因为他长得很英俊。这个来历不明的人很灵活，像一棵白杨那样高大，皮肤非常白皙，金黄的胡子和头发在阳光下有如黄金。一天早上，弗朗索瓦丝向梅尔利埃老爹宣称，她爱多米尼克，她永远不会同意嫁给另外一个小伙子。

可以设想，梅尔利埃老爹这一天是怎样挨了当头一棒！按照他的习惯，他一言不发。他的脸在沉思，不过，他的眼睛里没有显露出内心的快乐。他们赌气一个星期。弗朗索瓦丝也是凛然正气。使梅尔利埃老爹心烦气躁的是，他想知道这个偷猎者坏蛋是怎么迷住他的女儿的。多米尼克从来没有来过磨坊。磨工窥探，发现这个情郎在莫雷尔河那一边，躺在草地上，佯装睡觉。弗朗索瓦丝从她的房间里可以看到他。真相大白了，他们应该是通过磨坊轮子上方眉来眼去，这样爱上对方的。

一个星期过去了。弗朗索瓦丝变得越来越板着脸。梅尔利埃老爹始终噤若寒蝉。一天晚上，他悄悄地把多米尼克带来。弗朗索瓦丝正在摆桌子。她不显得惊讶，她只满足于多加上一副餐具；只不过她脸上的小酒窝重新凹陷出来，她的笑容重新出现了。早晨，梅尔利埃老爹到树林边的破屋子中找到多米尼克。两个男人在那里谈了三个小时，门窗都关紧。从来没有人知道他们可能说些什么。可以断定的是，梅尔利埃老爹出来时已经把多米尼克看作他的儿子。无疑，老人感到这个躺在草地上让姑娘们爱上的懒鬼，是一个正直的小伙子。

整个罗克勒兹的人众说纷纭。女人们待在门口没完没了地谈论梅尔利埃老爹干的傻事，说他把一个无赖引到家里。他听凭别人去说。或许他想起自己的婚姻。当他娶上玛德莱娜，得到这座磨坊时，也是没有一个子儿，但这并不能阻止他成为一个好丈夫。再说，多米尼克开始卖力地干活儿，断绝了别人说闲话，村里人都赞不绝口。恰好磨坊的雇工抽中签去服兵役，多米尼克根本不想让他们再去雇人。他扛麻袋，赶大车，遇到老轮子要让人设法使它转动时，还要跟它搏斗，这一切是真心实意去做，大家都想来看个热闹。梅尔利埃老爹暗暗在笑。他很自豪摸透了这个小伙子的心思。没有什么比爱情更能让年轻人鼓足勇气了。

在所有这些繁重劳动中，弗朗索瓦丝和多米尼克很少交谈，只是柔情缱绻地互相望着。至今，梅尔利埃老爹只字不提婚姻；他俩尊重这种沉默，等待老人示意拍板。末了，有一天，将近七月中旬，他让人在院子里摆了三张桌子，就在大榆树下，他邀请罗克勒兹的朋友们晚上来同他喝一杯。院子里坐满了人，大家手中握着杯子时，梅尔利埃老爹高高举起他的杯子说：

"我高兴地向你们宣布，弗朗索瓦丝一个月以后，在圣路易节那天，将嫁给这个年轻人。"

于是大家叮当地碰杯，笑逐颜开。梅尔利埃老爹提高声音又说：

"多米尼克，拥吻你的未婚妻吧。这是规矩。"

他俩红着脸接吻，这时来宾笑得更欢了。这是一个真正的喜庆日。大家喝光了一小桶酒。随后，只留下一些亲密的朋友，平静地谈天说地。黑夜降临，这是一个繁星满天、明亮的夜晚。多米尼克和弗朗索瓦丝坐在一条长凳上，互相靠近，一声不吭。一个老农谈起战争，说皇帝已向普鲁士宣战。① 村里所有的小伙子已经出发。头天晚上，还有队伍经过。就要硬拼一场了。

"罢了！"梅尔利埃老爹带着一个心满意足的人怀有的自私说，"多米尼克是外国人，他不会去打仗的……如果普鲁士人来了，他会在这儿保护他的妻子。"

普鲁士人可能来的想法，显然是一个实实在在的玩笑。法国人要狠狠地揍他们一顿，战争会很快结束。

"我已经领教过他们，我已经领教过他们。"老农用低沉的声音一再说。

一阵沉默。接着大家又碰了一次杯。弗朗索瓦丝和多米尼克充耳不闻；他俩在长凳后面轻轻地握着手，别人看不见，他们觉得这是多么温馨，就一直待着，目光迷失在黑暗的深处。

美丽的夜晚是多么暖人心窝啊！村庄在泛白的大路两旁沉睡，好似孩子静静地睡着。除了一只醒得太早的公鸡的啼鸣，什么也听不见。从附近的大树林降下悠长的气息，仿佛抚摸一

---

① 指 1870 年至 1871 年的普法战争，第二帝国的皇帝是路易·波拿巴（1808—1873），拿破仑的侄子。

样掠过屋顶。牧场带着一片片黑影，有着神秘而沉思的威严，而所有在黑暗中冒出的泉水和小溪，宛如沉睡中田野清凉而有节奏的呼吸。磨坊的老轮子沉入梦乡，不时像边打鼾边吠叫的老看门狗在做梦；它吱嘎地响，自言自语，受到泻落的莫雷尔河的摇晃；河水发出管风琴的管子里飘逸而出的连续乐声。没有更加宽广的宁静，降落到大自然更幸福的角落里了。

二

一个月以后，正好在圣路易节的前夜，罗克勒兹处在惊恐不安之中。普鲁士人打败了皇帝①，一个星期以来，在大路上经过的人宣布普鲁士人来了："他们在洛米埃尔，他们在诺维尔。"听说他们接近得这样快，罗克勒兹人每天早上都以为他们从加尼树林下来。可是他们根本没来，这样使人更加惶恐不安。他们准定会在夜里扑到村子里，把所有人杀个精光。

前一天夜里，天快亮的时候，有过一场虚惊。居民们听到大路上人声鼎沸，醒了过来。女人们已经跪在地上画十字。这时有人谨慎地打开一点儿窗子，认出是红裤子。这是法军的一个支队。队长马上要见村长，他和梅尔利埃老爹交谈过以后，留在磨坊里。

这一天，旭日升起，喜气洋洋。中午会很热。树林上面飘

---

① 1870年9月2日，普鲁士人在色当全歼了法军，拿破仑三世举起白旗投降，他成了俘虏。第二帝国垮台，导致第三共和国成立。9月18日，巴黎被围困。

浮着一片金黄色的光芒，而低洼处的牧场上面，升起一片白雾。明净亮丽的村子在凉爽中醒来，田野、河流和泉水，像花束一样湿漉漉地妩媚。但这美丽的一天却没有让任何人露出笑脸。大家刚刚看到队长绕着磨坊转圈，观察附近的房子，又到了莫雷尔河对岸，从那里用望远镜观察地形。梅尔利埃老爹陪着他，仿佛在作解释。随后，队长将士兵设防在墙和树丛后、洞穴里。支队的主力驻扎在磨坊的院子里。就要打仗了吗？当梅尔利埃老爹回来时，大家询问他，他一言不发，只是使劲点了一下头。是的，就要打仗了。

弗朗索瓦丝和多米尼克在院子里望着他。他最后从嘴上取下烟斗，简单地说了这一句：

"啊！可怜的孩子们，明天我不能给你们主持婚礼了！"

多米尼克闭紧嘴唇，额头上呈现出一道愤怒的皱纹，不时踮起脚，眼睛盯住加尼树林上方，仿佛他想看到普鲁士人。弗朗索瓦丝脸色刷白，十分严肃，来回蹀躞，给士兵们供应他们需要的东西。他们在院子的一个角落里喝汤，等待吃饭时说着笑话。

队长显得很高兴。他参观过房间和朝向河流的磨坊大厅。现在他坐在井边，同梅尔利埃老爹谈话。

"您这儿有一座真正的堡垒，"他说，"我们能坚持到今天傍晚……这些强盗耽搁了。他们本应来到这儿。"

磨坊主人保持庄重。他看到自己的磨坊像一支火把一样燃烧。但是他并不抱怨，认为这于事无补。他仅仅开口说：

"您应该把小船藏在轮子后面。那儿有一个洞可以容纳……指不定小船会有用。"

队长下了一道命令。他是一个四十来岁的俊美汉子，身材魁梧，面孔讨人喜欢。看到弗朗索瓦丝和多米尼克好像使他很高兴。他关注他们，仿佛忘了战斗即将来临。他用目光追随弗朗索瓦丝，他的神态明显在表明，他感到她很迷人。然后，他转向多米尼克：

"小伙子，您没有入伍吗?"他突然问道。

"我是外国人。"年轻人回答。

队长似乎并不欣赏这个理由。他眨巴眼睛，微笑着。和弗朗索瓦丝斯守在一起，比和大炮斯守，显然要干心多了。于是，多米尼克看到他微笑，加了一句：

"我是外国人，但是我能在五百米以外打中一个苹果……瞧，我的猎枪就在您身后。"

"猎枪会对您有用。"队长简单地回答。

弗朗索瓦丝走了过来，有点儿瑟瑟发抖。多米尼克不考虑旁边有人，握住她向他伸过来的手，她仿佛是要得到他的保护。队长又微笑起来，但是他没有多说一句话。他仍然坐着，军刀夹在双腿之间，目光迷茫，好似在遐想。

眼下已经十点钟。炎热得灼人。一片沉闷的寂静。院子里，在车棚的阴影下，士兵们已经开始喝汤。村子里没有传来任何响声，村民们都把房子的门窗紧闭。一条孤零零的狗在路上吠叫。树林和附近的牧场，被热气熏得令人昏眩，从中发出遥远的拖长的声音，那是分散的风汇合而成的。一只布谷鸟在啁啾。然后，沉寂更加扩展了。

在这沉睡的空气中，突然响起一声枪响。队长猛地站起身来，士兵们放下还剩一半汤的汤盆。在几秒钟内，所有人都站到战斗岗位上，磨坊从下到上都布满了人。队长来到大路上，什么也没有看见；大路左右两边空无一人，白茫茫地伸展开去。传来第二声枪响，始终什么也没有，不见一个人影。但他回过身来时，在加尼那边两棵树之间看到一缕烟，如同一根游丝飞升而起。树林仍然幽深、宁静。

"这些坏蛋已经钻进森林里了，"他喃喃地说，"他们知道我们在这里。"

于是，驻守在磨坊四周的法国士兵和躲藏在树木后面的普鲁士人之间，继续响起枪声，越来越密集。子弹在莫雷尔河上方呼啸而过，双方都没有任何伤亡。枪声不规则，从树丛里发出；始终只看到轻烟，被风吹得柔软地摆动。这样持续了将近两个小时。军官满不在乎地哼着曲子。弗朗索瓦丝和多米尼克待在院子里，踮起脚来，从一堵矮墙上方望去。他们对一个守在莫雷尔河边上的小个子士兵特别感兴趣。这个士兵趴在地上窥视，不时放枪，然后滑进稍后一点儿的一个壕沟里，为了再装子弹。他的动作是那样滑稽，那样狡黠，那样灵活，看到他的人不由得要微笑。他大概看到有个普鲁士人的脑袋，因为他猛然站起来，把枪抵在肩上，但在开枪之前，他叫了一声，翻身倒在沟里，像一只刚被宰杀的小鸡那样，痉挛然后僵直了。小个子士兵刚刚当胸挨了一粒子弹。这是第一个死去的人。弗朗索瓦丝本能地抓住多米尼克的手，神经质般地捏紧了。

"不要待在那里，"队长说，"子弹会打到这儿。"

果然老榆树上发出一声脆响，一段树枝晃了厂晃，掉了下来。可是这两个年轻人没有动，被这令人焦虑的场景钉在那里。在树林边上，一个普鲁士人冷不丁从一棵树后出来，仿佛从后台转出来一样，他的双臂在空中拍打，翻身倒了下去。什么动静也没有了，两个死人仿佛在大太阳下睡着了，在闷热的田野上始终看不到人。噼啪的枪声停止了，唯有莫雷尔河潺潺的流水声。

　　梅尔利埃老爹吃惊地望着队长，仿佛在问他是不是战斗结束了。

　　"马上要大打一场了。"队长低声说，"小心，别待在这儿……"

　　他还没有说完话，就响起吓人的齐射。大榆树好像被刀割似的，落下的树叶飞旋而下。幸亏普鲁士人射得太高。多米尼克连拖带拉把弗朗索瓦丝弄走了，梅尔利埃老爹尾随着他们喊道：

　　"你们躲到小地窖去，那里的墙结实。"

　　但他们没有听他的话，他们进了大厅，有十来个士兵在默默地等待。护窗板关上了，他们通过缝隙张望。队长单独留在院子里，蹲在矮墙后面，这时疯狂的齐射接连不断。他设置在外边的士兵只是逐步让出地盘。在敌人迫使他们从躲藏的地方撤出时，他们一个接一个爬回来。他们得到的命令是拖延时间，绝不要暴露自己，不让普鲁士人知道他们面前有多少兵力。又一个小时过去了。一个中士进来，说是外面只剩下两三个人了。军官掏出表来，喃喃地说：

"两点半……还必须坚持四个小时。"

他吩咐关上院子的大门，准备进行一次有力的抵抗。由于普鲁士人在莫雷尔河对岸，用不着担心马上有一次攻击。有一座桥在两公里以外，但是他们肯定不知道这座桥的存在，难以相信他们会涉水过河。因此军官只是派人监视大路，全部兵力都用来对付田野那边。

枪声又停止了。磨坊在大太阳下仿佛死去了。没有一扇护窗板打开，没有一点儿声音从里面冒出来。普鲁士人逐渐出现在加尼树林边缘。他们探出头来，变得大胆了。在磨坊里，好几个士兵已经把枪抵在肩上，但队长喊道：

"不行，不行，等一下……让他们走近。"

他们小心翼翼，疑虑重重地望着磨坊。这座古老的建筑，寂然无声，阴沉沉的，常春藤像帘幕一样，让他们忐忑不安。可是他们在前进。他们在对面的牧场上有五十个人时，军官一声令下：

"打!!"

顿时响起了猛烈的射击，零星的枪声接踵而至。弗朗索瓦丝浑身哆嗦，不由自主地用双手捂住耳朵。多米尼克在士兵背后望着；当硝烟有点儿消失时，他看到三个普鲁士人仰面躺在草地中央。其他人闪到柳树和白杨后面。围攻开始了。

在一个多小时里，磨坊被子弹打得像筛子一样。子弹有如冰雹似的打在老朽的墙上，碰到石头，可以听见子弹炸开后落到水里的声音；钻进木头，发出沉闷的响声。有时，咔嗒一声，表明轮子刚被打中。磨坊里的士兵爱惜子弹，只在能够瞄准时才放枪。队长时不时看表。当一颗子弹打碎一块护窗板，嵌进天花板时，他喃喃地说：

"四点钟。我们再也守不住了。"

确实，可怕的枪战逐渐使老磨坊颤抖起来。梅尔利埃老爹不时暴露身体，去看看他可怜的轮子的损坏程度。轮子上的咔嗒声，一直戳到他的心里。这回它真是完蛋了，他再也无法修理。多米尼克恳求弗朗索瓦丝退出去，可是她想司他待在一起。她坐在一只橡木大柜后面，大柜保护着她。但一颗子弹打在大柜上，侧板发出低沉的响声。于是，多米尼克站在弗朗索瓦丝前面。他还没有放过枪，枪抓在他手里，无法接近窗口，窗子全部被士兵占满了。每开一枪，地板都震动一下。

"当心！当心！"队长突然喊道。

他刚刚看到黑压压的一群人从树林里出来，旋即闪出一阵可怕的火光，犹如龙卷风掠过磨坊。另一扇护窗板脱落了，子弹通过窗子张开的口射进来。两个士兵滚到地上。一个纹丝不动，被人推到墙边，因为他碍事。另一个扭曲身子，请求别人结果了他，可是别人根本不听他的话，子弹不断射进来，人人都小心提防，尽力找到一个枪眼还击。第三个士兵被打伤了，一声不响，滚到一张桌子边，眼神呆滞而慌张。面对这些伤亡，弗朗索瓦丝吓坏了，机械地推开椅子，想靠墙坐在地上。她以为那里占的地方更小，不那么危险。士兵们把房子里所有的垫子都搬来，堵住一半窗口。大厅里一片狼藉，满地破碎的武器和洞穿的家具。

"五点钟，"队长说，"坚持住……他们就要设法过河了。"

这时，弗朗索瓦丝叫了一声。一颗子弹弹跳回来，刚刚擦过她的额头。几滴血冒了出来。多米尼克望着她，然后走近窗口，放了第一枪。他欲罢不能了，装子弹，开枪，不关注身边发生的事，只是他不时看一眼弗朗索瓦丝。他不慌不忙，仔细瞄准。普鲁士人沿着白杨树过来，打算渡过莫雷尔河，就像队长先前所预料的那样。不过，只要他们之中有一个人敢冒险，就被多米尼克的一颗子弹打得倒栽葱。队长对此十分赞赏。他夸这个年轻人，对他说，如果像他这样有能耐的射击手多一些，他就乐开花了。多米尼克没听他说话。一颗子弹划破他的肩膀，另一颗子弹挫伤他的手臂。而他始终在射击。

又死了两个人。垫子被撕扯烂了，再也堵不住窗口。最后一阵齐射仿佛要把磨坊席卷而去。阵地再也守不住了。但是队长一再说：

"坚持住……还有半个小时。"

现在，他计算着还有几分钟。他曾向他的上级答应挡住敌人，直到傍晚，在他决定撤退的时间之前，他不会后退一步。他保持可爱的神态，对弗朗索瓦丝笑容可掬，为的是让她安心。他自己捡起一个死去的士兵的枪，射击起来。

大厅里只剩下四个士兵了。普鲁士人大批出现在莫雷尔河对岸，显而易见，他们会随时过河。又过去了几分钟，队长胶柱鼓瑟，不肯下令撤退，这时一个中士跑来说：

"他们在大路上，抄了我们的后路。"

普鲁士人该是发现了桥。队长掏出表来。

"还有五分钟，"他说，"他们在五分钟之内不会到这儿。"

随后，六点整，他终于同意让他的部下从一扇通向小巷的小门撤出去。他们从那儿扑向一条壕沟，到达索瓦尔树林。队长在临走之前，恭恭敬敬地向梅尔利埃老爹行礼，对他道歉。他甚至说：

"哄他们高兴……我们会回来的。"

多米尼克独自待在大厅里。他始终在射击，什么也没有听到，什么情况也不了解。他只感到需要保卫弗朗索瓦丝。士兵们走了，他却一点儿没觉察到。他在瞄准，每枪都撂倒一个。冷不防传来一阵嘈杂声。普鲁士人从后面刚冲进院子，他放了最后一枪，他们朝他扑过去，而他的枪还在冒烟呢。

四个人抓住他。其他人在他周围用可怕的语言咒骂。他们差点儿当场把他扪死。弗朗索瓦丝扑向前，苦苦哀求。一个军官进来了，让人把俘虏松开。他和士兵们用德语说了几句，然后向多米尼克转过身来，用十分纯正的法语狠狠地对多米尼克说：

"两个小时后，要枪毙你。"

三

这是德军参谋部的一条规定：但凡不属于正规军、手持武器的法国人，一律枪决，甚至非正规军的独立部队也不被看作交战的一方。德国人这样可怕的规定，是为了对付保卫家园的农民，是想阻止他们成群地揭竿而起。

军官是个高大而干瘪的汉子，五十来岁，对多米尼克做了简短的审问。虽然他能说十分纯正的法语，但是他有一种完全普鲁士式的生硬。

"你是本地人吗?"

"不是,我是比利时人。"

"为什么你拿起武器? 这一切跟你应该无关啊。"

多米尼克不回答。这时,军官看见弗朗索瓦丝脸色煞白地站着倾听。在她白皙的脑门上,轻伤画出一条红道。他逐个看了看这两个年轻人,显然明白了,他仅仅加了一句:

"你不否认开过枪吧?"

"我只要能够做到就开枪。" 多米尼克平静地回答。

这个口供其实是用不着的,因为他被火药熏得乌黑,浑身是汗,身上有几点血迹,是从他肩膀的伤口流出来的。

"好," 军官又说,"过两个小时,你要被枪毙。"

弗朗索瓦丝没有叫喊。她双手合十,在无声的绝望中举起手来。军官注意到这个动作。两个士兵把多米尼克带到旁边的一个房间里,他们要在那里看守他。少女跌坐在一把椅子上,双腿像断了似的。她哭不出来,她憋气。军官一直在观察她,最后对她开了口:

"这个小伙子是你的哥哥吗?"他问。

她摇摇头。他仍然板着脸,没有一点儿笑容,沉默了一会儿。

"他住在本地很久了吗?"军官问。

她点点头。

"那么他应该很熟悉附近的树林了?"

"是的,先生," 她说,有点儿吃惊地望着他。

他不再说什么，用后跟转了个身，要求把村长给他带过来。弗朗索瓦丝站了起来，脸上泛起一点儿红晕，以为明白了他问话的目的，重新恢复希望。她亲自去找她的父亲。

枪声一停止，梅尔利埃老爹就急忙从木走廊下来，去察看他的轮子。他宠爱他的女儿，对他未来的女婿多米尼克也真切地喜爱，但他的轮子在他的心中也占有很重要的位置。既然这两个孩子安然无恙地脱离了这场战事，他便想起了另外一个心爱之物，它可是吃足了苦头。他俯在巨大的木头架子上，难过地察看它的累累伤痕。五片翼板被打得粉碎，中央架子也打得满是窟窿。他把手指塞在弹孔里，看看有多深；他思索怎样才能弥补这些损伤。弗朗索瓦丝看到他已经用碎屑和苔藓堵上裂缝。

"爸爸，"她说，"他们找您。"

她终于哭了，对他诉说她刚才听到的话。梅尔利埃老爹摇摇头。不该这样枪毙人。必须去看看。他回到磨方里，神态平静，默默无言。当军官要求他提供部下的粮食时，他回答，罗克勒兹人不习惯受到粗暴对待，如果使用暴力，那就从他们那里什么也得不到。他负责一切，但条件是让他单独行事。军官先是对这种沉静的语气显得生气，随后，他面对老人干脆的简短话语作了让步。甚至又叫他回来，问他：

"对面这些树林，你们是怎么称呼的？"

"索瓦尔树林。"

"有多大？"

磨坊主人凝视着他。

"我不知道。"他回答。

说完他走开了。一小时后，军官索取的粮食和作为战争赔偿的金钱，放在磨坊的院子里。黑夜来临，弗朗索瓦丝忧心忡忡地注视着士兵们的举动。她没有远离关押多米尼克的那个房间。将近七点，她有揪心的激动。她看到军官走进关押俘虏房的屋子里，有一刻钟，她听到他们的声音从屋内传来。过了一会儿，军官又出现在门口，用德语下命令，她听不懂。当十二个人在院子里排成一行，手举着枪时，她感到一阵战栗，感到自己要死了。一切都完了，处决就要发生。十二个人待在那里有十分钟，多米尼克的声音继续以坚决拒绝的声调升起。末了，军官走了出来，气呼呼地关上门，说道：

"好吧，你考虑一下……我让你考虑到明天早上。"

他做了个手势，让那十二个人撤走。弗朗索瓦丝惊诧莫名。梅尔利埃老爹继续抽烟斗，带着平淡的好奇神态望着这一小队士兵，走过来带着父亲的慈祥挽住她的手臂，把她带到她的房间里。

"放心吧，"他对她说，"睡个好觉……明天，天亮时我们再看。"

他抽身出来，谨慎地把她关在里面。他的观点是，女人什么事也派不上用场，当她们关注一件严肃的事时，她们会弄糟一切。但弗朗索瓦丝没有睡觉。她在自己的床上坐了很久，谛听房子里的动静。德国兵驻扎在院子里，又唱又笑，又吃又喝，该是十一点钟了，吵闹一刻也没有停过。在磨坊里，沉重的脚步声不时响起，是哨兵在换岗。但令她感兴趣的是，她能够在自己卧室听到下面的那个房间里的声音。有好几次她趴在地上，将耳朵贴住地板。这个房间正好就是关押多米尼克的屋子。他准是从墙边走到窗口，因为她长时间听到他踱步的有规则的声音；随后，是一片沉寂，他无疑坐下了。嘈杂声停止了，一切沉沉入睡。她觉得房子里的人入梦时，尽可能轻轻地打开窗户，趴在窗口上。

外边，黑夜宁静、温馨。弯弯的月牙落在索瓦尔树林后面，宛若守夜灯的光照亮了田野。大树拉长的影子黑黪黪地横亘在牧场上，而草地在无遮盖的地方有一种绿丝绒的柔和。可是弗朗索瓦丝没有停留在黑夜神秘的魅力中。她审视田野，寻找德国人应在这一边设置的哨兵。她看清他们沿着莫雷尔河分段矗立的影子。只有一个哨兵在磨坊前面，在河流对岸，靠近一棵柳树，柳树的树枝浸到水中。弗朗索瓦丝完全分辨出这个哨兵。这是一个高大的小伙子，站着一动不动，仰面朝天，神态像牧人在沉思。

她这样仔细观察过这片地方以后，回来坐在她的床上。她坐了一个小时，深深地陷入思索中。随后她又倾听起来：房子里没有一点儿动静。她回到窗口，望了一眼。月亮还有一个尖角露在树林后面，她觉得碍事，因为她又得继续等待。她觉得时机终于来了。夜晚黑漆漆的，她再也看不到对面的哨兵，田野像一池墨汁那样展开。她竖起耳朵听了一会儿，下定了决心。有一架铁梯在窗子附近，铁横杆嵌在墙上，从轮子升到顶楼，以前给磨工用作检查某些构件的，后来机器改变了，梯子早就消失在覆盖住磨坊这边的浓密的常春藤下面。

弗朗索瓦丝勇敢地跨过窗台上的栏杆，抓住一根铁横杆，开始爬下去。她的裙子非常碍事。突然，一块石头离开墙面，落在莫雷尔河中，溅出响亮的水声。她停住了，吓得身子冰凉。但她明白，河水落下，发出连续的隆隆声，盖住了她发出的响声。于是她更大胆地爬下去，用脚摸索常春藤，确定每一级梯子。当她到了和关押多米尼克那间屋子的高度时，她停了下来。一个意想不到的困难差点儿使她失去全部勇气：下面房间的窗子不规则地开在她的房间窗子下面，离开了梯子。她伸出手去，只碰到墙壁。难道她只好再爬上去，不把她的计划进行到底吗？她的手臂疲惫了，她身下莫雷尔河的流水声开始令她头昏。于是，她从墙上掰下小块的灰泥，扔到多米尼克的窗上。他没有听到，兴许他睡着了。她仍然抠墙壁，擦破了手指。她筋疲力尽了，觉得要仰面摔下去，这时多米尼克终于轻轻地打开窗子。

　　"是我，"她低声说，"你快拉住我，我要掉下去了。"

　　她这是第一次用"你"称呼他。他探出身子，抓住她，把她拉进屋子。进屋后她泪如滂沱，压住呜咽声，不让人听见。随后，她尽最大努力平静下来。

　　"有人看守您吗？"她悄声问。

　　多米尼克看到她这样，吃惊不已。他指着门口，简单地做了个动作。门外传来呼噜声，看守熬不住了，大概靠着门睡在地上。

　　"必须逃走，"她急迫地说，"我来是为了请求您逃走，并和您道别。"

但他似乎不听她说话。他一再说：

"怎么，是您啊，是您啊……噢！您让我担心死了！您会摔死的。"

他抓住她的手吻着。

"我多么爱您啊，弗朗索瓦丝！……您既勇敢又善良。我只有一种担心，就是死前再也见不到您……您就在这里，他们可以枪杀我了。只要我和您一起度过一刻钟，我就心满意足了。"

他逐渐把她拉到身边，她把头靠在他的肩膀上。危险使他们接近。他们在拥抱中忘却一切。

"啊！弗朗索瓦丝，"多米尼克用柔情的声音又说，"今天是圣路易节，是我们盼望的结婚之日。什么也不能把我们分开……不是吗？此刻是我们婚礼的早晨。"

"是的，是的，"她一再说，"结婚的早晨。"

他们哆哆嗦嗦地交换了一个吻。但是她猝不及防地挣脱开来，残酷的现实摆在他们面前。

"必须逃走，必须逃走，"她结结巴巴地说，"一刻也不要耽搁。"

他在黑暗中伸出手臂，要重新抱住她，她又用"你"来称呼他：

"噢！我求求你，你听我说……如果你死了，我也活不成。再过一个小时，天就要亮了。我希望你立马走掉。"

她迅速地解释她的计划。铁梯一直通到轮子下面，到了那里，他可以借助翼板，来到放在小洞的小船里。他很容易到达对岸逃走。

"可是那边应该有哨兵吧?"他说。

"对面的柳树下只有一个哨兵。"

"一旦他看见我,一旦他想喊叫呢?"

弗朗索瓦丝哆嗦起来。她将带下来的一把刀塞到他手里。悄然无声。

"您的父亲和您呢?"多米尼克又说,"不行,我不能逃走……我不见了,这些士兵说不定要杀害你们……您不了解他们。他们曾向我提议,如果我同意在索瓦尔树林给他们带路,就会饶恕我。如果我不见了,他们什么事都干得出来。"

少女并没停止争论,她对他提出的所有理由仅仅回答:

"出于对我的爱情,逃走吧……多米尼克,如果您爱我,就不要在这儿多待一分钟。"

随后,她答应再爬回她的房间去。他们不知道她帮助过他。她最后把他搂在怀里吻他,以一股不同寻常的热情说服他。他呢,屈服了。他只提出一个问题:

"请对我发誓,您的父亲知道您的行为,也劝我逃走吗?"

"是我父亲派我来的。"弗朗索瓦丝大胆地回答。

她在撒谎。此刻,她只有一个迫切的需要,就是知道他安然无恙地逃脱。等他走远了,所有的不幸可能落到她身上;只要他活着,她就会好受一些。她的柔情出于自私,她想让他活着。

"好吧,"多米尼克说,"我就照您说的去做。"

他们不再说话。多米尼克去开窗。可是,冷不丁有个声音使他们浑身冰凉。门在摇动，他们以为有人在开门。显然，巡逻队听到了他们的声音。他们俩站着，抱在一起，在难以形容的不安中等待着。门重新在摇动，可是没有打开。他们都憋住一口气；他们刚刚明白，这一准是在门口横陈的那个士兵在翻身。果然寂静恢复，鼾声又响起来。

多米尼克坚决要弗朗索瓦丝先爬上去，回到她的房间里。他把她搂在怀里，跟她无言地道别。然后，他帮她抓住铁梯，随后他也在攀爬。但是，在知道她回到卧室之前，他拒绝爬下一级梯子。弗朗索瓦丝回到房里以后，吹气似的轻声落下来：

"再见，我爱你！"

她趴在窗口，竭力追随多米尼克的动作。黑夜始终墨黑一片。她寻找哨兵，却看不到他，唯有柳树在黑暗中形成淡淡的一个斑点。过了一会儿，她听见多米尼克的身体顺着常春藤移动的窸窣声。然后轮子咔嗒一下，轻微的水声表明年轻人刚刚找到小船。一分钟以后，她果然分辨出莫雷尔河灰色的水面上小船暗黑的外形。于是，可怕的不安又抓住她的咽喉。她时刻以为听到哨兵报警的喊声；散布在黑暗中的轻微响声，她都觉得仿佛是士兵急促的脚步、武器的碰撞和子弹上膛的声音。但时间在慢慢过去，田野保持凌驾一切的平静。多米尼克应该靠近对岸了。弗朗索瓦丝再也看不见什么。岑寂是肃穆的。她听到顿足声、暗哑声、沉闷的跌倒声。随后，寂静又变得更加深沉。这时，她有如感到死神经过，面对浓黑一片的夜晚，周身冰凉。

四

天刚发白，喊声便撼动了磨坊。梅尔利埃老爹过来打开弗朗索瓦丝的房门。她下楼来到院子，脸色苍白，却很沉静。但是面对一个普鲁士士兵的尸体时，她打了一个寒噤，这个士兵躺在井边一件摊开的披风上。

士兵们在尸体周围指手画脚，声嘶力竭地愤怒吼叫。他们之中有好几个向村子那边挥舞拳头。军官刚把梅尔利埃老爹叫来，因为他是村长。

"这是我们的一个人，"他说，气得声音都憋住了，"我们发现他死在河边……我们需要杀一儆百，我打算让您帮助我们找到凶手。"

"一切听便，"磨坊主冷静地回答，"只不过，这不是很容易。"

军官弯下腰，把盖住死者面孔的披风下摆掀开。于是可怕的伤口露了出来。哨兵在咽喉上挨了一刀，凶器还留在伤口上。这是一把黑柄的厨刀。

"看看这把刀，"军官对梅尔利埃老爹说，"也许它对我们的调查有帮助。"

老人吓了一跳，但他马上镇定下来。他回答时，脸上的肌肉一动不动：

"在我们乡下，大家都有一样的刀……指不定您的人打仗厌倦了，才自己动手干这种事。这很有可能。"

"住口！"军官愤怒地嚷道，"我不知道是什么拦住我，没有把村子都放火烧光。"

　　幸亏他怒火中烧，没有注意到弗朗索瓦丝的面孔大为变样。她不得不坐在井旁的石凳上。她的目光不由自主地盯着躺在她脚下的这具尸体。这是一个高大英俊的小伙子，像多米尼克一样，金发碧眼。这种想象使她翻肠绞肚。她设想死者或许在德国那边留下一个恋人，伤心饮泣。她在死者的咽喉认出自己那把刀。她要了他的命。

　　士兵们跑过来时，军官说要以严厉的措施打击罗克勒兹人。他们刚刚发现多米尼克逃走了。这引起沸反盈天。军官来到现场，从打开的窗口看出去，恍然大悟，怒气满腔地回来了。

　　梅尔利埃老爹显得对多米尼克逃跑十分不满。

　　"傻瓜！"他喃喃地说，"他把一切都弄糟了。"

　　弗朗索瓦丝听见他的话，忧心如焚。她的父亲却没有怀疑她是同谋。他摇摇头，低声对她说：

　　"这下我们可糟啦！"

　　"是这个坏蛋！是这个坏蛋！"军官嚷道，"他会跑到树林去……必须把他找回来，否则，全村人要替他顶罪。"

　　然后他对磨坊主说：

　　"哼，您肯定知道他藏在哪里吧？"

　　梅尔利埃老爹不动声色地笑了笑，指着连绵起伏、长满树木的山丘。

　　"您在这里面怎么能找到一个人呢？"他说，'噢！一定有一些洞穴是您知道的。我会给您十个人。您带领他们去。"

27

“我很乐意。不过，我们需要一个星期，才能找遍附近的所有树林。”

老人的淡然处之激怒了军官。他实际上也明白这样瞎找是可笑的。这时，他发现石凳上的弗朗索瓦丝脸色苍白，瑟瑟发抖。少女的焦虑不安引起他的注意。他看看磨坊主，又看看弗朗索瓦丝，沉吟了一会儿。

“难道这个男人，”他终于猝不及防地问老人，“不是您女儿的情人吗?”

梅尔利埃老爹变得脸色发青，大家以为他就要扑向军官，把他掐死。他挺直顶住，不作回答。弗朗索瓦丝双手捂住了脸。

“是的，就是这样，”普鲁士人继续说，“是您或者您的女儿帮助他逃走。你们是他的同谋……最后一次问您，您是否愿意把他交给我们?”

磨坊主没有回答。他转过身去，望着远方，仿佛军官没有对他说话。这使军官怒火冲天。

“那好吧，”他宣布，“您要代替他被枪毙。”

他又一次向行刑队发出命令。梅尔利埃老爹保持着冷漠态度。他仅仅耸了一下肩，他觉得这场戏庸俗低级。无疑，他不相信就这样轻易地枪毙一个人。等到行刑队来到时，他庄重地说:

“那么，是当真的了?……我很乐意。如果您硬要杀一个人，我和别人都一样。”

但弗朗索瓦丝慌乱地站了起来，期期艾艾地说:

"行行好，先生，不要伤害我的父亲。我顶替他，杀了我吧……是我帮助多米尼克逃走的。只有我一个人有罪。"

"住嘴，"梅尔利埃老爹嚷嚷道，"你为什么撒谎？……她通宵关在她的卧室里，先生。她撒谎，我向您保证。"

"不，我没有撒谎，"少女情真意切地说，'我从窗户下来，我怂恿多米尼克逃走……这是真相，唯一的真相……"

老人脸色变得煞白。他从她的眼中清楚地看出她没有撒谎，这件事吓得他惶恐不安。啊！这些孩子，他们勇气可嘉，却把一切都弄糟了！于是他发起火儿来。

"她真是疯了，别听她的话。她对您胡说八道……得，了结事情吧。"

她还想争辩。她跪下来，双手合十。军官平静地看着这场痛苦的斗争。

"天哪！"他终于说，"我认定您的父亲，因为我抓不住另外一个……想办法抓住另外一个吧，您的父亲就会自由。"

她望着他，眼睛由于这个残酷的提议而睁大了。

"这真可怕，"她咕哝着说，"眼下您叫我到哪里找到多米尼克呢？他走了，我一无所知。"

"说白了，选择吧。要他还是要您的父亲？"

"噢！天哪！我能选择吗？即便我知道多米尼克在哪儿，我也不能选择啊！……您是在割我的心哪……我宁愿立马死掉。是的，不如早一点儿了结。杀了我吧，求求您，杀了我吧……"

又是求死又是眼泪的场面，终于使军官不耐烦了。他大声说：

"闹够了！我愿意发善心，我同意给您两个小时……如果过两个小时您的情人不在这里，您的父亲就为他偿命。"

他叫人把梅尔利埃老爹带到曾经关押多米尼克的那间屋子里。老人要了烟草，吸起烟来。在他冷漠的脸上，看不出任何激动情绪。只不过，剩下他一个人的时候，他一面抽烟，一面哭泣，大颗泪珠慢慢地滚落在他的脸颊上。他可怜的珍爱的孩子，她多么痛彻心扉啊！

弗朗索瓦丝待在院子中间。普鲁士士兵嘻嘻哈哈地走过。有几个冲她说话，开着玩笑，但她不明白。她望着父亲刚才进去的那道门，缓慢地把手抬到额角上，仿佛要阻止脑袋炸裂。

军官又说一遍：

"您有两个小时，要好好利用。"

"您有两个小时"，这句话在她的脑子里嗡嗡响。她信步走出了院子，向前走去。到哪儿去？干什么？她甚至都不想作出一个决定，因为她感到自己的努力归于无用。但她倒是想见多米尼克。他们俩可以商量，说不定会想到一个办法。她的脑子乱成一团，她来到莫雷尔河边，从闸门下面穿过一个地方，那里大石头成堆。她的脚把她带到牧场角上第一棵柳树下。她弯下腰时，看到一摊血，脸都吓白了。就是在这里。她沿着多米尼克在草里踩踏的足迹走去。他准是奔跑过，可以看到牧场上斜着踩出一串宽大的步子。再走一段她就失去了他的踪迹。可是在邻近的草地上，她以为又找到了踪迹，这一直把她引到树林边缘，在那里一切征象都消失了。

弗朗索瓦丝还是进入了树林。单独一个人使她感到轻松些。她坐了一会儿。想到时间在流逝，她又站了起来。她离开磨坊有多长时间了？五分钟？半小时？她不再有时间概念。也许多米尼克会藏在她熟知的一片矮林里，有个下午，他们一起在那里吃过榛子。她走到矮林里，观察了一遍。只有一只乌鸫飞起，唱着又甜蜜又忧愁的曲子。这时她想到他会躲进一个岩洞里，他有时埋伏在那里打猎，但岩洞里空荡荡的。何必找他呢？她不会找到他，但想找到他的愿望逐渐使她情绪激动，她走得更快了。他大概爬上树的想法突然来到她脑子里。从这时起，她向前走时眼睛抬起来。为了让他知道她就在他身边，她每隔十五步到二十步就呼喊他。布谷鸟在回应，一阵风从树枝间掠过，使她以为他在那儿，爬下来了。甚至有一次，她以为看见了他。她止住脚步，喘不过气来，想逃之夭夭。她会对他说什么？难道她来是为了带他回去，让人枪毙吗？噢！不，她决不会说这种话。她会喊着叫他逃走，不要待在附近。随后，想到在等她的父亲，她心如刀割。她倒在草地上，一面哭泣，一面高声地说：

"天哪！天哪！为什么我在这儿？"

她来这儿真是发疯。仿佛一阵恐惧袭来，她奔跑，竭力跑出树林。她三次找错地方，以为自己再也找不到磨坊了。这时她来到一块牧场边，对面就是罗克勒兹村。她一看到村子，便停住脚步。她要独自回去吗？

她站在那儿，这时一个声音轻轻地叫她：

"弗朗索瓦丝！弗朗索瓦丝！"

她看到多米尼克在一条壕沟边伸出头来。公正的天主啊！

她找到他了！莫非老天爷要他死吗？她忍住了叫声，让自己也滑进壕沟里。

"你在找我吗？"他问。

"是的。"她回答，脑袋嗡嗡响，不知道自己在说什么。

"啊！出什么事了？"

她垂下眼睛，嗫嚅着说：

"没什么事，我心里不安，我想看见你。"

于是，他安下心来，向她解释，他不想远离。他为他们担心，这些普鲁士坏蛋很可能拿女人和老人报复。以为最后一切顺顺当当，他笑着说：

"婚礼再过一星期举行，如此而已。"

由于她心事重重，他又变得严肃了。

"你怎么啦？你对我隐瞒了什么事？"

"没有，我向你发誓。我跑了好一阵来的。"

他搂住她，说是再谈下去对他和她来说都是不谨慎的。他想沿着沟往上走，进入树林。她拽住他。她瑟瑟发抖。

"听着，兴许你还是待在这儿好……没有人找你，你丝毫不用害怕。"

"弗朗索瓦丝，你对我隐瞒了什么事？"他又说一遍。

她重新发誓说什么事也没有瞒他。只不过，她想知道他在她附近。她又结结巴巴说出一些别的理由。他觉得她这样古怪，以至如今他会拒绝远离。再说，他相信法国人会回来，有人已经看到索瓦尔那边有部队。

"啊！但愿他们快点儿来，尽可能早地来到这儿！"她热烈地细语说。

这时，罗克勒兹的钟楼敲响了十一点的钟声。钟声传来，既清脆又清晰。她惊惶地站了起来，她离开磨坊已经有两个小时了。

"你听，"她说得很快，"如果我们需要你，我会出现在我的房间里，挥动我的手帕。"

她奔跑着走了，这时多米尼克忐忑不安，躺在沟沿上，在查看磨坊。弗朗索瓦丝快回到罗克勒兹村时，遇到老乞丐蓬当老头儿，他熟悉当地所有人。他向她打招呼，他刚看到磨坊主待在普鲁士人中间。他画着十字，嘴里嘟囔着不连贯的话，继续走他的路。

"两个小时已经过了。"军官在弗朗索瓦丝出现时说。

梅尔利埃老爹在那儿，坐在井旁的石凳上。他始终在抽烟。少女重新哀求，哭泣，跪下。她想争取时间，看到法国人回来的希望在她心中增大了。在她声泪俱下的时候，她以为听到了远方一支军队整齐的脚步声。噢！如果他们出现，如果他们解救出他们，那该多么好啊！

"请听我说，先生，一个小时，再过一个小时……您可以再给我们一个小时吗？"

但是军官不肯迁就。他甚至命令两个士兵抓住她，把她带走，为了平静地执行对老人的死刑。这时，在弗朗索瓦丝的心中进行了一场可怕的搏斗。不，不，她愿意同多米尼克一起去死。她朝自己的卧室冲去，这时，多米尼克本人走进了院子。

军官和士兵们发出一阵胜利的叫声。但他呢，仿佛那儿只有弗朗索瓦丝似的，他冲向她，沉静而严肃。

"这样不好，"他说，"为什么您不把我带回来？只得让蓬当老头儿把事情告诉我……我终于来啦。"

五

三点钟。大片乌云慢慢布满天空，附近有雷雨的尾声。这昏黄的天空，这青铜色的云絮破片，将太阳下喜气洋洋的罗克勒兹山谷变成充满阴影的危险场所。普鲁士军官只是把多米尼克关起来，没有说要怎样处置他。从中午起，弗朗索瓦丝在忧心如焚中痛苦欲绝。虽然她父亲一再相劝，她还是不愿意离开院子。她在等待法国人。但是时间消逝，黑夜快要来临，所有争取到的时间看来都不能改变可怕的结局，她感到格外痛苦。

普鲁士人在做出发的准备。不久前，军官像昨天一样，和多米尼克共处一室，弗朗索瓦丝明白，要决定年轻人的生死了。于是，她双手合十，祈祷起来。梅尔利埃老爹在她身边，保持老农对命运不作斗争的无言的刻板态度。

"噢！天哪！噢！天哪！"弗朗索瓦丝嘟囔着说，"他们就要杀死他……"

磨坊主把她拉到身边，让她像个孩子一样坐在自己的膝头上。

这时，军官出来了，在他身后两个士兵押着多米尼克。

"决不答应，决不答应！"多米尼克嚷道，"我已准备死去。"

"好好考虑一下，"军官又说，"您拒绝为我效劳，别人也会干的。我让您活命，我很宽大……只不过需要您把我们带到蒙特尔东。应该有小路。"

多米尼克不再回答。

"那么，您是死硬到底了？"

"杀掉我吧，让我们做个了结。"他回答。

弗朗索瓦丝双手合十，在远处恳求他。她把一切丢在脑后，竟然建议他做怯懦的事。但梅尔利埃老爹抓住她的双手，不让普鲁士人看到发狂女人的手势。

"他做得对，"他小声说，"宁愿死掉。"

行刑队就在那里。军官等待多米尼克软弱下来。他始终打算让他决定带路。一时沉默。远方传来隆隆的雷声。田野里热得简直要闷死人。正是在沉默中响起一个喊声：

"法国人！法国人！"

确实是他们。在索瓦尔的大路上，在树林边，可以看到一长串红裤子。磨坊里产生了一阵不同寻常的骚动。普鲁士士兵奔跑起来，带着喉音很重的呼喊。

"法国人！法国人！"弗朗索瓦丝拍着手喊道。

她像疯了一样。她刚刚摆脱了父亲的拥抱，她在欢笑，手舞足蹈。他们可算来了，他们及时赶到，多米尼克还在那里站着呢！

一阵可怕的火光，有如霹雳一样在她耳边炸响，使她回过神来。军官低声说：

"首先，把这件事给办了。"

他亲自把多米尼克推到车棚的墙上，下令开枪。弗朗索瓦丝回过身时，多米尼克已倒在地上，胸部被十二颗子弹洞穿。

她没有哭，她怔住了。她的眼神变得呆滞，她走过去坐在车棚下离尸体几步路的地方。她望着他，不时做一个孩子般的朦胧手势。普鲁士人抓住了梅尔利埃老爹，当作人质。

这是一场鏖战。军官迅速布置好战斗任务，但他明白无法且战且退。他要以昂贵的代价付出自己的生命。现在是普鲁士人守卫磨坊，法国人来攻打。枪战以难以想象的激烈程度开始。在半小时中，枪战没有停止过。随后传来沉闷的爆炸声，一颗炮弹把百年榆树的主枝干炸掉了。法国人有大炮。炮兵阵地正好架在壕沟上面，多米尼克曾在壕沟里躲藏过。炮弹在扫荡罗克勒兹的大街，随后的战斗不会很长了。

啊！可怜的磨坊！炮弹贯穿而过。半个屋顶被掀掉了，两堵墙坍塌了。但莫雷尔河那边更是惨不忍睹。常春藤从摇晃的墙上拔起来，像破布条一样悬挂着；河流卷走各种各样的残屑，从一个缺口可以看到弗朗索瓦丝的卧室、她的床和白幔帐。老轮子接连中了两颗炮弹，它发出垂死的呻吟。翼板顺河水冲走，磨坊架子坍陷了。欢乐的磨坊的灵魂刚刚散发出来。

随后法国人发起攻击，展开一场惨烈的白刃战。在铅青色的天空下，山谷危险场所布满了死尸。广阔的牧场上耸立着独立的大树和帐子似的白杨，投下一点点阴影，看上去凶险得很。左右两边，森林仿佛竞技场的围墙，将战斗者围在其中，而泉水和河流在战场的恐怖中发出呜咽声。

弗朗索瓦丝在车棚下一动不动，蹲在多米尼克的尸体面前。梅尔利埃老爹刚刚被一颗流弹直接打死了。普鲁士人被歼灭，磨坊起了火，法国队长第一个进入院子。从战争开始以来，这是他取得的唯一胜利。因此，他充满了激情，挺直他高大的身躯，像俊美的骑士那样可爱地绽出笑容。看到弗朗索瓦丝呆呆地处在她丈夫和她父亲的尸体中间，在磨坊冒烟的废墟里，他用军刀向她潇洒地行了个礼，一面喊道：

　　"胜利了！胜利了！"

苏尔蒂太太①

一

　　每个星期六，费迪南·苏尔蒂都照例到莫朗老爹的铺子里来购买颜料和画笔。铺子在又黑又潮的底层，躺在狭窄的梅格尔广场上一所以前的修道院的阴影中，修道院已经改成了市立中学。据说，费迪南来自里尔②，一年以来在中学当学监，狂

----

① 1880 年以俄文先发表在《欧罗巴信使报》上。
② 法国北部城市，临近边界。

热地专注于绘画，深居简出，把所有的自由时间都花在绘画上，可他从不展示给别人看。

他常常撞上莫玥老爹的女儿阿黛尔小姐，她也画精细的水彩画，梅格尔人议论纷纷。一天，他又去选购颜料。

"三管白颜料，请拿一管赭黄颜料，两管委罗内塞绿①颜料。"

阿黛尔非常熟悉她父亲的小买卖，接待年轻人时，每次都要问：

"就这些？"

"今儿个就这些了，小姐。"

费迪南把小纸包塞进口袋，带着穷人的笨拙付钱，总是生怕被人羞辱，然后走了。这样过了一年，没有别的事。

莫朗老爹的主顾由十二个人组成。梅格尔有八千居民，以制革业闻名遐迩，但美术在那儿发展得并不顺利。只有四五个小家伙在一个波兰人苍白无神的眼睛底下乱涂乱画，这个干瘦的人侧面像一只病鸟；还有公证人的几个女儿，莱维克的几位小姐，也画起"油画"，但引起了闲言碎语。只有一个顾客还排得上，就是著名的雷纳甘，他在当地长大，于绘画方面在首都取得巨大成功，获得奖章，接到订货单，甚至还给他授勋。天气好时他会在梅格尔度过一个月，这就使中学广场这个狭窄的铺子忙得不亦乐乎。莫朗特意从巴黎弄来许多颜料，他亲自大展身手，接待不戴帽子的雷纳甘，恭敬地向他询问近期取得

---

① 以亚砷酸铜为原料的绿色油画颜料。

的成绩。画家是个和蔼的胖子，最后同意共进晚餐，看一眼小阿黛尔的水彩画，他认为光彩不够，但是有玫瑰花的鲜艳。

"这就像绒绣一样，"他揪了揪她的耳朵说，"这不坏，其中有点儿呆板，有点儿执拗，会通到风格……嗯！干下去，不要受约束，凭感觉去做。"

当然，莫朗老爹并不靠他的买卖生活。他身上有一种怪癖，一种一无所获的艺术标记，如今传到他女儿身上。房子是属于他的，接连获得的遗产使他富有了，他可以拿到六千到八千法郎的年金。但是他仍然在底楼的小客厅里开设颜料铺，窗子改成了橱窗。在狭小的陈列空间，有颜料管、中国墨、画笔，不时还出现阿黛尔的水彩画，放在波兰人的作品小幅圣像画中间。有时几天过去了，也没有一个买主。莫朗老爹在汽油味中间依然生活幸福，而莫朗太太，一个懒散的老女人，几乎总是睡觉，劝他摆脱"商店"，他勃然大怒，他这个人朦胧地意识到要完成一个使命。他是资产者，本质上思想保守，非常虔诚，缺乏艺术家本能，这使他钉死在他的铺子中间。城里人到哪里去买颜料呢？说实话，没有人来买，但是也可能有人需要啊。他不临阵逃脱。

阿黛尔小姐就是在这种环境中长大的。她刚满二十岁，小个儿，有点儿胖，圆脸蛋讨人喜欢，眼睛细长，可是她脸色苍白而又蜡黄，别人不认为她漂亮。可以说这是一个小老太婆，容颜已经憔悴，就像在抑郁寡欢的独身生活中衰老的小学女教师。但阿黛尔不想结婚。有好几家提过亲事，她都拒绝了。别人认为她高傲，她准是在等一个王子吧。雷纳甘是个放荡的老单身汉，任自己对她父亲般亲热，这也引起流言蜚语。据说阿黛尔不爱交往，沉默寡言，习惯于思索，显得不知道这些诽谤。她生活中没有变故，习惯于中学广场的暗淡潮湿。从童年起，她每时每刻看到面前同一条长满苔藓的石子路、同一条没有人经过的十字路口；每天只有两次，城里的孩子们拥挤在中学门口，这是她唯一的消遣。但是她从来不厌烦，仿佛她毫无偏差地遵循早已制订的一项生活计划。她有强大的意志力，雄心勃勃，拥有什么也不能使之懈怠的耐力。渐渐地，大家把她看作老姑娘，她似乎命中注定画水彩画。可是，当雷纳甘来了，谈到巴黎时，她默默地听他说，脸色苍白，细长的黑眼睛炯炯发光。

"为什么你不把你的水彩画送到巴黎的沙龙①里去呢？"有一天画家问她，他继续以老朋友的身份用"你"称呼她，"我会让他们接受你的作品。"

可是她耸了耸肩，用真诚的但有一点儿苦涩的谦虚说：

"噢！女人的画嘛，这不值得。"

费迪南·苏尔蒂的到来，对莫朗老爹来说是一件大事。这是一个增加的主顾，而且是一个认真的主顾，因为在梅格尔没有人会购买这么多管颜料。在第一个月里，莫朗非常关注这个年轻人，对一个学监对艺术有如此的热情感到很吃惊。近五十年来，他看到那些学监从他的铺子前面经过，藐视他们的邋遢和懒散。而这一位，据说属于一个败落的大家庭；他的双亲去

---

① 指在巴黎定期举行的艺术展览会。

世时，他只得接受一个随便的岗位，免得饿死。他继续画画儿，梦想自由生活，到巴黎去，尝试获得荣誉。一年过去了。费迪南似乎安于隐忍，为了得到每天的面包，钉死在梅格尔。莫朗老爹最终也习惯了，对他不再另眼相看。

可是，一天傍晚，她女儿一句问话把他惊呆了。她在灯下绘画，以数学的准确，再现拉斐尔的一幅油画照片，过了很久，头也没有抬起来，说道：

"爸爸，你为什么不向苏尔蒂先生要一幅他的油画呢？……可以把它放在橱窗里。"

"嘿，这倒是不错，"莫朗大声说，"是个主意……我从来都没想过看看他的画。他给你看过什么了吗？"

"没有，"她回答，"我凭空说说而已……我们至少可以看看他的油画色彩怎么样。"

费迪南终于引起阿黛尔的兴趣。金黄头发，年轻人的俊美，剪成平顶的头发，长胡子，金黄、又细又软的胡子，粉红的皮肤，这些都强烈地打动了她。他的蓝眼睛柔情似水，而他小巧柔软的手、温柔发呆的相貌，表明他天性贪恋快感。他应该有缺乏意志的时候。事实上他有过两次三个星期不露面，绘画荒废了，传说不胫而走，年轻人在一所使梅格尔人丢脸的房子里有恶行劣迹。他有两天不在家里过夜，一天晚上，他酩酊大醉地回家，甚至一度有人谈到要把他从中学辞退，可是，他空着肚子，显得这样迷人，尽管他懒散，还是把他留下了。莫朗老爹避免在他女儿面前谈起这些事。所有这些学监肯定是半斤八两，都是些无行的人。在这一位面前，他抱定引起气愤的资产者的傲慢态度，但对艺术家又保持暗暗的温情。

由于女仆多嘴，阿黛尔还是知道了费迪南的放荡。她呀，也闭口不谈。但是她考虑过这些事，对年轻人火冒三丈，以致有三个星期避免接待他，她一看见他朝铺子里走来，便抽身走掉。正是在这时，她非常关注他，各种各样朦胧的想法开始在她脑子里萌发。他变得吸引人。他路过时，她用目光跟随他，然后，她俯在她的水彩画上，从早到晚思索。

"那么，"星期天她问她的父亲，"他答应给你带幅画来吗？"

头天，她设法让她父亲在费迪南出现时待在铺子里。

"是的，"莫朗说，"不过他让人央求了半天……我不知道他是摆架子还是谦虚。他推托再三，说是不值得献丑……明天我们就能得到画了。"

第二天，阿黛尔到梅格尔古堡的废墟去写生，傍晚回来，看见没有框子的一幅油画放在铺子中央的画架上。她站住了，一声不吭，全神贯注。这是费迪南·苏尔蒂的油画，画的是一条宽沟的底部和一片绿色的斜坡，斜坡的地平线把蓝色的天空切断，一群远足的中学生在那儿嬉戏，而学监躺在草地上看书。这准是画家的一幅写生画。但是阿黛尔完全被色彩的起伏和她从来不敢尝试的大胆风格惊呆了。她在自己的作品中表现出不同寻常的灵巧，以至她认为自己掌握了雷纳甘和其他几个艺术家的复杂技巧。但在这个她不熟悉的新气质中，有一种个人的有力笔触，使她惊异。

"喂，"莫朗老爹站在她身后问，等待她的裁决，"你感觉怎么样？"

她始终在看。末了，她喃喃地说：

"很奇特……十分美……"

她好几次回到画幅前面，神态严肃。第二天，她还在观看时，正好待在梅格尔的雷纳甘走进铺子，发出轻轻的感叹：

"啊！这是什么？"

他在看，怔住了。然后，他拉过一把椅子，坐在画幅前面，细细琢磨油画，热情越来越高。

"好得出奇！……色调细腻而真实……请看衬衫的白色衬在绿色的底子上……别出心裁！真正独到的色调！……你说，小妞儿，不是你画的吧？"

阿黛尔红着脸倾听，仿佛是在恭维她本人。她赶忙回答：

"不是，不是。是那个年轻人，您知道，就是中学里那个人。"

"说实话，这像是你的，"画家继续说，"是你的，但更有力量……啊！是属于那个年轻人的，他有才华，很有才华。这样一幅油画在沙龙里会获得很大成功。"

雷纳甘晚上同莫朗一家吃晚饭，这是他每次在梅格尔时给他们的荣耀。他整晚谈论绘画，好几次谈到费迪南·苏尔蒂，决定去看看他，鼓励他。阿黛尔沉默不语，听他谈到巴黎，他在那里所过的生活，他在那里取得的成就。在少女苍白的额头上，出现一道深深的皱纹，仿佛有一个念头钻了进去，固定下来，再也不出来。费迪南的油画装上了框，陈列在橱窗里，莱维克的几位小姐跑来看，可是她们认为这幅画并不完美，波兰人惶恐不安，在城里散布说，这是否定拉斐尔的新流派的绘画。但这幅画取得了成功，大家感到很美。有些家庭一起过来认画上的学生。费迪南在中学的处境并没有更好。教师们听到这个学监的流言蜚语，感到气愤，这个人没有德行，竟敢拿别人交给他管的孩子们当作模特儿。但让他答应以后更加严肃后，还是把他留了下来。雷纳甘去看他，向他祝贺时，发现他垂头丧气，几乎要哭泣，说是要放弃绘画。

"别管它！"他带着意外的和蔼说，"你很有才华，嘲笑所有这些家伙……不要担心，您成功的那一天会来的，您会像同行一样，最终摆脱贫困。我就伺候过泥瓦匠，我对您说实话……在这期间，努力工作，一切就在这里。"

于是，对费迪南来说，新生活开始了。他逐渐成了莫朗一家的亲密朋友。阿黛尔开始临摹他的《远足》。她放弃了她的水彩画，闯到油画中。雷纳甘说过一句十分正确的话：作为艺术家，她有年轻画家的优雅，而没有他的刚劲，或者至少她已经拥有他的技巧，甚至更加灵活、更加柔和，不必把困难放在眼里。临摹缓慢而仔细，使得他们的画更加相近。阿黛尔使费迪南不知所措，可以说不久就掌握了他的技巧，以至于他很惊讶地看到自己的画被这样分成两幅，被人以完全是女性的细心完全再现。这是他的作品，不过没有独创性，却充满了魅力。在梅格尔人看来，阿黛尔的临摹比费迪南的原画还要成功。不过，人们开始窃窃私语，说些不堪入耳的话。

说实话，费迪南不太想这种事。阿黛尔根本没有勾引过他。他有放荡的恶习，却在别的地方获得很大的满足，这使他在这个资产者姑娘身边十分冷淡，她胖乎乎的，不讨他喜欢。他仅仅把她看作普通的艺术家、同行。他们一起谈话时，只是限于谈绘画。他热情高涨，做梦时大声提到巴黎，怒气冲冲地对待把他钉在梅格尔的贫困。啊！如果他衣食不愁，他怎么会植根在中学里呢！看来他能获得成功。金钱这个可悲的问题，每日谋生的问题，把他都逼疯了。她非常认真地听他诉说，她的神态也在研究问题，衡量成功的机会。她从没有向他进一步解释，只对他说要抱有希望。

一天早上，莫朗老爹突然死在他的铺子里。他打开一箱颜料和画笔时，得了中风。半个月过去了。费迪南避免引起母女俩的痛苦。他重新出现时，什么也没有改变。阿黛尔穿着黑裙作画，莫朗太太在她的卧旁里打盹儿。习惯又恢复了，谈论艺术，到巴黎去获得成功。不过，两个年轻人更加亲密了。但在他们纯粹的友谊中，从来没有一点儿亲昵、一句情话扰乱他们的心。

一天晚上，阿黛尔比平时更加庄重，她用明亮的目光长久地望着费迪南，然后清晰地表白。她无疑把他研究透了，下决心的时刻来临了。

"听着，"她说，"我早就想同您谈一个计划……今天只有我一个人。我的母亲用不着考虑。请您原谅我，如果我直截了当同您谈谈……"

他吃惊地等待。于是，她毫不尴尬，单刀直入地指出他的处境，回到他让自己不断发泄的牢骚。他缺乏的只是金钱。如果他能够有足够的资金，就可以在巴黎自由地工作和创作，过几年他就会出名。

"那么，"她最后说，"让我来帮助您。我的父亲给我留下五千法郎的年金，我可以马上使用它，因为我母亲的生活同样有保障。她什么也不需要我的。"

可是费迪南嚷了起来，他决不愿意接受这样的牺牲，他决不能剥夺她的财产。她凝视着他，看到他不明白自己的意思。

"我们到巴黎去，"她慢悠悠地说，"前途是属于我们的……"

由于他张皇失措，她露出微笑，向他伸出手，和颜悦色地对他说：

"您愿意娶我吗，费迪南？我要感谢您，因为您知道，我是有雄心的。是的，我总是梦想荣誉，将来能给我荣誉的是您。"

他嘟嘟囔囔，这个提议太突然，他有些不知所措，而她却平静地把自己早就考虑成熟的计划向他和盘托出。然后，她就像做母亲的一样，要求他发誓：行为检点。天才不能行止无度。她让他明白，她了解他的放荡，但这不能阻挡她，她打算改正他。费迪南完全明白她向他提出的是怎样一笔交易：她带来的是钱，而他应该带来荣誉。他不爱她，想到要占有她，此刻他确实感到不舒服。但他跪了下来，感谢她，他只找到这句话，在他听来感到假惺惺的：

"您将是我的好天使。"

尽管她生性冷淡，这时她却不由得冲动起来，紧紧抱住他，吻他的脸，因为她爱他，这个金发年轻人的俊美吸引了她。她沉睡的热情苏醒了。她做的这件事，使她压抑了很久的欲望得到了满足。

三个星期以后，费迪南·苏尔蒂结婚了。他做出让步不在于盘算利害，而在于他不知道怎样摆脱的一系列事情。他们把颜料和画笔的存货盘给了附近的一个小纸商。莫朗太太孤独惯了，丝毫没有激动。年轻夫妇准备动身到巴黎，把《远足》装在一只箱子里带走，让梅格尔被这样突如其来的结局闹得众说纷纭。莱维克的几位小姐说，苏尔蒂太太恰好来得及到首都去生孩子。

二

苏尔蒂太太忙着安置下来。这是阿萨斯街上的一个画室，一排大玻璃窗朝向卢森堡公园的树木。由于家里的收入微薄，阿黛尔使得室内舒适而又花费不多，真是创造了奇迹。她想把费迪南拴在自己身边，让他喜爱自己的画室。起初，两个人在这个大巴黎之中的生活，真是很迷人的。

冬天结束了。三月初的美好日子十分宜人。雷纳甘得知年轻画家和他的妻子来到，便跑了过来。婚姻并不使他惊讶，虽然他非常反对艺术家之间结合。在他看来，这总是结果不妙，两人之中必有一人吃掉另一个。费迪南吃掉阿黛尔，如此而已。对他来说这再好不过，因为这个年轻人需要钱。在自己的床上放上一个不那么秀色可餐的姑娘，等于在餐厅里吃十四个铜子的疯牛肉。

雷纳甘进门时，他看见《远足》装上了华丽的框架，放在画室正中的一个画架上。

"啊！啊！"他高兴地说，"你们把杰作也带来了。"

他坐下来，重新赞赏色调的精巧和作品才华横溢的创新。然后，突然说：

"我希望你们把这幅画送到沙龙去。一定会获得成功……你们来得正是时候。"

"这正是我向他提议的。"阿黛尔温柔地说，"但是他犹豫不决，他想用更加大幅、更加完美的作品初试锋芒。"

雷纳甘动怒了。青年时代的作品是有神助的。费迪南也许再也找不到这种初出茅庐的大胆纯真。只有蠢驴才感受不到这一点。阿黛尔以微笑来迎接这粗暴的言辞。当然，她的丈夫会有更大的发展，她期望他做得更好，但是她很高兴看到雷纳甘在抨击到最后一刻时还骚扰着费迪南的古怪不安。他们商量好，第二天就把《远足》送到沙龙，期限过三天就结束了。至于接受，那是确定无疑的，雷纳甘属于评审组，在里面有巨大的影响。

《远足》在沙龙里取得很大成功。在六周内，观众挤在这幅画前。费迪南的名声像晴天霹雳一样，这种事三天两头经常在巴黎发生，而且运气来了，他受到争论，这更增加了他的成功。他并没有受到粗暴的攻击，有些人仅仅在细节上吹毛求疵，其他人则热情地为之辩护。总之，《远足》被称为一幅小小的杰作，政府立即出六千法郎收购。这幅画独创性的矛头正好刺中大多数人麻木了的审美感，而画家的气质又没有超出到伤人的程度。总之，在新颖和力量两方面，恰好是观众所需要的。有人欢呼一位大师的来临，这种可爱的均衡多么迷人啊。

正当阿黛尔的丈夫在观众方面和报纸上这样闹哄哄地获得成功时，她也把自己在梅格尔的画作——几幅十分精细的水彩画送出去，但在任何地方，无论在拜访者的口中，还是在报纸的文章里，都找不到自己的名字。但是她并不嫉妒，她甚至没有感到一点儿痛苦。她把全部骄傲放在她俊美的费迪南身上。这个默默无闻的姑娘二十二年中像发霉一样生活在外省的潮湿阴暗中。在这个冷冰冰、黄蜡蜡的女市民身上，心灵和头脑的激情以不同寻常的激烈爆发了。她爱费迪南金黄色的胡子、粉红的肌肤、整个人的优雅，甚至到了爱猜疑的程度，对他极短暂的离开也感到痛苦，不断地监视他，生怕另一个女人把他夺走。她照镜子时，清楚地意识到自己相貌欠佳，身材臃肿，面孔已经发青。并不是她，而是他把美带到家庭，她本应有的东西甚至也得之于他。她的心融化在这种想法中：一切都来自于他。她的脑子在活动，她赞赏他是一位大师。于是，无限的感激充满她全身，她把自身的一半放在他的才华里、他的成功中，把她也抬高到辉煌顶点的美名中。她以前所梦想的全都实现了，不是通过她自己，而是通过另一个"她"，她同时作为弟子、母亲和妻子所爱着的这个人。在她高傲的内心中，费迪南是她的作品，里面只有她一个人，如此而已。

在头几个月里，不断的快乐气氛使得阿萨斯街的画室美不胜收。阿黛尔尽管想到一切来自费迪南，但并没有任何屈辱，因为想到是她带来这一切的，便也满足了。她并不觉得这个想法有任何低劣之处，心想，只有她的财产才能实现这幸福。她感到自己是不可或缺的人，因此她守着自己的位置。在她的赞赏和崇拜中，让自己埋没，把别人的作品当成自己的，想以此生活下去。卢森堡公园的大树苍翠欲滴，鸟鸣随着丽日的和风进入画室。每天早晨，新来的报纸带着颂扬来到；费迪南的肖像登出来了，用各种方法和各种尺寸复制出他的油画。这对新婚的年轻夫妇畅谈大事张扬的广告，带着孩子般的快乐感受广大、辉煌的巴黎关注着他们。他们在恬静的家里，在小桌子上就餐。

但费迪南不再工作了。他生活在激动中，在一种过度的兴奋中，他说这使他的手失去了全部准确性。三个月过去了，他总是把一大幅构思了很久的油画设计往后推。他把这幅油画命名为《湖》：布洛涅树林的一条小径，车马随从的尾部正缓缓地驶入落日金色的余晖里。他已经去画过几张速写，可是他已没有贫困日子里火一样的激情。他所过的舒适生活仿佛让他睡着了①，他享受着突然而至的成功，生怕一幅新作品会弄糟这成功。如今他总是在外边。他常常早上就消失，直到晚上才重新出现，有两三次他很晚才回家。外出和不照面的借口总是：拜访一次买主，会见另一位大师，为以后的作品收集材料，尤其是朋友的晚宴。他已经重新找到好几个在里尔的朋友，他已经属于不同的艺术家社团，这使他沉溺在不断的玩乐中，他回来时激动、狂热、说话粗言大气，眼睛闪闪发光。

---

① 在 1878 年至 1880 年间，巴尔扎克的《贝姨》成了左拉喜欢的参考书，费迪南被成功弄得怠惰，与《贝姨》中的雕塑家史坦贝克有相似之处。

阿黛尔仍然不允许自己说一句责备话。这种不断扩展的放荡抓住了她的丈夫，让她在漫长的时间里孑然一身，使她痛苦万分。但她埋怨自己：必须让费迪南做自己的事，一个艺术家不是一个能守在炉边的资产者；他需要认识世界，他的成功有赖于此。她几乎感到对自己暗自反抗有些后悔，而费迪南在给她做戏，说是被上流社会的应酬弄得疲乏不堪，并向她发誓，这一切成了他的"包袱"，他可以抛弃一切，为了永远不离开他的小太太。有一次，她甚至把他赶了出去，因为他假装不愿参加年轻人的一次午餐会，有人要在会上让他和一个富有的绘画爱好者见面。当阿黛尔只身独处时，她又哭泣了。她希望自己坚强一点儿。她始终看见自己的丈夫和别的女人在一起，觉得他欺骗她，这使她得了病，他一离开她，她有时便不得不上床。

　　雷纳甘经常来找费迪南。这时，她竭力说笑。

　　"你们会规矩的，是不是？您知道，我把他托付给您了。"

　　"你不用担心！"画家笑着回答，"如果有人把他抢走，有我在……我总是会把他的帽子和手杖给你带回来。"

　　她信任雷纳甘。既然雷纳甘把他带走，那么一定是需要他。她会习惯这种生活。她想到轰动沙龙之前，他们到巴黎的头几个星期，虽然会唉声叹气，但那时他们俩在画室的孤寂中度过多么幸福的日子啊！如今她孤单地在画室工作，重新一个劲儿地画水彩画，以消磨时光。一旦费迪南转过街角，向她送过来"再见"，她便重新关上窗子，工作起来。他呢，走街串巷，也不知到哪儿去，在形迹可疑的地方滞留，回来时筋疲力尽，眼睛通红。她耐心而执着地整天待在小桌子前，不断地复制她从梅格尔带来的画作、感伤的风景画。她画得越来越惊人地灵巧。正像她带着苦笑说的，这是她的绒绣。

一天晚上，她在等待费迪南中守夜，在用铅笔临摹一幅版画，忽然听到画室门口有人重重地摔在地上，她吓了一跳。她招呼一声，决定去开门，面前竟是她丈夫，他竭力要站起来，迟钝地傻笑。他喝醉了。

阿黛尔脸色煞白，把他扶了起来，搀着他，把他拖到他们的房间。他表示歉意，说着一些不连贯的话。她呢，一声不吭，帮他脱衣服。他躺在床上打呼噜，酩酊大醉。她没有睡下，在一把扶手椅里过夜，睁着双眼思索。一道皱纹横亘在她苍白的额头上。第二天，她没有对费迪南谈到昨夜丢脸的场面。他非常不舒服，仍然昏昏沉沉，双眼肿胀，嘴里苦涩。他妻子的缄口结舌更增加了他的困窘。他有两天不出门，低声下气，就像犯了错误要人原谅的小学生，卖力地重新工作起来。他决定把油画的轮廓勾好，向阿黛尔咨询，一心向她表现出他是多么尊重她。她起先默默无言，十分冷淡，仿佛是活生生的责备。随后，面对费迪南的悔恨，她重新变得正常、和蔼，一切都在不提往事中被谅解和遗忘了。但第三天，雷纳甘来把他年轻的朋友带走，让他和一个著名的艺术批评家到英国咖啡馆去吃晚饭。阿黛尔不得不等到凌晨四点钟。当他重新出现时，他的左眼上方有一个流血的伤痕，是在下流腌臜处所的一次争吵中遭到酒瓶的一击。她让他躺下，给他包扎。雷纳甘是晚上十一点在大街上离开他的。

于是这成了常事，费迪南每次接受吃晚饭，参加一个晚会，晚上以随便什么借口离开，回到家里，总是处在糟糕的状态中。他返回时酩酊大醉，皮肤上有乌青块，凌乱的衣服上带着令人厌恶的气味、酒精的刺鼻味和妓女的麝香味。这是可怕的恶习，他总是出于天性的懦弱，一再沉迷其中。而阿黛尔不打破沉默，每次都像塑像一样不动声色地去照料他，不盘问他，不羞辱他。她给他沏茶，给他端洗脸盆，擦洗一切，不愿意叫醒女仆，想隐藏他的情况，仿佛羞耻心不让她显露耻辱似的。况且，为什么她要问他呢？每次，她都很容易重新构想出这场闹剧，同朋友们酒醉后发生口角，然后是在夜巴黎疯狂乱钻，放荡荒唐，同不认识的人从这家小酒店逛到另一家小酒店，同当兵的争风吃醋，把人行道的拐角上遇到的女人带到肮脏的屋子里鬼混。有时，她在他的口袋里找到一些奇怪的地址、龌龊的剩留物、各种各样的证明，她赶紧烧掉，假装根本不知道有这么回事。遇到他被女人的指甲抓破，带着伤痕，脏兮兮地回来时，她更加绷紧了脸，在高傲的、他不敢打破的沉默中给他洗干净。第二天，经过放荡之夜的闹剧之后，他一觉醒来，发现她在他面前噤若寒蝉，他们彼此也不提起，他们俩仿佛都做了一场噩梦，他们的生活照旧过下去。

只有一次，费迪南不由自主地感情冲动起来，醒来时搂住她的脖子，哽咽着结结巴巴地说：

"原谅我，原谅我！"

但她不悦地把他推开，假装很吃惊。

"怎么！原谅你？……你什么也没做。我不抱怨。"

一个能克制自己、控制住情感的女人高高在上，这使费迪南变得很渺小。

说实在的，阿黛尔采取这种态度时，她内心厌恶，愤怒得要命。费迪南的行为和她所受的教会教育完全相抵触。当他带着恶习的毒气回来，她要用手去触摸他，在他的气息中度过夜晚的其余时间，她的心翻腾不已。她蔑视他。但在蔑视中，有着强烈的嫉妒，嫉妒他的朋友们，嫉妒把他弄得污秽的女人们。这些女人，她真想看见她们在人行道上奄奄一息。她把她们想象成怪物，不明白警察怎么不开枪把她们从街上赶走。她的爱情没有减弱。有些夜晚，这个男人使她感到厌恶时，她躲到对作为艺术家的他的崇拜口，这种崇拜仍然是纯洁的，甚至到了这种地步：这个满脑子相信天才必然放荡不羁的市民女子，最后竟然把费迪南的无行看作伟大作品注定的催化剂。再者，如果说女人的体贴、妻子的温柔受到背叛的伤害，他是以怨报德，那么她也许更加严厉责备他破坏了他们的约定：由她提供物质生活，而由他提供荣誉。他的食言使她愤怒，她要找到一个办法，至少挽救艺术家，摆脱男人的这种不幸。她想变得非常坚强，因为她必须做主人。

不到一年，费迪南感到自己又变成一个孩子。阿黛尔以她的全部意志控制住他。在这场人生战斗中，男性是她。每一次他犯了错误，她都照料他，毫无责备，却带着严峻的怜悯。他变得更加低眉下首，猜出她的蔑视。在他们之间，任何欺骗都不可能；她是理智的、充满力量的，而他在样样弱势和丧权中滚爬；最令他痛苦、在她面前无地自容的是，那种审判官的冷冰冰，无所不知，把轻蔑当作宽容，甚至认为不需要告诫犯罪的人，仿佛一点儿解释都要损害夫妻的尊严。她不说话，为了凌驾在上，不降低身份，不被这污秽弄脏。要是她发脾气，像嫉妒得发狂的女人那样，把他那些一夜情扔到他脸上，他倒一准没有那么痛苦。她自惭形秽，反而抬高他。他早上醒来，羞愧难当，相信她什么都知道，她只是不屑于抱怨而已，那时他是多么渺小，感到多么自卑啊！

不过他的画作还在交易，他明白他的才能是他唯一的优势。他重新工作时，阿黛尔对他又恢复妻子的温情，又变得低下，恭恭敬敬地研究他的作品，站在他身后，尤其一天的工作不错，就变得越加温顺。他是主人，男性恢复在家庭中的地位。可是难以克服的怠惰如今又抓住了他。他疲乏不堪地回到家，好像被他过的生活掏空了似的，他的双手软弱无力，他踟蹰不前，不再运笔自如了。有些早上，虚弱使他整个人彻底麻木。于是，他整天在画布前拖拖拉拉，拿起调色板，一会儿又扔掉，什么也干不成，恼怒不已。有时他躺在长沙发上，沉沉入睡，直到晚上才醒过来，犯了剧烈的偏头痛。这种日子，阿黛尔默默地注视着他。她踮起脚尖走路，为了不刺激他，不吓走一定会到来的灵感，因为她相信灵感，相信看不见的火焰会从窗户进来，落在艺术家的脑门上。后来她也泄气了，还很朦胧地想到，费迪南这个不踏实的合作者可能突然破产，于是她开始焦急不安。

到了二月，沙龙开幕的日子临近了。《湖》没有完成。主体已经画好，画幅全部画满了；只不过除了一些突出的部分，其余的还很模糊不清，没有完成。不能这样把处在草稿状态的画送出去，缺乏决定作品质量的最后加工、光线和润色。费迪南不能再往前一步，他迷失在细节中，晚上去掉早上所画的，原地打转，在无能为力中苦恼不安。一天傍晚，在暮色降临时，阿黛尔到远处购物回来，听见在暗影幢幢的画室里有呜咽声。她看见丈夫一动不动地坐在画布前，瘫在一把椅子上。

"你在哭啊！"她非常激动地说，"你怎么啦？"

"没有，没有，我没有哭。"他支支吾吾地说。

一个小时以来，他跌坐在那里，发呆地望着这幅画，看不清里面画的东西。一切在他模糊的眼前晃动。他的作品混乱一团，他觉得荒谬和可悲。他感到自己瘫痪了，像孩子一样软弱，绝对无法整理这凌乱的色彩。黑暗逐渐盖没画面，直到最鲜明的色调沉没在黑暗中，像沉入虚无中一样，他感到自己完蛋了，被无尽的忧郁扼住咽喉。他发出抽泣声。

"你哭了，我感觉到了。"年轻女人又说一遍，她刚刚把双手放在他被热泪沾湿的脸上，"你难受吗？"

这回他无法回答。又一次爆发出的呜咽哽住了他。这时，她忘却了暗暗的怨恨，对这个无法偿付债务的可怜人生出怜悯，她慈母般地在黑暗中亲吻他。这是彻底的失败。

三

第二天，费迪南不得不出门。两小时后他回来时，像平常一样全神贯注地看他的画，轻轻地叫道：

"咦，有人动过我的画！"

左边，有人完成了一角天空和一丛枝叶。阿黛尔俯向她的桌子，专注于画她的水彩画，没有马上回答。

"这是谁做的?"他又问，惊讶多于生气，"雷纳甘来过了吗?"

"没有，"阿黛尔终于说，没有抬头，"是我画着玩的……是在背景上，并不重要。"

费迪南难堪地笑了起来。

"那么，现在你参加合作了? 色调很正确，不过光线应该暗一点儿。"

"在哪儿?"她离开自己的桌子问道，"啊! 是的，这根树枝。"

她已拿了一支画笔，修改一下。他呢，望着她。沉默了一会儿，他又开始给她一些建议，仿佛指点学生一样，而她继续画天空。用不着更加明确的解释了，他同意由她负责画好背景。时间紧迫，必须快马加鞭。他撒谎，说是自己病了，她很自然地接受下来。

"既然我病了，"他时刻重复这句话，"你的帮助大大减轻了我的负担……背景并不重要。"

此后，他习惯于看到她在自己的画架前。他不时离开长沙发，打着哈欠走过来，说句话评论她的工作，有时让她重画一部分。他像一个教师那样严厉。第二天，说是自己越来越不舒服，他决定在他亲自画前景之前，让她先完成背景。按他的说法，这样有利于工作。整整一个星期他彻底懒惰，在长沙发上睡大觉，这时他的妻子静悄悄地整天站在油画前面。然后，他振作起来，动手画前景，但是他把她留在身边。他不耐烦时，她让他平静下来，在他指点下完成细节。她常常把他打发走，劝他到卢森堡公园去呼吸新鲜空气。既然他身体不好，他应该量力而行。这样让脑子发热，对他划不来。她变得十分体贴。她独自一人时，紧赶慢赶，以女人的坚忍工作起来，毫不尴尬地推进到尽可能画好前景。他呢，对工作厌倦至极，竟没有注意到，他不在场时，绘画在继续。他似乎相信，他的画独自进行。在半个月内，《湖》完成了。可是阿黛尔并不满意，她感到缺少点儿东西。当费迪南如释重负，宣称画得非常好时，她冷若冰霜，摇了摇头。

"那么你想怎样？"他恼怒地说，"我们不能在这上头送命吧。"

她所想要的是，他在画上加上他的个性。凭借耐心和毅力，她好不容易给了他力量。在一个星期里，她继续激发他，使他迸发出热情。他不再出门，她用爱抚来鼓励他，用她的赞赏来陶醉他。等到她感到他热情起来时，就把画笔放到他手上，一连几个小时让他待在油画面前，交谈，议论，把他投入到使他获得力量的兴奋状态中。就这样他重新画油画，回到阿黛尔的工作上，加上有力的笔触和画中缺少的独创色调。这虽是一点点东西，却是一切。作品现在有了生命。

年轻女人喜气洋洋。未来重新变得笑盈盈的。她帮助她的丈夫，因为长久的工作使他疲倦。这会是更加亲密的使命，其中的快乐使她充满了希望。且她开玩笑地要他发誓，不要透露她参与了工作；用不着这样，这会让她难堪。费迪南惊讶地答应了。他对阿黛尔没有艺术上的嫉妒，他到处一再说，她远远胜过他，了解画家的工作，这是事实。

当雷纳甘来看《湖》时，他久久地默不作声，然后他十分真诚地大加恭维他的朋友。

"没说的，这比《远足》完美，"他说，"背景有一种轻灵和难以想象的细腻，前景极其有力地突显出来……是的，是的，很好，很有独创性……"

他显然很惊诧，但是他不说出自己惊诧的真正原因。这个鬼东西费迪南难倒了他，因为他从来不认为费迪南这样灵巧，他在画里发现有些他没有料到的新东西。可是他没说，他更喜欢《远足》，这幅画准定更草率、更粗糙，但是更有个性。在《湖》里，才能得到确定了，而且扩展了，可是作品不那么吸引他，因为他感到其中有一种更平庸的平衡，一种追求好看和晦涩难懂的趋势。但这并不能阻止他在临走时一再说：

"令人惊异，亲爱的……您会获得巨大的成功。"

他预料准确。《湖》的成功比《远足》更大，尤其是女人们都痴迷了。真是出色。马车驶过，车轮在阳光中闪烁，小脸蛋儿涂脂抹粉，明亮地一点点突现在树林的绿丛中……迷住了参观者，他们望着画面，就像望着金银器皿。那些最严格的人，对艺术作品要求力量和必然联系的人，也被娴熟的技巧、对效果的理解和罕见的笔法折服了。但占主导地位的、征服了广大观众的是，个性中有点儿矫揉造作的优雅。所有的批评家一致认为，费迪南·苏尔蒂进步了。只有一个人，不过是一个以平心静气道出真相而遭人嫌弃的直言不讳的人，竟敢写文章说，倘若画家继续使他的手法复杂化和柔弱化，不出五年就会糟蹋掉他的独创性的宝贵天赋。

阿萨斯街的家里，其乐融融。这不再是初次成功时意外的欣喜，而仿佛是最终的走红，列入当代的大师之中。财运也随之而至，订货需求来自四面八方，家里的几幅画被人用现钞抢购一空。必须投入工作。

阿黛尔在这场运气来临时保持头脑清醒。她并不吝啬，但她生长在外省的节俭环境里，正如有人说的，了解金钱的价值。因此她表现得十分严肃，坚持绝不让费迪南失约。她登记订画，监督交货，把钱存起来。她的行动尤其针对她的丈夫，严格地管住他。

她安排他的生活，每天工作很多小时，然后娱乐。不过她从不发脾气，始终是一个不声不响的称职妻子；他过去品行不端，让她取得凌驾一切的权威，如今在她面前瑟瑟发抖。她自然也对他尽心尽力，因为没有这种毅力支持他，他会自暴自弃，他就不会创作出更多的作品。她是他的中流砥柱、他的指导者和他的支持者。无疑，她使他产生的畏惧，并不能阻止他有时还会回到过去的放荡生活中。由于她不能满足他的恶习，他便溜出去，追逐下流放荡的生活，病恹恹地回来，迟钝三四天。但每一次，他都给了她一件"新武器"，她露出更加高傲的蔑视，用冰冷的目光压垮他，于是在一个星期里，他不再离开他的画架。他背叛她时，她像其他女人一样痛彻心扉，不希望有出逃的事发生，虽然他回来时后悔莫及，乖乖听话。但她看到他的毛病要发作，欲望折磨得他两眼发白，一举一动都变得神经质，她便感到一种狂烈的焦躁，希望大街使他变得柔和，没有活力，有如软面团一样，任她这个意志坚强却无姿色的女人那双小手随意摆弄。她知道自己面色铁青，皮肤粗糙，骨骼粗大，不讨人喜欢；她暗地里要在这个俊美男人身上报复，那些漂亮姑娘把他的元气耗尽以后，他才回到她身边。费迪南衰老得很快，他得了风湿病，四十岁时，各种各样的放荡行为已经把他变成一个老头儿。年龄说不定会让他安分下来。

从《湖》开始，夫妻一起工作，这成了一种约定。不错，他们还瞒着别人，但一关起门来，他们就开始画同一幅画，共同推进工作。费迪南有男性才能，仍然是出灵感，出构思。他选择主题，以遒劲的笔触画下来，确定每一部分。在执行过程中，他让位给阿黛尔，她有女性才能，但他给自己保留一些刚劲的部分，施展自己的手法。在开头的日子里，他给自己保留主要的部分；他要维持面子，只让他的妻子在角落和次要的部分帮助自己。但他的身体衰弱加重了。他日益没有勇气工作，自暴自弃，让阿黛尔代替了他。对每幅新作品，她都扩大合作，出于迫不得已，并非她自己愿意以自己的工作来代替丈夫的工作。她所需要的，首先是苏尔蒂的名字，这也是她的姓，不要毁掉名誉，而是将声望维持在顶峰，这曾是修道院出来的难看的小姑娘的全部梦想；其次，她所希望的，是做一个说话算数的诚实商人，对买主绝不食言，在答应的日子交画。于是她看见费迪南手指颤抖，无法抓住一支画笔，因无能为力而发狂时，就不得不加紧把工作做完，堵住费迪南留下的所有漏洞，完成一幅幅画作。不过她从来没有得意扬扬，她佯装是他的学生，限于在他的指导下完成纯粹的操作。她仍然把他尊为艺术家，她真正赞赏他，她的本能告诉她，他尽管体力不支，至今仍然是个男性。没有他，她无法画出这样大幅的画。

这对夫妇也像瞒着其他画家一样，瞒着雷纳甘。他越来越吃惊地注意到女性气质慢慢地代替了男性气质，却无法弄明白。对他来说，费迪南并非走在歪道上，因为在创作，而且坚持不懈，但是在朝开始时似乎没有表现出来的画风发展。他的第一幅画《远足》充满了鲜明的个性，而在以后的作品中逐渐消失了，如今淹没在一片软绵绵的捉摸不定的色调里，虽然很悦目，但是越来越庸俗。不过，这是出自同一只手，至少雷纳甘可以这样发誓。阿黛尔以她的技巧，把她丈夫的手法学得多么惟妙惟肖啊。她有这种把别人的技巧拆开，自己钻进去的才干。另外，费进南的画有了一种清教徒的轻微气息，一种伤害这个年老大师的市民式的端庄。他呀，曾经赞赏他的年轻朋友自由洒脱的才华，他气愤地看到现在画里新出现的刻板、某种羞羞答答的一本正经的气韵。一天晚上，在艺术家的聚会中，他气冲冲地大声说：

"这个鬼东西苏尔蒂转成教士了……你们看过他最近的一幅画吗？这个家伙血管里没有血了！唉！是的，历来就是这样，让某个没有头脑的女人吞噬掉自己的脑子……你们不知道是什么搅得我心烦意乱吧？就是因为他始终画得很好。完美得很！你们傻笑什么！我设想过，如果他变坏了，他最后会落到乱七八糟的地步，你们知道，像一个被打垮的人，糟糕到不可收拾。完全不是这样，他仿佛找到了一个日益准确的机械手，引导他画得又平庸又流畅……这是很悲哀的。他完了，他连糟糕的东西也画不出来了。"

大家已经习惯雷纳甘这种反常的怪话，乐乐呵呵的。但是他了解自己，他多么爱费迪南，他感到真正的悲哀。

第二天，他到阿萨斯街去。发现钥匙在门上，没有敲门，就擅自走了进去，他惊呆了。费迪南不在家。阿黛尔在画架前热切地画着一幅画，报纸对这幅画已经谈论很多。她专心致志，没有听到开门声，再说没有料到女仆回来时忘了把钥匙留在锁孔里。雷纳甘一动不动，看了整整一分钟。她画起来下笔稳健，表明已有长期的实践。她有灵活流畅的技巧，也就是他昨天谈到的准确的机械手。他一下子明白了，他激动异常，感到自己太冒失，他想退出去敲门。但阿黛尔突然回过头来。

"啊！是您，"她嚷道，"您在这里，您怎么进来的?"

她变得满面通红，雷纳甘也很窘，说他刚刚进来。然后，他意识到不能说刚刚看到的场面，否则情况还要尴尬。

"怎么？工作很紧迫，"他尽量天真地说，"你在给费迪南帮点儿忙?"

她的脸已恢复蜡黄色，平静地回答：

"是的，这幅画星期一就应该交货了，由于费迪南不舒服……噢！在几个不重要的地方涂上透明的淡色。"

但她没有误解，像雷纳甘这样的人是瞒不了的。她一动不动，手里拿着画板和画笔。他不得不对她说：

"我不该打扰你。继续画吧。"

她盯住他有几秒钟。最后，她下定决心。现在他知道一切了，何必再装下去呢？由于她已正式答应晚上交货，她又工作起来，以完全男性的气魄投入绘画中。他坐下来，注视她的工作，这时费迪南回来了。看到雷纳甘坐在阿黛尔身后，望着她作画，他先是感到一阵惊慌。但是他非常疲惫，不可能表现出强烈的情感。他走过来跌坐在年老的大师身边，像一个需要睡眠的人那样叹了口气。随后，鸦雀无声，他不想解释什么。事已至此，他并不难受。过了一会儿，他仅仅朝雷纳甘俯下身去，而阿黛尔踮起脚，在天空处抹上大片的亮光。他带着真正的得意对雷纳甘说：

"您知道，亲爱的，她比我更强……噢！有技巧！有手法！"

雷纳甘下楼时，非常激动和气愤，在寂静中大声说：

"又被清除掉一个！……她能阻止他降得过低，但是她不会让他升得很高。他完蛋了！"

四

一年年过去。苏尔蒂夫妇已在梅格尔买了一所小房子，花园朝向供人散步的林荫道。最初，他们在夏天来住上几个月，为了在七八月的炎热中避开巴黎的闷热天气。这仿佛是一个始终准备好的隐蔽场所。渐渐地，他们住的时间更长。随着他们安顿在那里，巴黎对他们来说变得不那么重要了。由于房子十分狭窄，他们叫人在花园里建造了一个很宽大的画室，画室不久又扩大成一座建筑。如今，他们是冬天到巴黎去度假，最多住上两三个月。他们生活在梅格尔。属于他们的克利希街的房子，只不过是他们的一个落脚地。

这样隐居在外省是逐渐形成的，没有事先规划过。别人在阿黛尔面前表示惊讶时，她就说起费迪南的身体状况，他的身体非常糟糕，按她的说法，似乎她在向需要让步，把她的丈夫安置在一个幽静的有新鲜空气的环境中。而事实是，她自己要服从旧日的愿望，这样实现她最后的梦想。少女时，她用几个小时望着中学广场湿漉漉的石块地面，她看到自己在巴黎获得荣誉，身边是闹嚷嚷的欢呼声，她的名字光华四射。不过，梦想总是在梅格尔，在小城的死寂角落里，在居民的又惊又敬中结束。她出生在这里，也在这里有过获得成功的雄心；她挽着丈夫的手臂走过时，那些站在门口的梅格尔女人的惊呆表情，使她更加充满功成名就感，赛过巴黎的沙龙精巧的颂扬。说白了，她依然是个外省的市民，担心的是她的小城对每次新的成功怎样想的；她回来时心里扑腾地跳，她离开时默默无闻，直到她生活在成名中，她在这里感受到她的个性充分成长。她的母亲已经死去十年，她回来仅仅是寻找她的青春，她曾经沉睡在其中的冰冷生活中。

费迪南·苏尔蒂的名字响遏行云。画家在五十岁时得到了所有的奖赏、所有的尊崇、合乎规定的奖章、十字勋章和头衔。他是第三级荣誉勋位获得者，好几年以前就进了法兰西研究院。唯有他的财产还在增加，报纸已经竭尽了溢美之词。有些现成的套话通常用来颂扬他：称他为多产的大师、人人都拜倒的杰出画家。可是这仿佛不再能触动他，他变得无动于衷，承受荣誉就像穿上一件他已习惯的旧衣。梅格尔人看到他经过，他已经伛偻，目光茫然，什么也不盯着看。他们的尊敬中融入了许多惊讶，因为他们很难想象，这位先生如此沉静、如此疲累，怎么能在首都造成那么大的轰动。

现在所有人都知道，苏尔蒂太太帮助丈夫作画。她被看作一个能干的女人，虽然她矮小且十分肥胖。一个如此肥滚滚的女人能够整天在画幅前走来走去，晚上也没有把腿累断，这在当地甚至是另一件令人惊讶莫名的事。市民们说，这是习惯使然。妻子的合作没有使费迪南失去任何声望。阿黛尔有过人的感受力，明白她不应公开而使她的丈夫消失；他保留签名，他像一个君主立宪的国王，无为而治。苏尔蒂太太的作品吸引不了任何人，而费迪南的作品却保留了对批评界和观众的全部威望。因此，她总是对丈夫表现出莫大的赞赏，而且奇怪的是这种赞赏是真诚的。纵然他逐渐越来越少地只动一下笔，她却把他看作她几乎完成的作品的真正创作者。在他们气质的替代中，是她侵入了共同的作品，甚至占据主要地位，把他赶了出去，不过她仍然没有感到自己独立于第一推动力。她一面代替他，一面和他结合在一起，可以说获得他的性别。结果是得到一个怪物。她在向所有来访者展示他们的作品时，总是说："费迪南画了这幅，费迪南要画那一幅。"而费迪南没有画过，连一笔也没有画过。稍有批评，她就发火儿，不容许别人讨论费迪南的天赋。在这方面，她会表现得很出色，信心十足地冲动起来。无论她多么愤怒，无论她多么厌恶，无论她多么蔑视，都从来没有摧毁她心中的崇高形象，这是她塑造的大艺术家，即使这个艺术家夕阳西下，她不得不代替他，为了防止他破产。这是迷人的朴实、既温柔又高傲的盲目崇拜显露的一角，它帮助费迪南承受暗暗感到自己丧失能力而带来的压力。他对自己的能力衰退并不感到痛苦，他照样说："我的画，我的作品。"他没有想到他署名的画自己出力多么微薄。在他们之间，这一切非常自然，他极少嫉妒这个连他的个性都夺走了的女人，他不能谈上两分钟而不赞扬她。他总是重复一天晚上对雷纳甘说过的话：

"我向您发誓，她比我更有才华……绘画给我造成见鬼的痛苦，而她呢，自然而然地，一笔就给您画出一个形象……噢！那灵巧是您想象不到的！没有二话，血管里要么就有这本事，要么就没有。这是天赋。"

听的人谨慎地笑了笑，在其中看出这是一个钟情的丈夫的奉承话。要是有谁贸然表示非常敬重苏尔蒂太太，不过不相信她的艺术家的才能，他会勃然大怒，扯起关于气质和创作技巧的一大套理论。他总是以这样的话结束争论：

"我对您说她比我强！没有人相信我，真是咄咄怪事！"

这对夫妇十分和睦。在晚年，身体不佳使费迪南非常沉静。他不再能喝酒，只要喝多一点儿，他的胃就出毛病。只有女人还能把他卷到干荒唐事中，持续两三天。但等到这对夫妇完全安顿到梅格尔，因缺乏机会才迫使他几乎完全忠实。阿黛尔除了他突然跟服侍他的女仆调情，不用担心别的。她只得甘心雇用十分丑陋的女仆。不过，她并不阻止费迪南和她们忘乎所以，只要她们同意。在他身上，会有几天身体发神经质，他会堕落，要满足需要，哪怕冒毁掉一切的危险。每次她认为看出了女仆与先生过于亲密，便换掉仆人了结。于是，费迪南要羞愧一个星期。这种情况直到上了年纪，还能点燃他们爱情的火焰。阿黛尔始终爱她的丈夫，她绝不让她的嫉妒在他面前爆发出来。而他呢，当他看到她辞退一个女仆后默默无言时，他便通过各种各样低眉俯首的办法，求得她的原谅。于是她像占有一个孩子那样占有他。他变得十分憔悴，肤色蜡黄，脸上刻下深深的皱纹，但也保留金黄的胡子。胡子颜色淡了，但没有变白，使他酷似衰老的天神，仍然镀上青春魅力的光彩。

终于有一天，他在梅格尔的画室里厌倦了绘画，这如同生理上的厌恶。汽油的气味、画笔在画布上的油腻感，引起他激烈的神经质。他的手开始发抖，他头昏目眩。无疑这是他丧失能力的结果，他的艺术家才能长期失调，达到尖锐化的程度。他要以身体丧失能力终结。阿黛尔十分和蔼，鼓励他，向他发誓，他这是暂时的不适，会痊愈的。她迫使他休息。由于他不再在油画前工作了，感到不安，变得阴沉沉的。她找到一个办法：由他用铅笔构图，然后她搬到画布上，她会在草图上打格子，在他的指导下作画。此后，事情就这样进行，在他签名的作品上他不再画上一笔。阿黛尔执行全部具体工作，他仅仅是一个出灵感的人，他提供思想、用铅笔构图，有时还不准确，她不得不修改，也不告诉他。长期以来，这对夫妇的画作主要是供出口。他们在法国取得巨大成功以后，订货单纷至沓来，尤其是俄国和美洲。这些远方国家的买主并不挑剔，只要把一箱箱油画寄出去，然后收钱，从来没有麻烦，苏尔蒂夫妇渐渐完全投入到这种简便的创作中。在法国，销售量已经降低。费迪南隔很久才给沙龙送去一幅画，评论界还是用一栏的赞颂来迎接它：他的才能是有定论的，没有人再为它争论，他可以逐渐滑入到平庸的多产中，而不打扰公众和批评家的习惯。对绝大多数的人来说，画家仍然是同一个，他不过老迈了，让位于更加有才华的人。只不过，买主最终不习惯于他的画。人们仍然把他看作当代大师之一，但几乎不再买他的画。外国人却把他的画抢购一空。

可是这一年，费迪南的一幅画再次在沙龙产生轰动效果。这就像他的第一幅画《远足》的姊妹作。在一间教室里，四堵白墙，学生们在做功课，望着苍蝇飞舞，偷偷地笑着，而学监在埋头看一本小说，似乎忘记了整个世界，这幅画的标题是《自修课》。大家认为这幅画有吸引力，评论家对比相距三十年的两部作品，甚至谈到所走过的道路，从《远足》的缺乏经验到《自修课》的完美技巧。几乎所有人都费尽心机在后一幅画里，看出异乎寻常的细腻、炉火纯青的艺术、没有人能超过的完美手法。可是大多数艺术家提出异议，雷纳甘就在最激烈的反对者之中。他已经垂垂老矣，而对一个七十五岁的人来说还是老当益壮，始终热爱真理。

"得了！"他嚷道，"我爱费迪南像爱自己的孩子，可是说实在的，喜爱他现在的作品，超过他青年时代的作品，那是太愚蠢了！这幅画既没有激情、没有情趣，也没有任何独创性。噢！很美，很流畅，这个我同意！但是，只有卖蜡烛的人对这种平庸的手法才会有兴趣，经过天知道的复杂调料加工，里面有各种风格，甚至包括各种风格的破烂货……画出这些东西的，不再是我的那个费迪南……"

他停下不说了。他呀，他心中有数，而且大家感到在他的牢骚中有一种暗暗的愤怒，他总是针对女人而发，就像他有时所说的这是些害人的禽兽。他气鼓鼓地一再说：

"不，这不再是他……不，这不再是他……"

他曾怀着观察家和分析家的好奇心，注视过阿黛尔侵入的缓慢过程。对每一幅新作，他都发现微小的改变，认出丈夫的部分和妻子的部分，看到前一部分在减少，后一部分稳定地持续地增长。这种情况他觉得很有趣，以至于忘了生气，像一个爱看戏剧的人那样，仅仅在品味这两种气质的搏斗。因此他记下了最细微的变化。眼下，他感到这出生理上和心理上的戏已经演完了。结局就是这幅《自修课》，放在他面前。对他而言，阿黛尔已经吞噬了费迪南，事情结束了。

于是，他像每年一样，七月，他想到梅格尔住几天。自从沙龙开幕以后，他感到重见这对夫妇的愿望越发强烈。对他来说，这是一个证实他是否判断正确的机会。

一个炎热的下午，他来到苏尔蒂夫妇家，花园沉睡在树荫下。房子，直至花坛都很整洁，有一种市民家的整齐，显得井井有条，非常肃静。小城的任何响声都到不了这个偏僻的角落，攀援的蔷薇花中充满了蜜蜂的嗡嗡声。女仆告诉来访者，太太在画室里。

当雷纳甘打开门时，他看到阿黛尔在站着绘画，那种姿态，许多年以前，他第一次撞见。但是如今她不再隐瞒了。她发出快乐的轻轻的喊声，想放下她的调色板。但雷纳甘大声说：

"如果你受到打扰，我就走了……见鬼！把我当作一个朋友吧。画下去，画下去！"

作为懂得时间价值的女人，她克制住自己。

"好吧！既然您允许这样！……您知道，我们从来没有一个小时的休息。"

尽管上了年纪，尽管越来越肥胖，她始终辛勤工作，手法不同寻常地稳健。雷纳甘看了一会儿，问道：

"费迪南呢？他出门了吗？"

"不，他在那里。"阿黛尔回答，用画笔指了指画室的一角。

费迪南确实在那里，躺在一张沙发上打瞌睡。雷纳甘的声音把他惊醒了，但他脑子迟钝，身体十分虚弱，没有认出雷纳甘。

"啊！是您啊，真是出人意料！"他终于说。

他有气无力地握了握手，使劲坐了起来。昨天，他妻子又撞见他和来洗碗的姑娘在一起。他张皇失措，意志消沉，十分谦卑，不知道怎样做才能得到妻子的宽恕。雷纳甘发现他比预想的还要空虚，还要支持不住。这一回，他沮丧透顶，雷纳甘对这个可怜人感到怜悯至极。他想看看能否在费迪南身上有一点儿昔日的热情苏醒，便和他谈起《自修课》在最近一次沙龙里获得的青睐。

"啊！我的男子汉，您还能煽动群众呢……那边的人谈起您，就像当初那些日子。"

费迪南傻呆呆地望着他，然后，硬憋出几句话：

"是的，我知道，阿黛尔给我念过报纸。我的画很好，不是吗？……噢！我在工作，我始终辛勤工作……但是，我向您保证，她比我更强，她有了不起的技巧！"

他眨眨眼睛，以苍白的微笑点出他的妻子。她走了过来，耸了耸肩，带着善良女人的神态，说道：

"别听他的！您了解他的狂热爱好……要是相信他，大画家就是我了……我帮助他，仍然帮不好。也罢，只要让他高兴就好！"

雷纳甘面对他们给自己上演的这出喜剧，默默无言；无疑他们是真诚地在做戏。他在这个画室里清晰地感到费迪南的完全消失。费迪南甚至不再用铅笔构图，沉沦到不再需要用欺骗来保卫他的自尊，现在他只做丈夫就够了。构图的、作素描的和绘画的都是阿黛尔，不用让他出个主意，再说她已经彻底进入他的艺术家的皮肤，她在继续他的工作，而没有什么能表明，彻底决裂是在那一刻。眼下她是独自一人，在这个女人的个性里，只残留男人个性的旧印迹。

费迪南打了个哈欠。

"您留下吃晚饭，不是吗？"他说，"噢！我疲惫不堪……雷纳甘，您明白吗？今天我什么也没做，而我却疲惫不堪。"

"他什么也没做，可是从早忙到晚。"阿黛尔说，"他从来不肯听我的话，从不好好休息一下。"

"不错，"他又说，"休息使我生病，我必须有事做。"

他站了起来，拖着脚步走了一会儿，最后，坐在小桌子前面，以前他的妻子在这桌子上画水彩画。他端详着一页纸，刚刚涂上了第一道水彩画的颜色。这是一幅寄宿学校学生的作品，一条小溪转动着磨坊的轮子，有一排杨树和一棵老柳树。雷纳甘俯在他身后，面对构图和色彩的天真笨拙、近乎可笑的涂鸦，微笑起来。

"真逗。"他喃喃地说。

可是他看到阿黛尔盯住他，就不说话了。她没有用绘画的腕托，而是以结实的手臂，刚刚勾勒出一个完整的形象，以大师的气魄，一下子就画好一部分。

"这座磨坊不是很漂亮吗?"费迪南出于好意地说，始终俯在那张纸上，像个小男孩儿乖乖地坐在位子上，"噢！您知道，我在学习，没有更进一步。"

雷纳甘受到震动。现在，是费迪南在画水彩画。

娜依丝·米库兰①

一

　　每逢收获水果的季节，有一个小姑娘，皮肤黝黑，黑发蓬松，每个月都来到埃克斯的诉讼代理人罗斯唐先生家里，提着一大篮子杏或者桃，她几乎都拿不动。她待在宽敞的前厅里，一家人得到通知，都下楼买。

---

　　① 1877 年 6 月 21 日，屠格涅夫给左拉写信，希望他写一篇关于法国南方的田园牧歌式的小说。

"啊！是你，娜依丝，"诉讼代理人说，"你把收成给我们送来。你是一个好姑娘……米库兰老爹呢，他身体怎么样?"

"很好，先生。"小姑娘回答，露出雪白的牙齿。

罗斯唐太太把她带进厨房，问她橄榄树、扁桃树和葡萄的年景。她想知道沿海一角的埃斯塔克有没有下雨，此事体大。罗斯唐家有田产，在布朗卡德，米库兰在那里耕作。那里只有几十棵扁桃树和橄榄树，可是在这个干旱得要命的地方，雨水的问题仍然是至关重要的。

"下过几滴雨，"娜依丝说，"葡萄可能缺水。"

她讲完了信息以后，吃了一块面包和一点儿剩下的肉，然后坐在屠夫的带篷小推车上，再回到埃斯塔克去。屠夫每隔半个月去一次埃克斯。她往往捎来一些贝壳类动物、一只龙虾、一条像模像样的鱼，米库兰老爹更多的是捕捞，超过耕作。娜依丝在假期来的时候，诉讼代理人的儿子弗雷德里克就下楼来，一蹦一跳地进入厨房，向她宣布，他们一家要去布朗卡德小住，吩咐她准备好渔网和钓竿。他用"你"来称呼她，因为打小儿就和她一起玩耍。仅仅到了十二岁，她才出于尊敬，称呼他为"弗雷德里克先生"。每当米库兰老爹听到她对主人的儿子说"你"时，便抽她一个耳光。但这并不妨碍两个孩子是好朋友。

"别忘了修补好渔网。"这个中学生一再说。

"您别担心，弗雷德里克先生，"娜依丝回答，"您来就是了。"

罗斯唐非常富有。他用低价在学院街买了一幢美轮美奂的大宅。库瓦隆的府邸建于十七世纪末，正面一字非开十二扇窗，里面有相当多的房间，可以住下一大群人。在这些大套房里，五个人的一家，再加上两个老女仆，似乎消失在里面。诉讼代理人只占据第二层。在十年中，他贴广告招租底楼和三楼，却无人问津。于是，他决定关上空屋房门，把三分之二的府邸留给蜘蛛。府邸空荡荡的，音响好，前厅产生一点儿响声，便会发出大教堂的回声。前厅宽大，有一个壮观的楼梯框架，那里很容易建造一座现代住宅。

买下房子的第二天，罗斯唐先生用一块隔板断开主要大厅，这个客厅长十二米，宽八米，有六扇窗子照明。然后，他把一个隔间安置为自己的工作室，另一个隔间作为他的书记员们的办公室。二楼有另外四个房间，最小的一间长七米，宽五米。罗斯唐太太、弗雷德里克、两个老女仆住在小教堂那样高的房间里。为了送菜时更方便些，诉讼代理人只得忍痛叫人把以前的一个小客厅改成厨房。以前，厨房设在底楼，送菜经过冰冷潮湿的前厅和楼梯，送到时都凉了。最糟的是，这个特大的套房摆设的家具极为简单。罗斯唐的办公室里，有一件绿色的旧家具，蒙上乌得勒支的绒布，分隔开一张长沙发和八把扶手椅，椅子都是第一帝国①款式的，木质粗糙，外观难看；一张同一时代的独脚小圆桌，放在房间中央，显得是个玩具；壁炉上，只有一只新潮大理石的丑陋座钟，放在两只花瓶之间，壁炉的瓷砖贴面变成红色，擦拭后，发出令人难受的闪光。卧

---

① 第一帝国（1804—1814），由拿破仑建立。

室还要更加空荡。在这里可以感到，这阳光充足、生活在户外的乐土上，南方家庭即使是最富裕的，对舒适和奢华也是不屑一顾的。罗斯唐家无疑没有意识到笼罩在这些大房间里的忧愁和死寂的寒冷。由于家具寥寥无几，一派寒酸相，废墟般的愁惨越发增加了。

诉讼代理人却是一个非常灵活的人。他的父亲把埃克斯最好的事务所留给他，而且他在这个懒散的地方以罕有的活动扩大他的主顾。他个子矮小，好动，一副狡黠的人所具有的精明的脸，全力关注他的事务所。他一心一意要发财，甚至不看一眼报纸，他很少有空闲时间。相反，他的妻子被看作城里聪明和杰出的妇女之一。她生在维勒博纳，尽管她是下嫁，仍然给她留下尊贵的光环。但是她表现出如此过分地严守戒规，如此可丁可卯地实行宗教责任，以至于她似乎在涅而不缁的生活中枯萎了。

至于弗雷德里克，他在如此忙碌的父亲和如此死板的母亲中间长大。在中学时代，他是拔尖的懒学生，在母亲面前发抖，但厌恶用功学习。晚上在客厅里，他往往几小时鼻子冲着书，思想走神，不看一行字，而他的父母看到他这样，以为他在用功呢。他们发现他懒惰以后很恼火，把他送到寄宿中学去。没有家里管得严，他很高兴不再感到严厉的眼睛盯住他，就更加不学习了。他们知道他这样散漫无羁后，慌了手脚，终于把他拉了回来，为了让他重新在他们的严格控制之下。他读完了中级班和修辞班①，被看管得这样严厉，最后只得用功

——————————————————————————

① 旧时法国中学里的最高班。

了：他的母亲检查他的作业，像一个宪兵那样整天盯在他后面。亏得这样监视，他才只有两次通不过高中毕业会考。

埃克斯有一所出名的法律学校，罗斯唐的儿子自然报名进入这所学校。在这个设有最高法院的古老城市里，聚集在法院周围的是律师、公证人和诉讼代理人。人们仍然在那里学法律，然后平静地去干各自的事。他继续过中学时代的老日子，尽可能不看书，仅仅竭力让人相信他非常用功。罗斯唐太太尽管很不情愿，也只得给他更多的自由。如今他可以外出，只要在吃饭的时间回来就行；晚上，除了允许他去剧院看戏的日子，他要在九点钟前回来。于是他就开始了外省大学生的生活，非常单调，充满了恶习，不完全在读书方面下功夫。

要了解大学生在埃克斯的生活多么空虚，就必须认识埃克斯杂草丛生的街道的平静、全城的沉睡状态。用功的人有办法把时间花在书上。但是拒绝认真上课的人，除了到咖啡馆赌博和去更坏的场所，没有其他地方消愁解闷。年轻人成了一个狂热的赌徒，他大多数晚上都去赌博，再到别的地方结束夜晚。摆脱了中学束缚的坏孩子，从耽于声色栽进城市唯一能够提供的放荡生活之中，这个城市没有巴黎拉丁区的风流女郎。晚上时间不再够用，他偷了一把家里的钥匙，深夜也同样出去。就这样，他快乐地度过学法律的几年。

弗雷德里克明白，他应该显得是个孝顺儿子。由于害怕而屈从的孩子的伪善，逐渐生成了。他的母亲现在宣称满意了：他带她去望弥撒，保持举止有度，心安理得地对她撒弥天大谎；面对他的"真心诚意"，她信以为真。他这样灵活自如，从来不让人抓住把柄，总是能找到一个借口，预先杜撰奇特的故事，准备好开脱的理由。他向堂兄弟和表兄弟借钱还赌债。他有一整套复杂的账本。一次，意外地赢了一笔钱，他甚至到巴黎去了一星期，说是有一个朋友在杜朗斯河畔有一份产业，邀请他去。

弗雷德里克是一个英俊的年轻人，身材高大，五官端正，留着浓密的黑胡子。他的恶习使他尤其在女人面前显得可爱。大家称赞他举止得体，了解他不正经的人微微一笑。既然他知书识礼地隐藏起他令人可疑的这半面，那么还应感谢他没有展露放荡，就像有些粗鲁的大学生那样把丑事闹得满城风雨。

弗雷德里克快到二十一岁了。他应该不久就会通过最后几次考试。他的父亲年纪还不大，不想把事务所马上让给他，提到要让他当检察官。他在巴黎有些朋友，可以请他们活动，得到一个代理检察官的任命。年轻人没有反对，他从来不公然反对父母，但他微微一笑，表明他要继续过自感满意的自由自在的闲荡生活。他知道父亲有钱，他是独子，为什么他要过苦日子呢？在此期间，他在林荫大道上抽雪茄，到附近的农舍去聚会逍遥，天天都偷偷地探访形迹可疑的房子，这并不妨碍他对母亲唯命是从，体贴入微。当更加肆无忌惮的花天酒地使他四肢瘫掉一样，伤了肠胃时，他便回到学院街冰冷的大房子里，舒坦地休息。房间里空落落的，从天花板落下的极端无聊，对他犹如清新的镇静剂。他得到休养生息，却让他母亲相信，他是为了她才待在家里，直到身体和胃口恢复，他又策划新的逃走方案。一句话，只要不触动他的寻欢作乐，他是世界上最好的孩子。

　　娜依丝每年都提着水果和鱼到罗斯唐家，每年她都长大一点儿。她和弗雷德里克同岁，只比他大三个月左右。因此，罗斯唐太太每次都对她说：

　　"你出落成一个大姑娘了，娜依丝！"

　　娜依丝微微一笑，露出雪白的牙齿。弗雷德里克往往不在场。但有一天，他念法律的最后一年，他正出门，这时他发现娜依丝站在前厅，挎着篮子。他吃惊地戛然止步。他认不出去年在布朗卡德见过的瘦长、扭动腰肢的姑娘。娜依丝婀娜多姿，一头厚厚的黑发像幽暗的头盔那样扣在她黝黑的脸上；双肩结实，身材丰满，手臂线条优美，露出手腕。在一年中，她像一棵小树，刚刚长成。

　　"是你啊！"他结结巴巴地说。

　　"是的，弗雷德里克先生。"她回答，正视着他，大眼睛燃烧着火一样的热情，"我带来些海胆……您什么时候来，需要准备渔网吗？"

　　他一直端详她，嘴里低声说着，好像没有听见她的话：

　　"你真美啊，娜农丝！……你怎么长得这样美！"

　　这恭维话使她笑了。随后，由于他牵着她的手，看起来像从前一起玩耍一样，她变得严肃了，突然以"你"称呼他，对他低声地、嗓子有点儿沙哑地说：

　　"不，不，别在这儿……小心！你母亲来了。"

二

半个月以后，罗斯唐一家动身到布朗卡德。诉讼代理人要等法院休庭期，再说，九月的海边格外迷人。暑热结束了，夜晚凉爽宜人。

布朗卡德不在埃斯塔克，是在马赛远郊的一个小镇处处是岩石的绝境深处，将海湾封闭。它耸立在村庄之外的一个悬崖上，从整个海湾可以看到在一片大松树中黄房子的正面。这是一种四方形的建筑，线条笨拙，不规则地开着一些窗户，在普罗旺斯称为城堡。房子前，一个宽大的平台陡直地伸向一个狭窄的石子海滩。后面有一个宽阔的园圃，土地贫瘠，只有葡萄树、扁桃树和橄榄树适宜生长。布朗卡德的弊端之一和危险之一，就是大海不断震撼着悬崖；来自附近泉水的渗透，产生在这片夹杂岩石的黏土软层中；每一季，巨大的岩石会脱落到水里，发出轰然巨响。这处产业逐渐变成凹形。有些松树已被吞没。

四十年来，米库兰家在布朗卡德是佃农。根据普罗旺斯的习惯，他们耕种土地，和业主分享收成。这些收成少得可怜，如果他们不在夏天捕鱼的话，他们会因饥馑而饿死。在耕地和播种的间歇，他们撒网捕鱼。家里的成员有：米库兰老爹，一个面孔瘦骨嶙峋又黝黑的严厉老头儿，全家人在他面前都发抖；米库兰大妈，一个因在大太阳下劳作而变得蠢头蠢脑的高个儿女人；一个儿子，眼下在"阿罗冈特号"舰上服役；还有娜依丝，尽管家里的事满满登登，她的父亲还是送她到一个瓦片厂去打工。佃农的住房是紧靠在布朗卡德山腰上的一所破房子，难得传出笑声或歌声。米库兰保持一种孤僻老人的沉默，陷入思索之中。两个女人对他又怕又敬，那是南方做女儿和妻子对一家之主的态度。平静只会被做母亲的愤怒喊叫扰乱，一旦她的女儿不见影儿了，她的拳头叉在腰上，嗓门儿扯得都要喊破，把娜依丝的名字投向四面八方。娜依丝在一公里外就能听见，即使忍住还是气得脸色煞白，跑回家来。

就像埃斯塔克人所说的，漂亮的娜依丝一点儿都不幸福。她十六岁了，米库兰一句听不惯，便狠狠打在她脸上，鲜血从鼻子流出来；眼下还是这样，尽管她过了二十岁，她在好几个星期中，肩膀上还带着父亲严厉责罚留下的乌青块。她父亲其实并不凶恶，只不过他严格地运用了他的权威，想让人服从，血液里拉丁人古老的族威，对亲人有生杀予夺之权。一天，娜依丝挨上一顿痛打，居然抬手自卫，他差点儿把她杀死。少女在挨揍以后，颤抖不已。她坐在地上，一个黑暗的角落里，眼睛没有流泪，忍气吞声。她默默不语几小时，盘算着报复，却无法执行。这是她父亲的血在她身上起来反抗，是一种盲目的冲动，一种要做最强者的狂热需要。当她看到母亲在米库兰面前瑟瑟发抖、唯唯诺诺、像小姑娘一样听话时，她以充满蔑视的目光望着母亲。她常常说："如果我有一个这样的丈夫，我会杀死他。"

娜依丝仍然更喜欢那些她挨揍的日子，因为这些暴力使她受到震撼。其他日子，她过着非常局促、非常封闭的生活，以致她烦闷得要命。她的父亲禁止她到埃斯塔克镇去，把她圈在家里连续不断地做家务；即便无事可做时，他也硬要她待在家里，在自己的看管之下。因此，她急不可耐地等到九月。一旦主人家住到布朗卡德，米库兰的监管必然放松。娜依丝给罗斯唐太太跑腿儿办事，给她整整一年的囚禁生活作补偿。

一天早上，米库兰老爹考虑过，这个大姑娘一天可以给他带回来三十苏。于是，他解放了她，把她送到瓦片厂工作。虽然那里干活儿十分辛苦，娜依丝还是十分欣喜。她从早上出发，到埃斯塔克镇的另一头儿去，在烈日下一直待到傍晚，给瓦片翻身晒干，她的双手在这样的苦役中损耗，可是她不再感到父亲在她身后，她和小伙子们自由地欢笑。正是在这里，在如此繁重的劳动中，她出落成一个美丽的姑娘。烈日把她的皮肤晒成金黄，在她的脖子上印下一条宽宽的琥珀项圈；她的黑发长得茂密，仿佛要把她保护起来；她的身躯在来来去去的工作中不断地弯腰和摇摆，像一个年轻的女战士那样柔软有力。她在夯实的土地上、红色的黏土中直起腰时，活像一个古代的女骑士，用有韧性的陶土焙烧而成，突然受到从天而降的火雨给予生命。因此，米库兰用他的小眼睛盯住她，看到她变得娉婷多姿。她笑得太多，一个姑娘这样快乐，他觉得不自然。如果他一旦发现有钟情郎在她裙边追逐，他就决心要把他掐死。

钟情郎，娜依丝有好几十个，但她使他们泄气。她嘲笑所有的小伙子。她唯一的好朋友是一个罗锅，和她一样都在瓦片厂干活儿。这个矮子叫图瓦纳，是埃克斯的孤儿院送到埃斯塔克镇的，被当地人收留在那里。这个罗锅带着小丑的侧影，笑起来有模有样。娜依丝因他的随和而容忍他。她随心所欲地对待他，当她想找人报复父亲的暴力时，便粗暴地对待他。再说，这并不带来任何可怕后果。当地人嘲笑图瓦纳。米库兰说过："我容忍罗锅和她接近，我了解她，她太骄傲了！"

这一年，罗斯唐太太安顿在布朗卡德以后，由于她的一个女仆生病了，便向佃农提出把娜依丝借给她使唤。恰好瓦片厂停产。再说，米库兰虽然对亲人非常严厉，却对主人表现得彬彬有礼。他不会拒绝借走女儿，即使这个要求使他不悦。罗斯唐先生有重要的事要到巴黎去，弗雷德里克在乡下和他的母亲在一起。头几天，年轻人受到空气陶醉，强烈需要活动，同米库兰一起去撒网收网，一直延伸到埃斯塔克的峡谷深处去长时间散步。随后，这种了不得的热情平息下来，他整天躺在松树下、平台边，半睡半醒，望着大海，大海单调的蔚蓝色终于引起他要命的厌烦感。过了半个月，在布朗卡德小住使他厌倦了。于是，每天早上，他都想出一个借口，跑到马赛去。

有一天，米库兰在日出时叫上弗雷德里克，是要去收鱼篓子，这是一种开口狭窄的长篓子，深水鱼会进到里面。但年轻人佯装没听见。捕鱼似乎不吸引他。他起床后，仰面躺在松树下，目光迷失在空中。他的母亲看到他不去远游，感到十分吃惊。远游回来，他会饥肠辘辘。

"你不出去？"她问道。

"不出去，母亲。"他回答，"既然爸爸不在这里，我留下来和您做伴。"

佃农听到他这个回答，用方言说：

"噢，弗雷德里克先生很快就要到马赛去。"

但弗雷德里克没有去马赛。一个星期过去了，他始终躺在那里，只不过太阳晒到他时，他改变了地方。出于矜持，他拿了一本书，只不过他几乎没看，书往往放在硬邦邦的地上晾干的松针中间。年轻人甚至不看大海，脸转向房子，他似乎对家务事感兴趣，窥视着女仆们穿过平台，来来去去。娜依丝经过时，在好色的小主人的眼睛里就燃起短暂的欲火。这时，娜依丝放慢脚步，有节奏地扭摆腰肢，却从不看他一眼。

这种把戏持续了好几天。弗雷德里克在他母亲面前，对待娜依丝几乎很粗鲁，就像对待一个笨拙的女仆。被斥责的少女耷拉着眼睛，偷偷地高兴，仿佛在享受这种生气。

一天早上吃早饭时，娜依丝打碎了一只生菜盆子。弗雷德里克发起脾气来。

"她多蠢！"他嚷道，"她的心思在哪里？"

他气鼓鼓地站起来，说是他的裤子毁了。一滴油落在膝盖上。闹得煞有介事似的。

"你还看着我干什么！给我拿餐巾和水来……帮我一下。"

娜依丝把一条餐巾的一角在杯子里蘸湿，然后跪在弗雷德里克面前，想擦去污点。

"别管了，"罗斯唐太太一再说，"就当什么事也没有。"

但少女根本没放开主人的腿，用美丽的手臂一个劲儿地擦拭。他呢，始终吼着严厉的话。

"从来没见过这样笨手笨脚……她或许故意这样做，让这只生菜盆更近地靠近我再打碎……啊！如果她在埃克斯伺候我们，我们的瓷器很快就会砸个粉碎！"

这些责备和错误太不相称，罗斯唐太太认为在娜依丝离开时，应该让她的儿子平息下来。

"你和这个可怜的姑娘有什么过节？别人会说你容不下她……我请你对她温和点儿。她是你从前的游戏伙伴，而且她在这里跟普通女仆的地位也不一样。"

"哼！她令我讨厌！"弗雷德里克回答，假装气呼呼的样子。

当晚，夜幕降临时，娜依丝和弗雷德里克在平台尽头的暗影中相会。他们从来没有单独相处谈话。屋子里不可能听到他们的话语声。松树在死寂的空气中散发出热烘烘的树脂味。这时，她又用小时"你"的称呼低声问他：

"你为什么斥责我，弗雷德里克？……你真可恶。"

他不回答，捏住她的手，把她拉到胸前，吻她的嘴唇。她听之任之。当他坐在护墙上时，她走开了，为了不要情绪激动地出现在他母亲面前。十分钟后，她伺候他们吃饭，非常平静而略带骄傲。

弗雷德里克和娜依丝没有约会。有一夜，他们又在悬崖边上一棵橄榄树下相聚。吃饭时，他们的眼睛好几次碰到一起，热烈地注视。夜晚很热，弗雷德里克在窗口抽烟，一直到凌晨一点钟，还在黑暗中探望。将近一点钟，他瞥见一个朦胧的黑影沿着平台滑行过来。于是他不再犹豫。他往下爬到一个车棚的顶上，然后借助放在那里的长杆，从那里跳到地上。这样，他不用担心惊醒他的母亲。然后，到了下边，他笔直地走向一棵老橄榄树，深信娜依丝在等待他。

"你在那儿吗?"他低声问。

"是的。"她简单地回答。

茅屋中,他坐在她身边。他搂住她的腰,而她把头靠在他的肩膀上。有一会儿,他们一言不发地待着。树干虬结的老橄榄树,以灰色枝叶的树冠覆盖住他们。对面,大海延伸出去,黑黝黝的,在星光下不兴波澜。马赛在海湾深处,被雾气遮蔽。左边,唯有普拉尼埃的旋转灯塔每分钟都返回,以黄光穿透黑暗,又突然熄灭。没有什么比这光芒更加柔和、更加温婉的了,这光芒不断消失在天际,又不断返回。

"那么说你的父亲不在家?"弗雷德里克问。

"我从窗口跳出来的。"她用庄重的声音说。

他们根本不谈他们的爱情。这爱情由来已久,远自他们的童年。如今,他们回想起那时的游戏,情感已经渗透在他们的孩子行为中。滑向温存,他们觉得这很自然。也许他们只知道互相说话,他们的唯一需要是彼此相属。他呢,感到她长得俏,她的黧黑和泥土气息都令人兴奋;她呢,这个挨打的女孩子变成少东家的情妇,感到一点儿骄傲。她以身相许。他们俩怎么来怎么去,回到各自的房间时,天快拂晓了。

三

这一个月多么温馨啊!没有下过一天雨。天空始终是湛蓝的,展开一幅锦缎,一丝云彩也没有玷污。太阳升起在透亮的粉红色中,沉落在一片金粉中。天气并不过分炎热,海风同太阳一道升起,又随太阳落下而消失;夜晚凉爽宜人,散发出白天被太阳晒热的芬芳植物的香味，消散在黑暗中。

这个地方景色优美。海湾两边，岩石像两条手臂那样伸出，大海中的岛仿佛挡住了地平线；大海只是一个巨大的水池，是晴朗的天气中一处碧蓝的湖泊。群山脚下的马赛，一层层房屋建在低低的山丘上；天朗气清时，从埃斯塔克可以望见若利埃特的灰色海堤和港口里船舶的细桅杆；后面，一些房屋的正面掩映在树丛中，主保圣母教堂白晃晃的，矗立在一个山冈上。海岸从马赛开始，成圆弧形，在到达埃斯塔克之前，成宽宽的月牙形凹进去，岸边都是工厂，不时喷出高高的黑烟。太阳垂直落到几乎是黑色的海里，就像睡在两边岩石形成的海峡中，白色的岩石晒成了黄色和褐色。松树的深绿色点缀着淡红色的土地。这是一大幅画，看得见的东方一角，在白日阳光耀眼的抖动中呈现。

但埃斯塔克不只有海上这一条通道。村子背靠群山，被几条消失在一大堆坍塌的岩石中的大路穿越而过。马赛到里昂的铁路在巨石中绕行，从桥上穿过沟壑，突然没入岩石中，在法国最长的奈尔特隧道中穿过一法里半。没有什么比钻入山丘中的这些峡谷更加险巇的了，这些狭窄的道路在深渊中斗折蛇行，干旱的山腰种植松树，耸立起一堵堵铁锈色和血红色的墙。有时，隘路扩展开来，一片种植橄榄树的贫瘠土地，占据着一个山谷的深处。一座偏僻的房子露出彩绘的正面，窗户紧闭。随后还是长满荆棘的小径、难以穿越的矮树丛、坍塌的石块、干涸的河床、各种各样在荒漠中行走时遇到的意想不到的事物。上空，在松树黑色边缘之上，天空展现出细薄蓝绸连绵不绝的飘带。

在岩石和大海之间，有一条狭长的滨海地带，红色的土壤，本地重要的工业瓦片厂挖出一些大坑，取出黏土。土地裂开，翻挖，只种了几棵瘦小的树，热情激荡的气息似乎把水源都吹干了。走在路上，真以为是踩在石灰层上，一直陷到脚踝；有点儿风就会尘土飞扬，在篱笆上蒙上厚厚一层。沿着投射出瓦窑反光的墙垣，躺着一些灰色的小蜥蜴，而从褐色的草丛升起的烈焰中，成群的蝗虫飞起，发出火星的噼啪声。在无风的沉浊的空气中，在中午的昏昏欲睡中，除了单调的蝉鸣，没有别的生命迹象。

正是在这炎炎似火的地方，娜依丝和弗雷德里克相爱了一个月。仿佛天空的所有火焰都进入了他们的血液中。第一个星期，他们满足于在夜里相会，在同一棵橄榄树下，在悬崖边。他们享受着美妙的快乐。凉爽的夜晚平息他们的狂热，他们有时向掠过的风伸出他们的面孔和手，仿佛在冷冽的泉水中凉快一下。大海在他们脚边，在岩石下，发出给人快感的缓慢的呻吟。海草沁人心脾的气味使他们陶醉在欲望中。然后，在搂抱中，倦于快乐的疲乏，他们隔海望着马赛的夜间灯火，港口的红灯在海面上投下血红的反光，煤气灯的闪光在左右两边勾画出郊区拖长的曲线；中间，城市上空，闪烁着强烈的光芒，而波拿巴山丘上的花园，被两排转向天边的灯光清晰地标明。所有这些灯火越过沉睡的海湾，似乎照亮了一个梦幻中的城市，黎明要把这梦幻带走。天空在天际的黑色混沌之上扩展开来，对他们来说有巨大的魅力，这魅力使他们不安，拥抱得越发紧了。一道流星雨落下来。在普罗旺斯这些明亮的夜晚，繁星像活跃的火焰。他们在广阔的空间中发抖，低下头来，只关心普拉尼埃灯塔孤独的灯光，它跳跃的光芒使他们柔情似水，他们的嘴唇在互相寻找。

但有一晚，他们看到天际有一轮偌大的明月，黄色的月面瞧着他们。海上，闪烁一长条火光，仿佛一条巨大的鱼，一条深海的鳗鱼，不停地抖动它的金色鳞片；朦胧的月光淹没了马赛的灯光，洒满了山丘和月牙形的海湾。随着月亮上升，月光增强，暗影也变得更清晰。于是，这个"见证人"妨碍了他们。他们这样靠近布朗卡德，生怕被人发现。下一次约会时，他们从一个坍塌的墙角走出这个园地，把他们的爱情带到当地能提供的所有隐蔽地方。他们先是躲在废弃的瓦片厂里面：倒坍的库房在一个地窖上面，地窖有两个口还开着。可是这个洞窟使他们不快，他们更喜欢感到头顶之上是自由的天空。他们跑遍了红色黏土开采场，发现了一些很惬意的隐蔽场所，一些几米见方的真正荒僻地，他们在那里只听到农家看门狗的吠声。他们走得更远，沿着尼奥隆那边的岩岸和峡谷的小路走，寻找远处的岩洞和裂缝。半个月里，夜夜游戏，情深意长。月亮消失了，天空又变得漆黑，但眼下他们觉得布朗卡德太狭小，容不下他们，他们需要在广袤的天地中互相占有。

一天晚上，他们正走在埃斯塔克的一条小路上，要到奈尔特的峡谷，这时听到路旁的小松树林后面蹑手蹑脚的步子跟随着他们。他们忐忑不安地站住了。

"你听见了吗？"弗雷德里克问。

"听见了，一条走失的狗。"娜依丝低声说。

他们继续走路。但在第一个拐角，小树林到此为止，他们清楚地看见有个黑影溜到岩石后面。这准定是一个人，体形古怪，像个罗锅。娜依丝轻轻叫了一声。

"等我一下。"她说得很快。

她一个箭步冲过去追黑影。一会儿，弗雷德里克听到急速的低语声。然后她平静地回来了，脸色有点儿苍白。

"怎么回事儿？"他问。

"没事儿。"她说。

停了一会儿，她又说：

"你要是听到走路的声音，别害怕。是图瓦纳，你知道吗？那个罗锅。他想照看我们。"

弗雷德里克确实有时感到黑暗中有人跟随他们，仿佛他们周围有人保护。娜依丝有好几次想赶走图瓦纳，但可怜的人只求做她的狗。别人看不到他，听不到他，为什么不允许他随意行动呢？此后，两个情人在废弃的瓦片厂里、在荒凉的开采场中、在荒僻的峡谷深处热吻时，如果他们倾听，他们会发现身后有压抑的呜咽声。这是图瓦纳，他们的守护狗，攥紧了拳头在哭泣。

现在，他们胆子大了，不单在黑夜，而且利用各种机会。在布朗卡德的走廊里，他们常常待在一个房间里相会，相互拥吻。甚至在吃饭时，她在伺候，他要面包或者一个盆子，他借机捏住她的手。严厉的罗斯唐太太什么也没有看见，总是责备儿子对他以前的同伴太挑剔。一天，她差点儿抓住了他们，但少女听到了长裙的窸窣声，赶快蹲下去，用手帕去擦拭少东家皮鞋上的尘土。

娜依丝和弗雷德里克还品尝了千百种小乐趣。有时，在晚饭后，夜晚很凉爽，罗斯唐太太想去散步。她挽起儿子的胳膊，往下走到埃斯塔克，出于谨慎，吩咐娜依丝拿上她的披风。他们三个人就这样去看捕捉沙丁鱼的渔民归来。海上，有罩子的灯在跳荡，不久可以看清小船的一团团黑影，船儿随着低低的桨声靠岸。大鱼汛的日子，欢乐的声音升起，女人们挎着篮子跑过来。每只小船上的三个男人开始把堆在长凳下面的渔网拖出来。渔网就像一条深色的宽带子，闪烁着水珠的银光。沙丁鱼的鳃钩在网眼上，还在扭动，投射出金属反光，随后好像下银币雨一样，在暗淡的灯光下，落在篮子里。罗斯唐太太常常待在一只小船面前，被这景象所吸引。她松开儿子的胳膊，同渔民聊起来，而弗雷德里克在娜依丝身旁，躲开灯光，把她的手腕都要捏碎了。

米库兰老爹像有经验而执拗的牲口一样保持沉默。他也出海，同时种地。他举止狡黠，但他的灰色小眼睛曾几何时有一种不安。他对娜依丝投以斜视的目光，一言不发。他觉得她变样了，在她身上感觉出难以说清的东西。一天，她大胆地顶撞他。米库兰狠狠地给了她一个耳光，打得她嘴唇裂开。

晚上，弗雷德里克接吻时感到娜依丝的嘴唇肿胀，急忙问她。

"没事儿，我父亲给了我一个耳光。"她说。

她的声音变得很伤心。年轻人恼火了，声称他要摆平这件事。

"别呀，不要管，"她接着说，"这是我的事……噢！事情会过去的！"

挨耳光的事她从来不提。只不过，她父亲打她的日子，她就更加热烈地搂住情人的脖子，仿佛为了报复老头儿似的。

三个星期以来，娜依丝几乎每天夜里都出去。起先，她小心翼翼，随之而来的是冷静大胆，什么都敢做。待她明白她父亲起疑心时，她又变得谨慎了。她有两次约会没去。她母亲对她说，米库兰夜里不再睡觉，起来从一个房间走到另一个房间。但面对弗雷德里克哀求的目光，第三天，娜依丝又忘了谨慎小心。将近十一点钟，她下了楼，决定绝不在外面超过一个小时。她希望她的父亲刚睡着，没有听到她的声音。

弗雷德里克在橄榄树下面等着她。她不提自己的恐惧，拒绝走得更远。她说，她感到疲倦了，这是真的，因为她不能像他那样白天睡觉。他们躺在平时的位置上，面对万家灯火的马赛。普拉尼埃灯塔在放射光芒。娜依丝看着他，在弗雷德里克的肩上睡着了。他不再动弹，逐渐也向疲倦屈服，他的眼睛闭上了。他们俩互相搂抱，呼吸交融在一起。

万籁俱寂，只听到绿色的蝈蝈儿尖厉的鸣声。大海像情侣一样沉睡。这时，有个黑影从暗处出来，接近了。这是米库兰，他被窗子的咔嗒声惊醒了，在娜依丝的房里没有找到她。他走了出来，随手带走一把小斧头。他在橄榄树下看到一团黑影时，捏紧了斧头柄。但两个孩子纹丝不动，他一直走到他们身边，弯下腰来，注视他们的脸。他发出轻轻的叫声，他刚刚认出了年轻人。不，不，也不能这样杀死这个人，鲜血溅在地上，会留下痕迹，会让他付出高昂的代价。他挺起身来，忍住愤怒，在他的老脸上现出两条要下凶狠决心的皱纹。一个农民不能公开杀死他的主人，因为主人即使埋在地下，也总是最强的。米库兰老爹摇摇头，蹑手蹑脚地走了，让两个情人睡在那里。

娜依丝在将近天亮前回家，对自己长时间不在感到惴惴不安。她看到窗子像她离开时那样开着。吃早饭时，米库兰平静地看她吃面包。她放下心来，她的父亲应该一无所知。

四

"弗雷德里克先生，您不再到海上去啦?"一天傍晚，米库兰老爹问。

罗斯唐太太坐在平台的松树阴影下，刺绣一条手帕，而她的儿子躺在她身边，扔着小石子消遣。

"不去!"年轻人回答，"我变懒了。"

"您错了，"佃农又说，"昨天，鱼篓子里装满了鱼。眼下可以随意抓鱼……这会让您开心的。明天早上陪我去吧。"

他一团和气，弗雷德里克心里想着娜依丝，不想违拗他，最后说:

"天哪! 我很想去……只不过，必须叫醒我。我告诉您，五点钟我睡得像树桩似的。"

罗斯唐太太不再刺绣，有点儿不安。

"可要特别小心，"她低声说，"你在海上的时候，我总是心神不定。"

第二天早上，米库兰叫弗雷德里克先生起床，但年轻人的窗子总是关闭。于是他用女儿没有注意到的粗野的讽刺口吻对她说：

"你上楼去……他也许会听到你的声音。"

这天早上，是娜依丝把弗雷德里克叫醒的。他还睡眼惺忪，把她拉到热被窝中，但她急急地还了他一个吻，跑掉了。十分钟后，年轻人出现了，穿了一身灰布衣。米库兰老爹坐在平台的护墙上，耐心地等待他。

"天气已经转凉了，您应该戴一条围巾。"老爹说。

娜依丝上楼去找围巾。两个男人从通到大海的陡直台阶走下去，这时少女站定，目送着他们。到了下面，米库兰老爹抬起头，望着娜依丝，嘴角现出两道深深的皱纹。

五天以来，一直在刮凌厉的西北风。昨天将近晚上才停息。但太阳升起时，又刮起了西北风，起先很弱。大海在清晨这种时候，在突如其来的风吹打下，波涛汹涌，闪烁出深蓝色；在旭日的斜照下，每一个浪峰上都滚动着小小的火焰。天空几乎一片白，晶莹透亮。背景上的马赛细部清晰可见，让人数得出房子正面的窗子；海湾的岩石闪射出粉红色的亮光，极其柔和。

"我们回去时要遇到风浪。"弗雷德里克说。

"也许吧。"米库兰简单地回答。

他默默地划桨，没有回头。年轻人望了一会儿他圆圆的背，心里想着娜依丝。他只看到老头儿晒黑的颈背和挂着金耳环的两截红红的耳朵。他弯下腰，关注从船底下滑过的海水深度。海水很混浊，只有一些朦胧可见的长海草，好像淹死者的头发一样在飘荡。这使他忧虑，甚至有点儿害怕。

"喂，米库兰老爹，"沉默了好久以后年轻人说，"风力加大了。您小心……您知道，我游泳像有铅坠在身子下面。"

"是的，是的，我知道。"老人用生硬的声音说。

他始终在划桨，动作机械。小船开始跳荡，浪尖上的小火焰变成冒出泡沫的浪涛，在风的吹打下飞舞。弗雷德里克不愿露出恐惧，但是他不那么放心，他想不顾一切地靠岸。他耐不住性子喊道：

"今天您到什么鬼地方去装满您的鱼篓子？……我们要到阿尔及尔吗？"

米库兰老爹又不紧不慢地回答：

"我们到了，我们到了。"

突然，他松开桨，在船里站起来，用目光在海上寻找那两个基准点。他不得不再划五分钟，才能到达标志鱼篓子安放地点的软木浮标中间。正当他把鱼篓子拉起来时，他转向布朗卡德，停下了一会儿。弗雷德里克往他目光的方向望去，清晰地看到松树下一个白点。这是娜依丝，她始终靠在平台上，能看到她淡色的裙子。

"您有多少鱼篓子？"弗雷德里克问。

"三十五只……不该闲着。"

他抓住最近的一个浮标，拖出第一只鱼篓子。鱼篓子在水下很深的地方，绳子长得没完似的。最后，鱼篓子出现了，下面是在海底坠住它的大石头。它一出水，三条鱼便开始像笼子里的鸟儿一样跳跃。好像听到鸟儿翅膀的扑打声。在第二只鱼篓子里，什么也没有。但在第三只鱼篓子里，却罕见地发现一只小龙虾在猛甩尾巴。自此，弗雷德里克兴奋起来，忘记了恐惧，在船边俯下身去，等待鱼篓子拉上来，心里怦怦地跳。当他听到翅膀扑打声时，便像刚打到一只猎物的猎人那样激动。所有的鱼篓子一只只拉回到船里，而水流如注，不久，三十五只鱼篓子都在船上了。至少有十五斤鱼，这在马赛的海湾里是一次丰硕的捕鱼，有好几个原因，尤其是使用网眼太小的渔网，多年来，鱼变得少了。

"干完了，"米库兰说，"现在我们可以返回了。"

他已仔细地把鱼篓子排列在后头。当弗雷德里克看到他准备扯帆时，他重新不安起来，他说，风这样大，划桨回去更加明智。老头儿耸了耸肩。他知道自己所做的事。在升起船帆之前，他最后看了一眼布朗卡德那边。娜依丝穿着那条淡色裙子还站在那儿。

这时，灾难好像晴天霹雳一样倏地而至。后来，弗雷德里克想解释事情经过时，想起冷不防一股风落在船帆上，一切都翻了个儿。别的他什么也记不得了，只记得他全身冰冷，吓得如五雷轰顶。他靠奇迹才活下来：他落在船帆上，宽阔的船帆托住了他。其他渔民看到出了事，都赶来把他救起，也救了米库兰老爹，他已经向岸边游去。

罗斯唐太太还在睡觉。大家把她儿子刚刚经历的危险瞒过她。在平台下面，弗雷德里克和米库兰老爹水淋淋的，看到了娜依丝，她目睹了这场灾难。

"好家伙！"老人嚷道，"我们已经收起鱼篓子．我们就要返回……运气不好啊。"

娜依丝脸色煞白，盯住她的父亲。

"是啊，是啊，"她喃喃地说，"运气不好……不过顶着风升起帆，准定事情不妙了。"

米库兰勃然大怒。

"懒鬼，你干什么呢？……你没看到，弗雷德里克先生冷得直哆嗦吗？……好了，扶着他回去吧。"

年轻人在床上躺了一天才算完事。他对母亲说是头痛。第二天，他看到娜依丝神情十分阴郁。她拒绝约会。晚上在前厅遇到他时，她主动把他搂在怀里，热烈地吻他。她从来没有把心里的疑惧告诉他。不过，从这天起，她照看着他。一个星期后，她又起了疑窦。她的父亲像平时一样来来去去，甚至他似乎更加温和，没有打她。

每个季节，罗斯唐一家都要聚会一次，到海边尼奥隆那边的一个岩洞去，吃一次普罗旺斯鱼汤。然后，由于山冈上有小山鹬，男人们会打上几枪。这一年，罗斯唐太太想带上娜依丝伺候他们。她不听佃农的反对，粗野的老人脸上露出强烈不满的皱纹。

一行人大清早出发。早晨天气舒适迷人。大海在金色阳光下好像冰块一样浑然一体，铺展开湛蓝的海面；在海流经过之处，海面起皱，蓝色因少量的紫漆颜色而变深，而在沉寂的地方，蓝色变淡呈现乳白色的透明；直到明亮的天边，好像是巨大的、一块展开的、不断变幻的锦缎。在这沉睡的水面上，小船轻柔地滑过。

他们上岸的海滩在一个峡谷的入口，大家安顿在石头中间一片烧荒的草地上，这应该用作桌子。

在露天吃鱼汤是一件麻烦事。米库兰回到渔船，独自把头天放下去的鱼篓子拉上来。他回来时，娜依丝已拔来了百里香、薰衣草、一堆足够点燃熊熊篝火的干灌木。这一天，老人要做普罗旺斯鱼汤，这是传统的鱼汤，沿海地带的渔民父子相传制作方法。味道浓烈，放了大量的胡椒，捣碎的大蒜味道强烈冲鼻。罗斯唐一家对这种鱼汤的制作方法很感兴趣。

"米库兰老爹，"罗斯唐太太说，她在这种场合也会开玩笑，"您能做得和去年一样好吗？"

米库兰好像很快活。当娜依丝从渔船上将大铁锅搬下来时，他先在海水里把鱼洗干净，很快就草草做好了：鱼放在锅底，仅仅将水盖没，加上洋葱、油、蒜、一把胡椒、一个西红柿，再加半杯油，然后，将锅端到火上，火很旺，足能烤熟一头绵羊。渔民们说，普罗旺斯鱼汤的妙处全在火候上：锅必须隐没在火焰中间。① 佃农一本正经，将面包切成片，放在生菜盆子里。半个小时后，他把鱼汤浇在面包片上，鱼肉另外盛出。

---

① 左拉喜欢这种作料的鱼汤，1877 年 7 月 23 日，他从埃斯塔克写信给爱德蒙·德·龚古尔："使我忘乎所以的是普罗旺斯鱼汤，用胡椒烹饪，加上贝壳和一堆美味的不值钱的东西，我吃得不加节制。"

"好了!"他说,"鱼汤趁热才好吃。"

吃普罗旺斯鱼汤像在平时一样,边吃边开玩笑。

"喂,米库兰,您在鱼汤里放了火药吗?"

"鱼汤绝好,但是必须有铁喉咙。"

他呢,静静地吞咽,一口一片面包。他离开一点儿主人们,但和他们一起吃饭,非常值得庆幸。

饭后,大家待在那里,等待酷热过去。岩石闪射出亮光,点染上棕红的颜色.投下幢幢黑影。橡树的绿丛给岩石染上暗黑的大理石花纹,而在斜坡上,松树林往上走,排列整齐,有如一支行军中的队伍。天气炎热,岑寂笼罩四野。

罗斯唐太太带来了做不完的刺绣活儿,别人总是看到她拿在手上。娜依丝坐在她身边,似乎只关心她飞针走线。但她的目光在窥视她的父亲。他躺在几步开外的地方午睡。稍远一点儿,弗雷德里克也睡在盖住脸、挡太阳的草帽下。

将近四点钟,他们醒来了。米库兰打赌说,山谷里有一群小山鹑,三天前他还看到过。于是,弗雷德里克受到引诱,他们俩拿起了他们的猎枪。

"求求你,"罗斯唐太太嚷道,"要小心……脚一滑,会伤着自己。"

"啊!这有可能。"米库兰平静地说。

他们出发了,消失在岩石后面。娜依丝突然站起来,隔开一段距离跟着他们,喃喃地说:

"我去看看。"

她没有待在小径和山谷里面,而是钻进左边的灌木丛中,加快步子，避免让石头滚动。最后，在道路的拐角处，她看到了弗雷德里克。无疑，他已经惊起了小山鹑，因为他走得很快，半弯着腰，准备将枪顶在肩上。她始终没看到她的父亲。然后，她突然发现他在沟壑的另一边，她所处的山坡那一边上。他两次举起他的武器。如果小山鹑飞起在他和弗雷德里克之间，猎人开枪时可能会互相射中。娜依丝在灌木丛中穿梭往来，惶恐不安地来到老人身后。

一分钟又一分钟过去了。对面，弗雷德里克消失在波浪形皱褶的地形中。他又出现了，有一会儿一动不动。于是，始终蹲着的米库兰长时间瞄准年轻人。但是娜依丝一脚抬高了枪筒，子弹朝空中飞去，发出可怕的响声，在山谷的回声中滚动。

老人站起身来。看到是娜依丝，他抓住在冒烟的枪筒，仿佛要一枪托砸在她身上。少女脸色苍白地站着，眼睛里冒出火焰。他不敢打，仅仅气得发抖，期期艾艾地用方言说：

"哼，哼，我要杀死他。"

听到佃农的枪响，小山鹑飞了起来，弗雷德里克打中两只。将近六点钟，罗斯唐一家回到布朗卡德。米库兰老爹划桨，带着固执而平静的粗汉子的神态。

五

九月结束了。下了一次来势凶猛的雷阵雨以后，空气十分凉爽舒适。白天变得越来越短，娜依丝拒绝夜里和弗雷德里克会面，借口是她太疲惫了，他们在沾湿了土地的浓浓露水下会得病的。但是，由于她每天早上将近六点钟过来，而罗斯唐太太要再过三个小时才起床。她上楼来到年轻人的房间里，待上一会儿，让房门敞开，耳朵保持戒备。

这是在他们恋爱中，娜依丝对弗雷德里克表现得最为情意绵绵的时候。她搂住他的脖子，凑近她的脸，从近处端详他，冲动得两眼泪水汪汪。她总是觉得不应该再看到他。然后，又急切地将如雨一般的热吻落在他的脸上，仿佛提出异议，并发誓会保护他。

"娜依丝怎么啦？"罗斯唐太太时常说，"她每天都在变。"

她确实消瘦了，她的面颊凹进去。目光中的火焰暗淡下来。长时间沉默寡言，又一跳而起，打破沉默，不安的神态就像一个刚刚睡着和做过梦的少女。

"我的孩子，如果你病了，要注意照顾自己。"她的女主人一再说。

但这时娜依丝微笑说：

"噢！不，太太，我身体很好，我很幸福……我从来没有这样幸福过。"

一天上午，娜依丝在帮女主人清点内衣时，她大着胆子问：

"你们今年要在布朗卡德待到很晚吗？"

"一直到十月底。"罗斯唐太太回答。

娜依丝站了一会儿，目光茫然，然后未加斟酌地高声说：

"还有二十天。"

不断的内心斗争使她很激动。她很想让弗雷德里克待在她身边，同时，每时每刻她又想对他喊一声："你走吧！"对她来说，她已失去了他。这爱情的一季不会重新开始，从第一次约会起，她就这样想。甚至在一个很郁闷的夜晚，她寻思她是否应该让她父亲杀死弗雷德里克，不让他和家里人一起离开。可是，他这样细腻，这样白皙，比她还像个少女，想到知道他会死去，她觉得受不了。这种不祥的念头使她恐惧。不，她要救他，他对事情永远会一无所知。想到他活着，她很高兴。

她常常在早上对他说：

"不要出去，不要到海上，天气恶劣。"

有几次，她建议他离开。

"你准是厌烦了，你会不再爱我……回城里去过几天吧。"

他呢，对这种情绪的变化感到惊讶。自从她的脸消瘦了，他感到这个农家女不那么好看了，对强烈爱情的厌烦开始向他袭来。他留恋起埃克斯和马赛姑娘们的香水和脂粉味了。

娜依丝的耳朵里总是回响着父亲的话语声："我要杀死他……我要杀死他……"夜里，梦到有人开枪，她就惊醒了。她变得很胆小，脚下一块石头滑动，她便尖叫一声。当她看不到他时，她随时都会担心这位"弗雷德里克先生"。使她担惊受怕的是，她从早到晚听到米库兰无声的重复："我要杀死他。"他不再暗示，不再说一句话，不再做一个动作，可是，对她来说，老人的目光及其一举一动，仿佛都在说，他不怕受到司法惩罚，一有机会，他就要杀死少东家。然后，他再找娜依丝算账。在这期间，他用脚踢她，就像一头牲口犯了错一样。

"你的父亲，他总是那么粗暴吗？"一天早上，弗雷德里克问她，他坐在床上抽烟，而她来来去去在收拾东西。

"是的，"她回答，"他真是疯了。"

她把腿上受伤的乌青块指给他看。随后，她低声说出这句话，那是她经常用低沉的声音说的：

"这会过去的，这会过去的。"

在十月最初的几天，她显得更加阴沉。她心不在焉，翕动嘴唇，仿佛在低声说话。弗雷德里克好几次看到她站在悬崖上，好像在观察周围的树木，用目光在观察深渊的深度。几天后，他发现她和罗锅图瓦纳正在住地的一角采摘无花果。在繁忙时，图瓦纳就来帮助米库兰。图瓦纳在无花果树下，而娜依丝爬上一根大树枝，在开玩笑。她冲他叫喊，张开嘴，扔下几个无花果，砸在他的脸上。可怜的人张开嘴，入迷地闭上眼睛，他的宽脸表现出无限的幸福。当然，弗雷德里克并不嫉妒，但他禁不住和她打趣。

"图瓦纳会为我们而断手，"她用生硬的声音说，"不应虐待他，我们可能需要他。"

罗锅继续天天到布朗卡德来。他在悬崖上干活儿，挖一条狭窄的沟，把水通到花园尽头正在开垦的菜地里。有时候，娜依丝去看他，两人热烈地交谈起来。他把活儿拖了又拖，以至于米库兰老爹说他是懒鬼，像对他的女儿那样，伸出脚去踢图瓦纳的腿。

下了两天雨。弗雷德里克立在下星期返回埃克斯，他决定在走之前同米库兰一起到海上撒一次网。看到娜依丝脸色刷白，他笑了起来，说是这回他没有选择刮西北风的日子。他很快就要走了，于是少女想在夜里再和他约会一次。将近一点钟，他们又在平台上相会。雨水洗刷过地面，从变得清凉的绿丛中发出强烈的气味。久旱的田野湿漉漉的，散发出强烈的色彩和香气：红土像在流血，松树发出翡翠的光芒，岩石闪射出刚洗过的衣衫一样的白光。但在夜里，两个情人只闻到百里香和薰衣草的香味。

出于习惯，他们走到橄榄树下。弗雷德里克向深渊边上那棵曾经为他们的爱情遮蔽的橄榄树走去，这时，娜依丝好像回过神来，抓住他的两条手臂，把他拖离边上，用颤抖的声音说：

"不，不，不在那儿！"

"你怎么啦？"他问。

她结结巴巴，终于说，下过昨天那场雨，悬崖不可靠。她又说：

"去年冬天，这儿附近发生过一次塌方。"

他们往后边坐在另一棵橄榄树下。这是他们最后一个温存之夜。娜依丝拥抱时忐忑不安。她突然哭起来，又不愿承认她为什么这样激动。随后，她陷入冷冰冰的沉默中。由于弗雷德里克取笑眼下她和他待在一起会感到烦闷，她发狂地抱住他，低声说：

"不，不要这样说，我太爱你了……可是，你看，我病了。再说，完了，你要走了……啊！天哪，完了……"

他徒劳地安慰她，一再对她说，他会不时回来的，下一年秋天，他们还会有两个月在一起。她摇摇头，她很明白这意味着结束。他们的约会在难堪的沉默中结束，他们望着大海，马赛灯火闪烁，普拉尼埃灯塔在孤独和愁惨中闪光，一种忧愁慢慢地从这广阔的天边向他们袭来。将近三点钟，他离开她时，他吻她的嘴唇，感到她全身在发抖，在他的怀里身子发冷。

弗雷德里克无法睡着，看书看到天亮。他因失眠而发烧，刚刚黎明，他就走到窗前。米库兰正好离家去收他的鱼篓子。他经过平台，抬起了头。

"怎么！弗雷德里克先生，你不是今天早上和我一起走吗？"他问。

"啊！不，米库兰老爹，"年轻人回答，"我没有睡好……明天，说好了。"

佃农慢吞吞地走了。他需要往下走，到悬崖脚下去寻找他的小船，一直走到橄榄树下，昨夜他发现女儿在那里。他消失后，弗雷德里克转过头来，很惊讶地看到图瓦纳已经在干活儿。罗锅在橄榄树旁边，手里拿着锄头，修补被雨水冲坏的狭窄小沟。天气凉爽，窗前很舒服。年轻人返回房间卷一支烟。他慢慢地走回窗前，突然传来可怕的响声，像打雷一样，他冲上前去。

这是一次塌方。他只看到图瓦纳逃走，舞动他的锄头，卷在一片红色的尘土中。深渊边，枝干扭曲的老橄榄树陷下去，悲惨地落在海里，溅起一片白沫。一声惊叫越过空间。弗雷德里克于是看到娜依丝双臂伸直，全身猛扑过去，在平台的护墙上俯身，要看清悬崖下面发生了什么事。她待在那里，一动不动，伸长身子，两只手腕像钉在石头上一样。但她无疑感到有人在望着她，因为她回过身来，看到弗雷德里克时喊道：

"我的父亲！我的父亲！"

一个小时后，在石头下面找到了米库兰粉身碎骨的身体。图瓦纳十分兴奋，叙述他险些被卷进去。所有的当地人都说，本来就不该在上面开一条水渠，因为水要渗透。米库兰大妈失声痛哭。娜依丝伴随她的父亲到公墓，眼睛是干的，都要冒出火星来，没有一滴眼泪。

灾难的第二天，罗斯唐太太决定返回埃克斯。弗雷德里克看到他的爱情被这场惨剧所干扰，对离开十分满意。农家女断然不及城里姑娘。他恢复了过去的生活。他的母亲对他在布朗卡德坚持不懈地待在自己身边深感欣慰，给他更大的自由。因此，他过了一个惬意的冬天：他叫来一些马赛的女人，让她们住在郊区他租下的一个房间里；他不住在家里，仅仅在他不可或缺的时候才回来，住在学院街那座冷冰冰的大宅子里；他渴望他的生活总是这样流逝。

复活节那天，罗斯唐先生要去一次布朗卡德。弗雷德里克编了一个借口，没有陪父亲一起去。诉讼代理人回来后，吃饭时说：

"娜依丝结婚了。"

"啊？"弗雷德里克惊讶地嚷了起来。

"你们永远猜不出同谁结婚，"罗斯唐先生继续说，"她给了我非常好的理由……"

娜依丝嫁给了罗锅图瓦纳。在布朗卡德，什么也没有变。

留住图瓦纳作为佃农，自从米库兰老爹去世后，他照管产业。

　　年轻人带着尴尬的微笑倾听。随后，他也感到这样安排对大家都合适。

　　"娜依丝变得很老，也变得很丑，"罗斯唐先生接着说，"我认不出她来。真是奇怪，这些生活在海边的姑娘转瞬即过……这个娜依丝过去非常漂亮呢。"

　　"噢！像容易褪色的布。"弗雷德里克说，他平静地吃完他的排骨。

为了一夜的爱①

一

小城 P 建在一座山冈上。在老城墙的脚下，一条小溪流过，它深深夹在"叮咚河"之间，这样称呼它，无疑是因为它清澈晶莹的水流声。你从凡尔赛大道来到时，在城市的南门，穿过"叮咚河"，站在单孔的石桥上。石桥低矮、圆形的

---

① 1876 年 10 月，小说首先发表在俄文的《欧罗巴信使报》上。

宽大护墙，用作郊区所有老人的长凳。对面，丽日街向上爬升，街的尽头是一个寂静的广场——四女广场，铺着大石块的路面，石缝间杂草丛生，使广场像绿茵茵的草地。房屋都在沉睡。每隔半小时，行人拖沓的脚步声，使马厩门后的狗发出吠声。这个僻静角落每天要热闹两次，那是军官们要去丽日街一家饭馆去吃饭按时路过。

于连·米雄住在广场左边一个花匠的家里。花匠租给他二楼的一个大房间，自己住在房子的另一面，面朝卡特琳街，花园就在那里。于连平静地生活，有他独用的楼梯和门。他二十五岁，却像一个喜欢过退隐生活的小市民那样离群索居。

年轻人很早就失去父母。从前，米雄一家在芒特附近的阿吕埃村①是马具皮件商。父母去世后，他的叔叔把他送到寄宿学校读书。后来叔叔也离世了，于连五年来在 P 城邮局当一个小小的邮件发货员。他领到一千五百法郎，没有希望加薪。他有积蓄，绝不设想更宽裕的条件和更好的生活。

于连高大强壮，骨骼粗大，有两只使他困窘的大手。他感到自己长得丑，方方的脑袋，犹如在一个过于粗鲁的雕塑家的指间刚制成毛坯就撂下。这使他怯生生的，尤其是有小姐在场的时候。有个洗衣妇笑着对他说，他并不那么丑，由此他心烦意乱。在街上，他甩着胳膊，低头弯腰，迈开大步，为了更快地回到他的隐身处所。他的笨拙使他持续不快，心中有一种平庸和默默无闻的病态需要。他仿佛要忍耐这样衰老，没有友

---

① 阿吕埃村位于距芒特二十多公里处，靠近左拉的梅塘别墅。

情，没有风流韵事，只想做一个隐修士。

这种生活丝毫没有压得他宽阔的肩膀受不了。说到底，于连十分幸福。他心灵平静、坦诚。他的日常生活平静异常。早晨，他上邮局去，平静地重新开始昨天的工作；然后，他午饭吃一块小面包，重新抄写；再然后吃晚饭，上床睡觉。第二天，太阳又带来同样的一天，这样几个星期、几个月过去了。这缓慢的络绎不绝的日子，最终就像充满柔情蜜意的音乐，如同那些耕牛的梦幻摇荡着他：它们白天犁地，晚上躺在清新的干草中反刍草料。他品味着单调生活的全部魅力。他的乐趣有时是在晚饭后来到丽日街，坐在桥上，一直待到九点钟。他把两条腿悬在水面上，望着"叮咚河"持续不断地在脚下流过，银白色的水波发出潺潺声。柳树沿着两岸垂下泛白的树梢，投下它们的倒影。他陶醉在这静谧中，朦胧地想，"叮咚河"始终流淌在同样的草丛里，美妙的寂静中，应该和他一样幸福。待到星星闪烁时，他胸中充满了清新的空气，回家睡觉。

此外，于连还有其他乐趣。每逢假日，他独自徒步出去，很高兴走得很远，累得筋疲力尽后回家。他交了一个哑巴朋友，一个雕塑工人，他们手挽手整个下午在林荫道上散步，甚至不做任何手势。有时，他和这个哑巴坐在"旅客咖啡馆"尽里头，没完没了地下棋，一动不动，埋头思索。他养过一条狗，被车轧死了，他虔诚地思念它，以致不愿在家里养宠物了。在邮局里，大家拿他和一个十岁的小姑娘来调侃。她是一个穿着破衣烂衫的女孩儿，赤脚卖火柴，他常给她铜板，却不想拿走她的火柴。他往往被弄得有气，偷偷地给小姑娘塞钱。

从来没有人遇到过他有女人陪着，晚上在城墙边散步。P城的女工，一些非常机灵的轻佻女人，看到他在她们面前大气也不敢出，把她们激励他的笑声当作嘲弄，最终让他太平了。在城里，有些人说他愚蠢，还有些人认为应该提防这样的小伙子，他们外表温和，形单影只地生活着。

于连的天堂是他的房间，他在那里自由呼吸。只有在房间里他才相信自己避免外界干扰。这时，他挺直腰杆，独自欢笑；他照镜子时，惊讶地看到自己非常年轻。房间很宽敞，他放上一只很大的长沙发、一张圆桌、两张凳子和一把扶手椅。他还有地方可以走路：床塞进巨大的凹室里面；在两扇窗之间的一个胡桃木的小五斗柜，像一个儿童玩具。他在房间里走来走去，躺下来，绝不感到烦闷。他从来不在办公室以外写东西，阅读使他疲倦。给他送饭的老太婆坚持要借些小说给他看，让他受教育，他在还书时却说不出书里的内容，那些复杂的故事对他来说缺少常理。他画点儿东西，总是同样的脑袋，一个侧面的女人，神情严肃，系着宽宽的束发带，发髻上有一串螺旋形的珍珠。他唯一的爱好是音乐。他可以整晚吹笛子，这是他超过一切的最大消遣。

于连吹笛子是自学的。长久以来，市场广场上一家旧货店里一支黄杨木的旧笛子，是他梦寐以求的一样东西。他兜里有钱，但是他不敢走进去买，生怕被人嗤笑。一天晚上，他终于大着胆子，把笛子藏在外套里面，贴在胸前，跑着带回去。然后，门窗紧闭，轻轻地吹，不让别人听见。他在一家小书店里找到一本笛子演奏法的旧书，费力地学了两年。仅仅在最近半年以来，他才敢打开窗户吹奏。他只会缓慢的简单的旧曲，上世纪的抒情歌曲，具有无限的柔情，他像一个满怀激动的学生笨拙地咿咿呀呀吹奏起来。在和煦的晚上，当街区进入梦乡时，这轻轻的笛声从蜡烛照亮的大房间里传出来，真好像是爱情的话语，颤抖而低沉，把大白天从来不说的话倾诉给孤寂和黑夜。

甚至时常，由于他能背出曲调，出于节约，吹灭蜡烛。再说，他喜欢黑暗。这时，他坐在一扇窗前，面对天空，在黑夜中吹奏。行人抬起头来，寻找这有如夜莺在远方鸣啭的轻柔动听的音乐来自何方。这支黄杨木的旧笛子有点儿开裂，发出的声音有点儿模糊，就像一个昔日的侯爵夫人可爱的细嗓音，还能十分纯正地唱出她年轻时代的小步舞曲。音符一个接一个带着轻轻的声音飞走了。仿佛歌声来自黑夜本身，它与夜晚不引人注目的气息混在一起。

于连很担心街区的人抱怨。可是，外省的人睡得死。况且，四女广场只住着一个公证人萨乌尔南先生和一个退休的原宪兵队长皮杜，这是两个随和的邻居，在九点钟上床睡觉。于连更害怕高档住宅区里的居民，就是矗立在广场另一边，正对着他的窗户，马尔萨纳楼里的住户。这幢房子正面灰暗、愁惨，像修道院一样严肃。五级台阶长出杂草，升到一扇圆形的大门，门上有一些巨大的钉子加固。仅有的第二层一排并列十个窗子，百叶窗都在同一时间开关，厚窗帘总是拉上，不让人看到里面的房间。左边，花园里巨大的栗子树形成一大片绿荫，树叶的波浪一直延伸到城墙。这座威严的宅邸，连同它的花园、它壮观的围墙、忧郁的王家气势，令于连想到，如果马尔萨纳家的人不喜欢他的笛声，只要说句话，就能阻止他吹笛子。

另外，当年轻人把手肘支在窗上时，他觉得花园和建筑广阔地伸展出去，这时他感到一种宗教的崇敬感。在当地，这座宅邸十分有名，据说外地人从老远前来参观。关于马尔萨纳家的财富同样有一些传闻不胫而走。很久以来，他就在观察这座老房子，想窥见这笔庞大财富的秘密。他好几个小时沉迷其中，总是只看到灰色的正面和栗子树黑黝黝的树丛。从来没有一个人登上裂开的台阶，苔藓染绿的大门也从来没有被打开过。马尔萨纳家的人已把这扇门封死了，要从圣安娜街的一扇栅栏门进出；另外，在城墙附近的一条小巷尽头，有一个小门面向花园，于连无法看见。对他来说，宅邸死寂，如同童话故事中的一座宫殿，住着一些看不见的人。每天早晚，他仅仅看清仆人开关百叶窗的手臂。然后，这座房子又恢复冷寂的孤坟般的凄惨外貌。栗子树长得非常茂密，把花园小径掩没在它们的树枝下。这严密封闭的、高傲而寂然的生活，越发使年轻人激动。财富，难道就是这死气沉沉的平静，他从中又能找到从教堂的穹顶落下的宗教战栗吗？

有多少次，在睡觉之前，他吹灭了蜡烛，在窗口待上一小时，为了这样抓到马尔萨纳家的秘密！黑夜里，宅邸以它的阴暗一角遮住了天空，栗子树展开一池墨汁。房子里准是仔细拉上窗帘，没有一丝亮光从百叶窗片之间漏出来。甚至房子没有一点儿住人的气息，能感到睡熟的人的鼾息。它在黑暗中隐没了。于连就在这时大起胆子，拿起他的笛子。他可以吹笛而不受惩罚，空房子向他返回均匀而清晰的小音符的回声，有些缓慢的乐句消失在花园的黑暗中，听不到鸟儿扑打翅膀的声音。黄杨木的旧笛子仿佛是在林中睡美人的城堡①前吹奏古曲。

一个星期天，在教堂广场上，邮局的一个职员突然指给于连看一个高大的老人和一个老妇人，说这是马尔萨纳侯爵夫妇。他们很少出门，他从来没有见过。他看到他们瘦骨嶙峋，神情庄严，慢腾腾地走路，别人对他们鞠躬，他们仅仅点一下头作答，他不免非常激动。这时，他的同事接着告诉他，他们有一个女儿苔蕾丝·德·马尔萨纳，她还在修道院，萨乌尔南先生的书记员科龙贝尔是这位小姐的奶兄弟。这两个老人正踏上圣安娜街，路过的科龙贝尔走过来，侯爵向他伸出手，这个荣耀他从来不给别人。于连对这握手感到不好受，因为科龙贝尔是一个二十岁的小伙子，目光活跃，嘴不饶人，早就是他的对头。这个人拿他的胆怯打趣，挑动丽日街洗衣女工反对他，以至于有一天，他们之间在城墙用拳头决斗了一场，公证人的书记员眼睛被打得青肿地离开。于连了解到侯爵家这些细节后，晚上，笛声吹得更加低沉了。

再说，马尔萨纳府给他引起的烦扰，并没有打乱他像钟一样有规律的习惯。他到办公室，吃午饭、晚饭，在"叮咚河"边散步。宅邸本身平静无声，最终进入了他温馨的生活中。两年过去了。他完全习惯了石阶上的草、灰色的房子正面、黑黝

---

① 法国作家贝洛的童话：一位公主受魔法迷惑，在林中沉睡了百年。

黢的百叶窗，这些东西他觉得有决定性的作用，对街区居民的睡眠是必不可少的。

五年来，于连住在四女广场。一个七月的傍晚，一件事打乱了他的生活。夜晚十分炎热，繁星似乎照亮了天空。他熄灯吹笛，但嘴唇漫不经心，放慢节奏，仿佛睡在几个音符上面，突然，他对面马尔萨纳府的一扇窗打开了，窗户洞开，房子正面被照得明晃晃的。一个少女过来，手肘靠在窗上，一动不动，显出她窈窕的剪影。她抬起头，好似侧耳倾听。于连战栗起来，停止吹奏。他分辨不清少女的脸，只看到她起伏的头发解开落在脖子上。有个轻轻的声音在寂静中传到他耳里。

"你没有听到吗，弗朗索瓦丝？好像是音乐。"

"小姐，是只夜莺罢了，"一个粗嗓门儿在屋里回答，"关上窗，小心夜里的虫子。"

房子正面重新变成黑漆漆时，于连无法离开他的扶手椅，眼睛里仍充满对面墙上刚才出现的窗洞灯光，而至今这面墙是毫无动静的。他还在打哆嗦，他思忖对刚才的显现是否应该高兴。一个小时以后，他重新低低地吹奏。想到少女相信在栗子树中间有只夜莺，不禁微笑起来。

二

翌日，在邮局里，有重大的消息说，苔蕾丝·德·马尔萨纳小姐刚刚离开了修道院寄宿学校。于连没说他已见到她披着头发，光着脖子。他坐立不安，他对这个少女感到一种难以述说的嫌恶，她要打乱他的习惯了。他生怕看到这扇窗子随时都会打开百叶窗，它准定会使他非常困窘。他会不再待在自己家里，他宁愿爱一个男人，而不是一个女人，因为女人更要嘲笑人。今后，他怎么还敢吹笛子呢？对于一个应该懂得音乐的小姐来说，他吹奏得太糟糕了。因此，晚上，经过长时间的思索，他相信自己讨厌苔蕾丝。

于连悄悄地回到家里。他没有点燃蜡烛。这样，她就根本看不到他。他想马上就寝，表明心绪不佳。但是他抵挡不住想知道对面发生什么事的需要。窗户没有打开。不过将近晚上十点钟，一丝苍白的灯光出现在百叶窗板之间。随后，光熄灭了，他待在那里望着黑黝黝的窗户。此后，每夜，他都不由自主地重新开始这种窥探。他窥伺这座府邸，就像早年他专注于记下使古老而无言的砖石活跃起来的轻微气息。似乎什么也没有改变，房子始终在酣睡。必须是训练有素的耳朵和眼睛，才能发现出现了新生活。有时，一道亮光从窗后划过，窗帘的一角撩开了，可以看到一个很大的房间。有时，轻轻的脚步声穿过花园，远处的钢琴声传来，伴随着歌声；有时，声音更加模糊，仅仅掠过一阵颤动，表明老房子里一个年轻人在活动。于连给自己解释他的好奇心，以为自己很讨厌所有这些吵闹声。他多么留恋空荡荡的府邸给他送回笛子柔和的回声那段时光啊！

虽然他自己不承认，但他最热切的欲望之一，就是再看到苔蕾丝。他设想她面孔红扑扑，嘲笑的神态，眼睛炯炯放光。但是，由于他不敢白天出现在窗前，他只在夜晚瞥见她灰暗的身影。一天早上，正当他关上百叶窗挡住阳光时，他看到苔蕾丝站在她的房间中央。他怔住了，不敢贸然做出一个动作。她好像在思索，高高的个儿，十分苍白，面孔秀丽，五官端正。他几乎怕她，她和他想象中的快乐形象迥然不同。尤其是她的嘴有点儿大，红艳艳的，眼睛眍进去，黑乌乌的，没有闪光，给她一副残忍王后的神态。她慢慢地走到窗前，但她似乎没有看到他，仿佛他离得太远，看不见。她走开了，脖子有节奏的动作那么妩媚，他感到自己在她身边比孩子还要衰弱，尽管他虎背熊腰。他看清她以后，越发害怕她。

于是，年轻人的生活变得难熬起来。这个秀丽的小姐，如此庄重，如此高贵，生活在他附近，使他神摇意夺。她从来没有见过他，不知道他的存在。但他想到她可能注意到他，觉得他可笑，便感到气馁。他病态的胆怯使他相信，她窥伺他的一举一动，为了嘲弄他。他回家时弯下背脊，在房里避免走动。过了一个月，少女的蔑视使他痛苦。为什么她从来不看他？她来到窗口，乌黑的眼珠扫视荒凉的街上，又抽身离开，没想到他惶恐不安地待在广场的另一方。以前他一想到被她看见便发抖，如今一样，他感到她用眼睛盯住他，便颤抖不已。她占据了他生活的所有时间。

早上，苔蕾丝起床时，他忘记了去办公室，而他平常是非常守时的。他总是害怕这红唇白脸，但这是甘之如饴的害怕，他享受不尽。他躲在窗帘后面，充满恐惧，双腿像长途跋涉以后累垮了一样，直至要使他病倒。他做梦，梦到她突然注意到他，她对他微笑，他不再害怕了。

于是他想到借助笛子来引诱她。在炎热的傍晚，他又开始吹奏。他打开两扇窗户，在黑暗中演奏最古老的曲子，田园牧歌，像少女的轮舞曲一样朴实。延长音颤抖，一个接一个按普通的节奏飘逸而出，仿佛从前恋爱的贵妇炫耀她们的裙子。他选择没有月亮的夜晚，广场漆黑，这柔和的乐曲不知从哪儿来，就像一只夜鸟柔软的翅膀掠过沉睡的屋宇。从第一个晚上起，他看到苔蕾丝睡前全身素白走近窗子，便激动起来，她支起手肘，很惊讶地又听到这音乐，她在回到家那一天就听到过。

"弗朗索瓦丝，你听，"她用庄重的声音说，转身对着房内，"这不是一只鸟儿。"

"噢！"老女人回答，于连只看到她的影子，"这准定是一个演员在消遣，很远，在郊区。"

"是的，很远。"少女重复说，沉吟一下，让光手臂在黑夜里凉快。

从此，每天晚上，于连吹奏得更响。他的嘴唇吹出乐音，他的激情贯注到黄杨木的旧笛子里。苔蕾丝每晚都在倾听，对热烈的音乐感到吃惊。乐句从一个个屋顶飞过，等待夜晚才向她传来。她知道小夜曲是朝着她的窗户而来的，她有时踮起脚来，仿佛想看看家家房屋的上方。有一夜，乐声那样近地响起，以至擦到了她。她猜测他就在广场上，在一幢沉睡的旧房子中。于连满怀激情地吹奏，笛子带着水晶相碰的颤音。黑暗使他壮起胆来，他希望以乐曲的力量把她带走。苔蕾丝确实俯下身子，好像受到吸引而被征服了。

"回进身来吧，"老女人说，"夜里有雷雨，您会做噩梦的。"

这一夜，于连睡不着。他设想苔蕾丝猜到了他，也许看到过他。他在床上辗转反侧，寻思第二天应不应该露面。当然，他再躲起来会很可笑，但他决定还是不露面。六点时他待在窗口，正在把笛子装进套子里，这时苔蕾丝的窗户突然打开。

少女从不在八点钟之前起床，穿着睡衣出现，支起手肘，头发绕在脖子上。于连呆住了，抬起头，正面直视她，无法转过身去，而他笨拙的双手徒劳地把笛子装进套子里。苔蕾丝也在观察他，目光专注而威严。她仿佛有一会儿研究他粗大的骨架、粗壮而外形难看的身躯、这个胆怯的巨人的丑陋。她不再是昨天看到的热情奔放的孩子。她高傲，白皙，黑眼睛，红嘴唇。她用平静的目光审视他，她可能会寻思，街上的一条狗是否会讨她喜欢，她轻轻一撇嘴，否定了他。然后，她转过身，不慌不忙地关上窗子。

于连双腿发软，跌坐在他的扶手椅里。他发出断断续续的话来：

"啊！天哪！我不讨她喜欢……而我爱她，我爱她爱得要命！"

他双手捧住脑袋，呜咽起来。为什么要露面呢？长得不俊美，就躲藏起来，不要吓坏姑娘们。他咒骂自己，愤恨于自己丑陋。他难道不该在黑暗中继续吹奏笛子，就像一只夜鸟用鸣声吸引人，如果想吸引人，绝对不应出现在阳光下？对她来说，他就始终是柔和的乐曲，只是歌颂神秘爱情的古老曲子。她可以不认识他而爱他，就像来自远方的可爱王子，在他的窗下爱得要死。但他呢，又粗又蠢，破坏了魅力。眼下她知道他像干活儿的牛一样笨拙，她再也不会喜欢他的乐曲！

确实，他徒劳地再次吹起最温柔的曲子，哪怕是选择在和煦的、散发出绿树气息的芬芳夜晚。苔蕾丝不听，也听不见，她在房间里走来走去，手肘支在窗子上，仿佛他不在对面，用温顺的音符诉说他的爱情。甚至有一天，她喊道：

"天哪！这走音的笛子真难听！"

于是，他绝望了，把笛子扔到抽屉尽里头，不再吹笛了。

要说的是，那个小科龙贝尔也讥笑于连。有一天，科龙贝尔到事务所去时，在窗户前看到于连在钻研一段乐曲，每当他经过广场时，他都嘲笑于连难听的曲子。于连知道，公证人的书记员在马尔萨纳家受到妾待，这使他痛心疾首，并非他嫉妒这个瘦猴儿，而是因为他宁愿献出全部鲜血，有一小时能代替这个书记员。年轻人的母亲弗朗索瓦丝多年来在这个家，曾是苔蕾丝的奶妈，眼下在照料苔蕾丝。从前，高贵的小姐和这个农村小孩儿一起长大，看来很自然，他们保留着过去的某些友情。于连在街上遇到科龙贝尔抿起嘴唇微笑时，也是同样的难受。那天他发现瘦猴儿面孔不丑时，他的反感变得更大了。科龙贝尔有一只猫那样的圆脑袋，不过眉清目秀，而又恶狠狠的，一双绿眼睛，娇嫩的下巴有一点儿卷曲的胡子。啊！要是他还能把这个家伙控制在城墙角上，定会让他能在苔蕾丝家里看到她的幸福付出高昂的代价！

一年过去了。于连悒悒不乐。他只为苔蕾丝而活着。他的心全在这冰冷的府邸里，面对这府邸，他笨拙得要死，又爱得要死。只要他有一分钟，他就会从府邸前经过，盯住这片灰色的墙，他清楚地看到墙上的点点苔藓。在漫长的好几个月里，他白白地睁大眼睛，竖起耳朵，还是不知道这幢庄严的房子内部的生活情况，而他把自己关闭在里面了。一些模糊的声音，一些消失的亮光，都使他迷乱。是举行欢宴吗？是举行丧礼吗？他不知道，生活是在房子里面进行的。他根据自己的忧虑或者快乐，随心所欲地设想：苔蕾丝和科龙贝尔吵吵闹闹地玩耍，少女在栗子树下徐徐地散步，她在舞伴的手臂中摇曳的舞会，使她坐在幽暗的房间里哭泣突然而至的忧伤。或许他听到的只是侯爵夫妇的碎步快走，如同小老鼠踩在陈旧的地板上。他不知道内情，总是看到苔蕾丝房里唯一的窗子在这堵神秘的墙上洞开。少女天天都露面，却比石头还要默然无声，她的出现从来没有带来一线希望。她使他沮丧，形同陌路，远离于他。

于连幸福满怀之时，就在窗户打开那一刻。这时，他可以看到少女不在时房间的角落。他花了半年才了解到，床在左边，一个凹室的内里，上面挂有粉红色的绸床幔。又过了半年，他明白了床对面是一个路易十五式的五斗柜，上面有一块镜子，嵌在陶瓷的框架内。对面，他看到白色大理石的壁炉。这个房间是他梦想的天堂。

他的爱情经过激烈的斗争。他自惭形秽，躲藏了好几个星期。随后，他发起狂来。他需要展示自己粗大的四肢，硬要她看到狂热得发烫、疙里疙瘩的面孔。于是他好几个星期待在窗口，看得她不舒服。甚至有两次，他给她送去热烈的飞吻，像大胆的人冲动起来那样粗暴。

苔蕾丝甚至没有生气。他躲起来，看到她趾高气扬地来回走动。当他现身时，她保持着这种神态，更加高傲，更加冷淡。他从来没有看到她有懒散的时候。如果她遇到他的目光，她也绝不匆匆转过头去。他在邮局听说，德·马尔萨纳小姐非常虔诚，非常和蔼，有时他心里强烈地抗辩："不，不！她没有信仰，她喜欢血，因为她嘴唇上有血，她脸色的苍白来自她对人的蔑视。"随后，他由于侮辱了她而哭泣，他请她原谅，就像对一个裹在翅膀的纯洁中的圣女那样。

在第一年里，日复一日，没有带来一点儿改变。夏天来临时，他有一种奇怪的感觉：他觉得苔蕾丝以另一种神态走路。始终是同样的小事情，百叶窗早上打开，傍晚关上，在习惯的时刻有规律地露面，可是从房间里吹出一股新风。苔蕾丝显得更加苍白，更加高大。他狂热起来的一天，他第三次大胆地用发热的指尖向她送去一个飞吻。她盯着他看，庄重而心情紊乱，不离开窗子，而他面孔通红，抽身走开。

将近夏末，发生了唯一的一件新事，深深震动了他，虽然这是很普通的事。几乎每天黄昏，苔蕾丝的窗子本来打开一点儿，却猛然关上了，带着板壁和长插销的咔嗒响。这响声使于连痛苦得惊跳而瑟瑟发抖，他受到忧虑不安的折磨，心灵受到创伤，不知道什么原因。在这强烈的震动之后，房子又落入死寂中，他害怕这沉寂。他长久不能分清是什么样的手臂这样关上窗户。一天晚上，他看到苔蕾丝白皙的手，她猛地旋转长插销。一个小时后，她重新开窗，但不慌不忙，她显得慵懒，有一会儿支起手臂，然后，她在清静的房间中走动，忙于姑娘家的琐事。于连头脑空空，耳朵里有长插销的不停响声。

一个秋天的傍晚，天气温和而阴暗，长插销发出可怕的咔嗒声。于连打了一个寒噤，不由自主的眼泪簌簌地流下来，面对黄昏淹没在黑暗中的凄凉府邸。早晨下过雨，落掉一半叶子的栗子树散发出一股腐叶的气味。

于连等着窗户重新打开。窗子突然重新打开了，像关上时一样猛。苔蕾丝出现了。她脸色煞白，眼睛睁得很大，头发落在脖子上。她站在窗前，十个手指放在红艳艳的嘴唇上，给于连送去一个飞吻。

他失魂落魄地将拳头按在胸口上，仿佛要问这个飞吻是不是给他的。

这时，苔蕾丝以为他退缩了。她的身子再往前倾，又将十个手指放在红艳艳的嘴唇上，给他送去第二个飞吻。然后她送出第三个，仿佛这是她还给年轻人过去的三个吻。他呆住了。黄昏还很明亮，他在昏暗的窗户框架中清楚地看到她。

她以为已经征服了他，瞥了一眼小广场，用憋住的声音说：

"来啊！"她仅仅这样说。

他去了。他下了楼，走近府邸。他抬起头时，台阶上的门打开了，这个也许有半个世纪一直上着闩的门打开了一点儿，苔薛把门扉粘住了。他痴呆呆地走着，不再惊讶了。他一走进去，门又重新关上，一只冰凉的小手拉着他，他跟随着走。他上了一层楼，沿着一条走廊，穿过第一个房间，终于来到他认出的那个房间。这个粉红色绸窗帘的房间，是他的天堂。房间里日光慢慢地柔和地消失了。他想跪下来。但苔蕾丝笔直地站在他面前，双手攥得紧紧的，意志坚定，把震撼她全身的哆嗦压了下去。

"您爱我吗?"她低声问。

"噢!是的。噢!是的。"他结巴地说。

但她做了个手势,不让他讲无用的话。她又说起来,高傲的神态似乎使这些话在少女的嘴里变得自然和圣洁。

"如果我献身,您什么事都愿意去做,是吗?"

他无法回答,双手合十。为了她一个吻,他会出卖自己。

"那么,我要请您帮我做一件事。"

由于他仍然傻傻地愣着,她突然变得激烈起来,觉得自己力量已经到头儿,再也不敢做下去。她嚷道:

"喂,应该先发个誓……我呀,发誓守约……您发誓啊,发誓啊!"

"噢!我发誓!噢!随您的意愿!"他说,处在任人摆布的冲动中。

房间里清纯的气味使他迷醉。凹室前面的床幔拉上了,一想到粉红色绸缎温馨的昏暗中处女的床榻,便使他充满了宗教的迷醉。这时,她用变得粗暴的手,撩开床幔,露出凹室,日暮将昏暗的光线投到里面。床很凌乱,床单垂挂下来,一个落在地上的枕头看来被牙齿咬破了。在揉皱的花边织物中,躺着一个男人的身体,赤着脚,横躺在那里。

"瞧,"她用憋闷的声音解释说,"这个男人是我的情人……我推了他一下,他摔倒了,我不知所措。他竟然死了……您必须把他扛走。您明白吗?……就是如此,是的,就是如此。就这样!"

三

幼年时，苔蕾丝·德·马尔萨纳就把科龙贝尔当作受气包，他仅仅比她大半岁，他的母亲弗朗索瓦丝为了给苔蕾丝喂奶，就用牛奶把他喂大。后来，他在这个家长大。他的地位模糊不清，处在仆人和少女的玩伴之间。

苔蕾丝是一个爱捅娄子的孩子。并非她举止像男孩子，爱吵闹。相反，她保持出奇的庄重，这使来访者把她看作一个受过良好教养的小姐，她对他们彬彬有礼。不过她有一些古怪的行为：她独自一人时，会猝不及防地爆发出含糊不清的叫声，疯狂地顿足，或者仰面躺在花园的一条小径中，一直躺在那里，固执地拒绝起来，尽管别人有时决定要惩罚她，要她改正。

别人从来不知道她在想什么。在她孩子的大眼睛里，她已经熄灭了一切火焰；在这明亮的镜子中，人们清晰地看到的不是女孩子的心灵，而是两个像墨水一样浓的黑窟窿，从中看不出什么。

六岁时，她开始折磨科龙贝尔。他又瘦又小。她把他带到花园深处，在栗子树下，一个树叶荫蔽的地方，跳到他背上，让他背着。骑着他一个小时，绕着一个大圆形空地。她勒紧他的脖子，脚跟踢他的两肋，不让他喘气。他是马，她是贵妇。当他晕头转向，眼看要倒下时，她把他的一只耳朵咬到出血，她发疯似的紧紧抱住他，把小小的指甲掐进他的肉里。奔跑重新开始，这个六岁的残酷女王被她当作牲口的男孩儿背着，在树木间穿过，头发在风中飘拂。

后来，当着她父母的面，她也掐他，不许他叫喊，不断地威胁，如果他把他们的玩耍说出去，就叫人把他扔到街上去。他们就这样保持一种秘密的生活，一种待在一起的方式，面对其他人就改变。他们单独在一起时，她把他当作玩具，真想把他砸碎，好奇地想知道他身体里有什么东西。难道她不是侯爵小姐吗？她不是看到人们匍匐在她脚下吗？既然别人将一个小男人供她来玩，她就可以随心所欲地支配他。由于她厌倦了在远离众目睽睽时对科龙贝尔颐指气使，她随后给自己更加强烈的乐趣：在大庭广众踢他一脚，或者用针戳他的胳膊，用她阴沉的目光震慑住他，甚至不让他哆嗦一下。

科龙贝尔忍受着这种受折磨的生活，无言的反抗使他瑟瑟发抖，眼睛瞧着地下，想逃避掐死年轻的女主人的诱惑。可是他自己也有阴险的气质。挨打并不使他感到不快。他从中尝到一种辛辣消遣，有时还设法让她去戳他，带着感到针刺的狂热和满足的颤抖，等待着刺戳，于是他让自己陷入怀恨的乐趣中。况且，他已经报复了，让自己拖上苔蕾丝摔倒在石头上，他不担心摔断自己的肢体。当她撞得起了包时，他心里喜滋滋的。她在众人面前戳他时，他不叫，是为了不让人插到他们中间。这不过是与他们相关的一件事，是一次争执，随后他想战而胜之。

但侯爵对女儿的粗暴行为感到不安。据说她酷似她的一个叔叔，他过的是可怕的冒险生活，在郊区深处一个藏污纳垢之地遭到暗杀而死。马尔萨纳家在家史中也有这样悲惨的一脉相传，家族成员久而久之在世代簪缨的后裔中生来就有这样古怪的病症。这种病症是一种疯狂的发作，一种情感的倒错，口吐不祥的白沫，似乎要暂时清除家族的毒素。侯爵出于谨慎，于是认为应该让苔蕾丝接受有效的教育，他把她安排进入一所修道院的女子寄宿学校，希望那里的规矩能软化她的本性。她在那里待到十八岁。

苔蕾丝回家时，十分乖巧，长得高大。她的双亲高兴地看到她这样虔诚。在教堂里，她沉浸在祈祷中，双手捧住头。在家里，她散发出纯朴与平和的芬芳气息。人们只责怪她一个缺点：她很贪吃，从早到晚吃糖果，她眯起眼睛吮吸，红嘴唇微微抖动。可能没有人认出那个不言语的固执孩子，她从花园回来时衣服撕破了，不愿意说玩的是什么游戏。侯爵夫妇十五年来在空荡荡的大府邸里面，如今认为应该重新打开他们的客厅。他们请当地贵族吃过几次饭，甚至请他们跳舞。他们的目的是要嫁掉苔蕾丝。尽管她很冷淡，却表现得很随和，注意打扮，跳华尔兹舞，面孔白皙，使大胆要爱上她的年轻人焦虑不安。

苔蕾丝从来没有谈起过小科龙贝尔。侯爵关心他，让他接受了一些教育，刚刚把他安置在萨乌尔南先生那里。一天，弗朗索瓦丝带她儿子来，把他推到她面前，让少女回想起她从前的朋友。科龙贝尔微笑着，十分洁净，没有任何因窘。苔蕾丝平静地望着他，说是她确实想起来了，然后转过身去。一个星期后，科龙贝尔又来了，不久他恢复了从前的习惯。他每天晚上离开事务所，走进府邸，带来乐谱、书籍、画册。大家把他看作无足轻重的人，让他办差事，就像一个仆人或者一个穷亲戚。他是家庭的一个附属品。因此，大家让他独自待在少女身边，没往坏处想。他们像从前一样，一起关在大房间里，待在花园的阴影里好几个小时。说实在的，他们不玩同样的游戏了。苔蕾丝徐徐地散步，裙子在草丛间发出窸窣声。科龙贝尔穿得像城里的富家子弟，陪伴她，用一根随身携带的柔软手杖敲打地面。

她重新变成女王，而他重新变成奴隶。当然，她不再咬他，但她在他身边有一种走路方式，逐渐又使他变得渺小，把他变成一个宫廷仆役，他提着女王的披风。她用怪脾气来折磨他，先说一些友爱的话，然后又表现得声色俱厉，仅仅为了自娱。他呢，她回过头去时，便对她投出闪闪的目光，像剑一样锋利，这个恶毒的小伙子整个人拉长了，窥伺着，幻想着背叛行为。

一个夏夜，在栗子树的浓荫下，他们走了很久，苔蕾丝沉默了一下，突然严肃地问他：

"不瞒您说，科龙贝尔，我累了，您背我好吗？您记得，像从前那样。"

他笑了笑。然后非常严肃地回答：

"我很愿意，苔蕾丝。"

但是她重新走起来，仅仅说：

"很好，我只是想知道一下。"

他们继续散步。黑夜降临，树下漆黑。他们聊起城里一个女人刚刚嫁给一个军官。他们走进一条非常狭窄的小径，年轻人想闪开，让她走在前面，但是她猛地推了他一下，逼他先走。这时，两人都沉默不语。

突然，苔蕾丝带着以前野蛮女孩儿的灵活，跳到科龙贝尔的背脊上。

"得了，走！"她说，嗓音改变了，被从前的激情憋住了。

她夺过他的手杖，敲打他的腿。她紧紧抓住他的肩膀，用骑师般有力的腿夹得他喘不过气来，在绿荫的浓黑中疯狂地推着他向前。她长久地抽打他，让他加快步子。科龙贝尔的疾奔在草地上隐去了声音。他不发一言，喘着粗气。小个子的双腿挺直，而这个大姑娘的身体把他的脖子都要压垮了。

但当她对他喊"够了"的时候，他没有停下来。他跑得更快，仿佛被冲动拖着走。他的双手在背后攥住，扣住她的腿，扣得那么紧，她无法跳下来。眼下是一匹发狂的马，载走它的女主人。突然，他不顾手杖的敲打和抓挠，朝花匠堆放工具的库房奔去。到了那里他把她扔在地上，在草堆上强奸了她。他终于反过来成为主人。

苔蕾丝脸色更苍白，嘴唇更红，眼珠更黑。她继续虔诚地生活。相隔几天，这一幕又开始重演：她跳到科龙贝尔的背上，想制服他，最终还是被扔在库房的草堆上。在众人面前，她仍然对他和蔼，保持大姐姐的关切态度。他呢，也是笑口盈盈地平静。他们像六岁时那样，好像邪恶的牲口，受到放纵，暗地里以互相撕咬为乐。只不过今日，在纵情时，是雄性取得了胜利。

他们的爱情很可怕。苔蕾丝在她房间接待科龙贝尔。她给他一把花园小门的钥匙，这道门开向城墙的小巷。夜晚，他不得不穿过第一个房间，他的母亲正好睡在那里。这对情人大胆而静悄悄，从来没有人发现他们。他们敢于在大白天约会。科龙贝尔在晚饭前到来，苔蕾丝关上窗等待他，为了避过邻居的目光。他们随时都需要见面，并不是出于互相诉说二十岁的情人的柔情缱绻，而是为了重新开始维护自尊的战斗。往往一场争吵之后，他们互相低声咒骂，尤其他们要不断地喊叫和搏斗，他们愤怒得发抖。

一天傍晚，在晚饭之前，正好科龙贝尔来了。他穿过房间，光着脚，只穿衬衫，他想抓住苔蕾丝，像市场上的大力士那样，在争斗开始前把她举起。苔蕾丝想挣脱，一面说：

"放开我，你知道我比你更强。我会伤着你。"

科龙贝尔发出轻轻的笑声。

"那么，伤害我吧。"他低声说。

他一直在摇晃她，想打倒她。于是，她用胳膊抱住他。他们常常出于搏斗的需要，玩这种把戏。往往是科龙贝尔翻倒在地毯上，喘着气，手脚瘫软无力。他太瘦小，她把他提起来，以巨人的动作抱得他憋不过气来。

但这一天，苔蕾丝双膝一滑，科龙贝尔突然一使劲，把她掀翻。他站着，得意扬扬。

"你看，你不是最强的。"他带着蔑视的笑容说。

她的脸变得铁青，她慢慢地站起来，一声不吭，把他抓住，气得颤抖不已，他不由得哆嗦。噢！闷死他，解决了他，让他在那儿没有活动能力，永远被战胜！他们无言地搏斗了一分钟，气喘吁吁，肢体在紧抱中咔嗒作响。这不再是打闹了。一股杀人的冷风拍打在他们头上。他开始嘶哑地喘气。她呢，担心有人听到他们，最后使劲一推。他的太阳穴撞在五斗柜的尖角上，他沉重地倒在地上。

苔蕾丝喘了一会儿气。她在镜子前把头发理顺，把裙子放平，装着不去管被打败的人。他完全可以独自爬起来。随后，她用脚去推他。由于他始终不动，她最后弯下身去，她脖子的汗毛有点儿发冷。这时，她看到科龙贝尔的脸像蜡一样发白，眼睛无神，嘴巴歪扭。右边太阳穴有一个窟窿，太阳穴在五斗柜的角上撞破了。科龙贝尔一命呜呼。

她浑身冰冷地站了起来。她在沉寂中大声说：

"死了！他现在死了！"

突然，面对现实她丧胆销魂。毋庸置疑，有一瞬间她曾想杀死他。但这愤怒的想法是愚蠢的。人在打架时总想杀人，不过，很少杀人，因为死了人，麻烦就大了。不，不，她没有罪，她并不想这样。试想，这是在她的房间里啊！

她继续大声说话，话语断断续续。

"那么，完了……他死了，他不会独自走出去了。"

那一刻，她呆若木鸡，浑身冰凉，继而一股热流从她的腑脏冲上喉咙。有一个男人死在她的房里。她永远也解释不清他怎么会在那里，光着脚，只穿衬衣，太阳穴有一个窟窿。她完了。

苔蕾丝弯下腰，瞧着这个伤口。她听到科龙贝尔的母亲弗朗索瓦丝从走廊经过。其他声音响了起来，脚步声，说话声，为当天要举行的晚会而做准备。随时会有人叫她，来找她。而这个死人却在这里，这个她杀死的情人，带着他们犯错误时压垮人的重量，落到她的肩上！

这时，她头脑中增大的喧嚣声搅得她晕头转向。她站了起来，开始在房间里转圈。她想寻找一个能把尸体扔进去的洞穴，现在这尸体阻挡了她的前程。她打量家具底下、房间角落，因无能为力，发疯似的颤抖。不，没有洞穴，凹室深度不够，衣柜太小，整个房间都拒绝帮她的忙。他们却是在这里隐藏接吻的！他像有恶习的猫悄悄地踅进来和溜出去。她从来没想到他会变得如此沉重。

苔蕾丝还在转来转去，带着被围猎的野兽乱窜的疯狂，始终在房间里走来走去，突然她以为有了灵感。她把科龙贝尔扔出窗外呢？但是有人会发现他，猜测得出他是从哪里掉下去的。她撩起窗帘观察街道，突然她看到对面的年轻人，这个吹笛子的傻瓜，靠在窗子上，神态像一条被驯服的狗。她非常熟悉他苍白的脸，它不断地朝向她。她看到他一脸羞怯的柔情，对他已经厌烦了。看到这样谦卑、这样钟情的于连，使她一下子有了主意。微笑使她苍白的脸豁然开朗。获救的办法在那里。对面那个傻瓜像一条套上链子的看门狗，含情脉脉地望着她，会听她摆布，直到犯罪。再说，她会用肉体真心实意地回报他。她以前并不爱他，因为他太柔和，但她会爱上他，如果他能为她洒热血，她会用她的身体忠诚的奉献永远收买他。她的红嘴唇咂了一下，仿佛在品尝那个陌生人吸引她的、令人毛骨悚然的爱情。

于是，她像拿起一包衣物那样，赶紧抱起科龙贝尔的尸体，将尸体放在床上。然后她打开窗子，向于连送去飞吻。

四

于连像行走在噩梦中。他认出床上的科龙贝尔时，没有惊讶，他感到这很自然。是的，只有科龙贝尔能在这个凹室里，太阳穴撞穿，四肢分开，一副可怕的淫荡姿态。

苔蕾丝对他说了好半天的话。起先他没有听见，他一时惊愕，话语乱哄哄地流转。随后，他明白她在给他下命令，他倾听起来。现在，他不能再走出房间，要一直待到午夜，等待府邸空荡荡的漆黑一团。侯爵举行的这次晚会不允许他们过早行动，不过，她要创造一些有利条件，缠住大家，不让人上楼到她的房间。时间一到，于连就背起尸体下楼，把它扔在丽日街下边尽头的"叮咚河"里。看到苔蕾丝解释整个计划时的平静，没有什么更加容易的了。

她停下来，然后将双手按住年轻人的肩膀，问道：

"您明白吗，一言为定？"

他战栗一下。

"好的，好的，随您的意愿。我是属于您的。"

于是她严肃地俯下身去。他不知道她想做什么，她又说：

"吻我吧。"

他颤抖着在她冰凉的脑门上吻了一下。两人保持沉默。

苔蕾丝重新拉上床幔。她跌坐在一把圈椅里，终于能休息一下，沉浸在阴影中。于连站了一会儿，同样坐在一把椅子上。弗朗索瓦丝不再在旁边的房间，房子只传来低沉的声音，房间似乎睡着了，逐渐充满了黑暗。

在将近一个小时内，什么动静也没有。于连听到沉重的敲打声在撞击他的脑壳，妨碍他思考。他在苔蕾丝的房间里，这使他充满了幸福。然后，突然，他想到刚才有一个男人的尸体，在这个凹室里。床幔拂到他身上，他打了个寒噤，他感到自己瘫软了。她爱过这个瘦猴儿，公正的天主！这是真的吗？他原谅她杀死了这个瘦猴儿。使他热血沸腾的是，科龙贝尔光着脚，这个男人的赤脚在床单花边中间。把这个人扔在桥边他非常熟悉的又黑又深的"叮咚河"里，那是多么高兴啊！他们俩摆脱了他，然后可以互相占有。于是，想到这个他早上做梦都不敢想的幸福，他看到自己就在床上，在尸体躺下的地方，这个地方是冰凉的，他感到一种可怕的厌恶。

苔蕾丝仰翻在圈椅里，一动不动。通过窗户朦胧的亮光，他只看到她的发髻高耸的一点。她双手捂住脸，不可能了解使她如此颓丧的情感。在她刚经历过的可怕危机之后，这是普通的身体放松吗？这是一种压抑的悔恨吗？一种对这个长眠的情人的留恋吗？她一门心思平静地在深思熟虑自己的脱险计划吗？或者她在掩盖陷于黑暗中的脸上恐惧的踌躇吗？他琢磨不透。

挂钟在一片沉寂中敲响了。这时苔蕾丝慢慢站起来，点燃梳妆台上的蜡烛。她显得像平时那样沉静，休息以后，振作了起来。她似乎忘记躺在粉红绸幔后面的尸体，以平稳的步伐来回走动，就像在自己闺房中有心事的女人一样。然后，她解开自己的头发，头也不回地说：

"我要换衣服参加晚会了……有人来怎么办？您就躲在凹室里面。"

他坐在那里，望着她。她已经把他看作情人，仿佛她在他们之间的血腥合谋，已使他们在长期关系中彼此习以为常了。

她抬起手臂梳头。他始终哆嗦地望着她，她是多么诱人啊，背脊裸露，在空口懒洋洋地移动娇嫩的手臂和绕着发卷的纤细手指。那么她是想诱惑他吗？

她刚穿好鞋子，这时传来了脚步声。

"您躲到凹室里去。"她低声对他说。

她迅速地把刚换下来的所有衣服都扔在科龙贝尔僵硬的尸体上，有一件内衣还是温热的，散发出她的香气。①

进来的是弗朗索瓦丝，她说：

"大家在等您，小姐。"

"我就去，好奶妈。"苔蕾丝平静地回答。

于连通过床幔的一条缝隙，看到她们两个，他对少女的大胆感到惊悚，他的牙齿咯咯地咬得那么响，以至于用手掌掩住自己的下巴，不让人听见。在他身边，一件女人的内衣下面，他看到悬挂着科龙贝尔一条冰冷的脚。如果做母亲的弗朗索瓦丝拉开床幔，就会碰到她孩子的脚，这只伸出来的脚！

"小心，"苔蕾丝说，"慢点儿走，你会拽走花的。"

她的声音没有一点儿激动。眼下她在微笑，一副去参加舞

---

① 在手稿上，左拉删去了大部分对苔蕾丝衣着的描绘。

会的姑娘的欣喜模样。裙子是白绸的，缀满了蔷薇花，白色的花朵中心是一个红色尖端。她站在房间中央时，有如一大束花，洁白无瑕。她裸露的手臂和脖子延续着丝绸的白色。

"噢！您多么漂亮啊！您多么漂亮啊！"年老的弗朗索瓦丝讨好地一再说，"您的花冠呢，等一等！"

她看来要寻找，把手伸到床幔，好像要看一看床上。于连险些发出不安的喊声。但苔蕾丝不慌不忙，始终在镜子前微笑着，又说：

"我的花冠在那里，在五斗柜上。把它给我……噢！别碰我的床，我在上面放了东西。你会把一切都翻乱的。"

弗朗索瓦丝帮她把蔷薇的长花枝插在头上，花枝柔软的一端落在她的脖子上。然后，苔蕾丝得意地在那儿待了一会儿。她准备好了，戴上了手套。

"好啊！"弗朗索瓦丝大声说，"教堂里没有比您更洁白的童贞女了！"

这句恭维话又使少女露出微笑。她最后一次审视自己，朝门口走去，一面说：

"我们下楼吧……你可以吹灭蜡烛。"

在突然笼罩的一片黑暗中，于连听到门关上了，苔蕾丝的裙子带着丝绸的窸窣声沿着走廊远去了。他坐在地上，还不敢从凹室里出来。深沉的黑夜在他眼前蒙上一块面纱，但他在身边保持这只光脚的感觉，整个房间好像被它弄得冰冷。他处在尴尬的思想中，像昏昏欲睡一样沉重，这时门又打开了。从裙子的窸窣声中，他认出是苔蕾丝。她没有往前走，只是把一样东西放在五斗柜上，喃喃地说：

"拿去，您大概没有吃晚饭……必须吃饭，明白吗？"

又响起了窸窣声，裙子又一次沿着走廊远去了。于连受到震动，站了起来。他在凹室里憋闷得很，再也不能靠着床在科龙贝尔旁边待下去。挂钟敲响八点，他要等四个小时。于是，他蹑手蹑脚地走起来。

微弱的亮光，满天星斗之夜的亮光使他分辨清家具的暗影。有些角落淹没在黑暗中。只有镜子保留旧银器暗淡的反光。平时他并不胆小，但在这个房间里，他不时脸上淌满冷汗。他周围，家具的一团团黑影在蠕动，形成吓人的形状。有三次，他以为听到从凹室里传出叹息声。他吓得停下了。随后，他侧耳细听，这是晚会的声音，跳舞的音乐，人们细碎的笑声。他闭上眼睛，突然代替房里的黑暗，闪出光芒四射，客厅灯火辉煌，他看到苔蕾丝，穿着洁白的裙子，在一个男舞伴的手臂间，随着爱情的乐曲节拍一掠而过。整个府邸随着欢乐的音乐颤动。他一个人待在这令他诅咒的角落里，吓得瑟瑟发抖。突然他毛骨悚然地后退，他似乎看到一个座位上亮起光来。他大胆走过去触摸，他认出这是一件白缎子的紧身胸衣。他拿了起来，把脸捂在少女胸脯使之柔软的衣料中，长久地闻着香味，陶醉其中。

多大的乐趣啊！他想忘掉一切。不，这不是给死人守夜，这是给爱情守夜。他把额角抵住玻璃，嘴唇贴住缎子紧身胸衣，重新想起他钟情的经过。对面，街道的另一边，他看到他的房间，窗户仍然开着。正是在那里，他在漫长的夜晚，用爱慕的笛声去引诱苔蕾丝。他的笛子奏出他的温情，用一个胆怯的情人甜蜜的颤声袒露他的爱情，少女被征服了，最后露出了笑脸。他吻着的这块缎子衣服是她的，是她缎子似的皮肤，她留给了他，让他不要不耐烦。他的梦想变得这样清晰，他离开窗子，跑到门口，以为听到了她的声音。

房间的寒冷落在他的肩上，他摆脱了幻想，返回现实。于是，他做了一个疯狂的决定。啊！他不再犹豫，当晚他要再回来。她太俏丽了，他太爱她了。在犯罪中相爱时，就应该以骨头嘎嘎响的激情去相爱。他当然会回来的，一旦把这包东西扔掉，便奔跑着，不丢失一分钟。他像神经病发作的疯子一样，咬着缎子紧身内衣，将头在衣料里滚动，止息自己因欲望而发出的呜咽。

十点的钟声敲响了。他在倾听。他以为在那里待了好几年。他痴呆地等着。他的手碰到了面包和水果，他站着贪婪地吃起来，肚子里有一种痛苦，无法平息下去。吃了东西也许能使他振作一些。他吃完后，感到极度疲乏。他觉得夜晚似乎应该永远延续下去。在府邸里，远处的音乐变得更清晰了，跳舞的震动不时掀动地板，马车开始滚动起来。他盯住房门，突然他看到锁眼里好像有一颗星星。他没有躲藏。有人进来，算他倒霉！

"不必了，谢谢，弗朗索瓦丝，"苔蕾丝说，拿着一支蜡烛出现，"我会独自脱衣服……你去睡吧，你一定累了。"

她推上门，把门闩上。然后，她有一会儿一动不动，一个手指放在嘴唇上，手上拿着烛台。跳舞没有使她的脸颊泛出红晕。她不说话，放下烛台，面对于连坐下。他们又等了半个小时，相对而视。

府邸里的门全关上了，全府里的人都睡下了。但使苔蕾丝不安的是，弗朗索瓦丝离得这么近，老女人就睡在隔壁房间。弗朗索瓦丝走动了几分钟，然后她的床发出响声，她刚刚睡下。她在被窝里辗转反侧了好久，仿佛是失眠了。终于有力而均匀的呼吸声透过板壁传了过来。

苔蕾丝始终严肃地望着于连。她只说了一个字：

"好。"

他们拉开床幔，想给科龙贝尔的尸体再穿上衣服。他已经像惨不忍睹的木偶那样僵硬。做完这件事后，他们两人的鬓角被汗水濡湿了。

"好！"她第二次说。

于连毫不迟疑，一使劲，抓住了科龙贝尔，扛到肩上，就像屠夫扛起牛犊一样。他佝偻起巨大的身躯，尸体的脚离地有一米。

"我走在您前面，"苔蕾丝迅速地低声说，"我拉着您的外套，您跟着走就行了。慢点儿走。"

首先必须经过弗朗索瓦丝的房间。这是可怕的地方。他们穿过房间，这时尸体的一条腿碰到一把椅子。听到声音，弗朗索瓦丝醒了，嘟哝了几句低沉的话。他们一动不动，她贴着门，他呢，被尸体的重负压得够呛，生怕做母亲的发现他们把她的儿子搬到河边。这是使人万分不安的一刻。随后，弗朗索瓦丝似乎又睡着了，他们小心翼翼地进入走廊。

但在那里，另一个恐怖等待着他们。侯爵夫人没有睡下，一丝光线从她半掩的房门漏了出来。这时，他们既不敢向前，又不敢后退。于连感到，如果他们不得不第二次穿过弗朗索瓦丝的房间，科龙贝尔就会从他的肩上滑下来。有近一刻钟，他们都没有动弹。苔蕾丝为了不让于连疲倦，以惊人的勇气托着尸体。那丝光线终于消失了，他们可以来到底楼，他们得救了。

苔蕾丝重新把封闭的走车马的旧大门打开一点儿。于连扛着重负来到四女广场中央时，看到她站在台阶高处，一身雪白的舞会长裙。她在等候他。

五

于连有公牛的力气。小时候，在他的村子附近的森林里，他乐于帮助樵夫，把树干扛在他孩子的背脊上。因此，他扛起科龙贝尔就像一根羽毛那样轻松。这个瘦猴儿的尸体，是他肩上的一只鸟。他几乎感觉不到分量，发现尸体不算重，这样瘦，这样微不足道，便感到幸灾乐祸。以后在他吹笛子时，科龙贝尔从他窗下经过，不会再讥笑他了，不会再在城里百般取笑他了。想到扛的是一个僵硬、冰冷的情敌，于连感到沿着腰有一股满意的颤动。他耸了耸肩，把肩上的尸体往上抬，咬紧牙，加快脚步。

城里黑漆漆的。但在四女广场皮杜队长的窗户上有亮光，无疑队长感到不适，可以看到他的肚子在窗帘后面移来移去的凸出侧影。于连不安地沿着对面一排房子疾走，这时一个轻轻的咳嗽声使他身上冰冷。他在一个门洞里站住了，他认出了公证人萨乌尔南的妻子，她在呼吸新鲜空气，望着星空大声叹息。这是命运。平时，在这个时候，四女广场笼罩在熟睡中。幸亏萨乌尔南太太终于回到萨乌尔南先生的枕头边，他响亮的呼噜声通过打开的窗户，在街上都听得见。这扇窗户重新关上时，于连赶快穿过广场，一直始终窥视着皮杜队长跳荡的、受折磨的侧影。

他走到丽日街的狭窄处时才放下心来。那里的房子鳞次栉比，石块路的斜坡弯弯曲曲，星光照不到这羊肠小道的里面，那里暗影重重，迷离恍惚。一旦他看到自己受到这样的遮蔽，便禁不住想跑，突然狂奔起来。这是危险的、愚蠢的，他清楚地意识到，但他阻挡不住自己奔跑，他在身后还感到四女广场空荡的和被照亮的方块地，还有公证人妻子和队长的照亮的窗户，有如瞪着他的两只大眼睛。他的鞋踩在路面上咯嗒作响，以致有人会以为他受到追逐。突然，他止住脚步。在三十米处，他刚刚听到吃饭的军官们的声音，一个金黄头发的寡妇在丽日街开了这家饭馆。这些先生大概在互敬潘趣酒，庆贺一个同事调动工作。年轻人心想，如果他们往上走，他就完蛋了，没有一条旁侧的街道容许他逃走，他也没有时间往回走。他听到靴子的囊囊声和佩剑的碰撞声，焦虑不安，都透不过气来。一时之间，他无法判断这些声音是接近还是远去了。但这些声音慢慢减弱。他还在等待，然后决心继续走下去，不让他的脚步发出声音来。

于连终于来到城门口。

这里既没有入市税征收处，也没有任何岗哨。因此，他可以自由通过。但是，在狭窄的丽日街出口，田野出其不意地展开，这使他害怕起来。田野是蓝色的，一种十分柔和的蓝色。清风徐来，似乎有一大群人在等着他，把呼气送到他脸上。有人看到了他，可怕的喊声就要升起，把他钉在原地。

桥就在那里。他分得出那条白色的大路，两道护墙像花岗岩的长凳那样低矮、灰不溜秋。他听到"叮咚河"在高高的草丛中发出的潺潺声。于是，他壮起胆来，弯腰向前，避开空地，生怕被千百个无声的见证人看见，他感到他们就在他四周。最可怕的通道是那座桥，面对建成半圆形剧场那样的整座城市，他在桥上会被人发现。他想走到桥的末端，他平时坐在那里，悬着双腿，呼吸美丽夜晚的清新空气。"叮咚河"有一个很大的洼陷的地方，水面平静而漆黑，强烈的漩涡在水底掀起的动荡形成陷下去的、迅速消失的小浅窝。为了测量一下漩涡中水有多深，他无数次把石子扔到这片水面上，觉得好玩！他最后约束了一下意志力，穿过了桥。

是的，就在这里。于连认出了那个石块，他长期待在那里都坐得光滑了。他弯下腰，看到迅速消失的浅窝像笑靥一样。就是在这里，他把尸体放在护墙上。在把科龙贝尔扔下去之前，他忍不住要最后一次看一看。即使城里所有市民睁眼望着他，也阻止不了他要满足一下。有几秒钟，他和尸体面对面。鬓角的窟窿已变黑了。远处在沉睡的田野上有一辆大车发出很响的呜咽声。为了避免重物扑通一声沉下去太响，他拽住尸体，让它顺着落下去。可是他不知是怎么回事儿，死人的两条胳膊钩住他的脖子，钩得非常紧，他自己也被拖了下去。他奇迹般地抓住一个凸出的地方。科龙贝尔曾想把他拖下去。

他重新坐在石块上时，一阵体衰力竭袭上身来。他待在那里，散了架似的，脊背弯曲，荡着双腿，像一个走累了的人那样疲沓，他经常会这样。他凝望着平静的水面，水面上又出现了笑靥似的浅窝。科龙贝尔刚才想把他也拖下去，钩紧了他的脖子，尽管他已经死了，这是确定无疑的。他大口吸着田野里的清新空气，他的眼睛注视着参差不齐的树影间河水银白色的反光。大自然的这一角，就像一个平静的许诺，处在不引人注目的隐蔽的享受中。

随后，他想起了苔蕾丝。她在等他，他确信这一点。他始终看到她待在损坏的石阶高处，站在门槛上，苔藓已盖没了门槛的木头。她身体笔直，一袭白绸裙，裙上缀满了中央红色尖蓓蕾的蔷薇花。或许寒冷袭上身来。她应该上楼回到她的卧室里。她把门打开，像新婚之夜的新娘，钻进了被窝。

多么甜蜜啊！从来没有一个女人这样等待他。再过一分钟，他就会应约。可是他的腿麻木了，他担心睡着。难道他是一个懦夫吗？为了振作，他回想起苔蕾丝脱下衣服坐在梳妆台前的样子。他又看见她抬起手臂，乳房耸起，在空中摆弄她细腻的手臂和苍白的手。他抽打自己，用的是对她的回忆、她散发的香气、她柔滑的皮肤、她那间使他如醉如痴的发出可怕肉欲的房间。难道他要放弃这奉献的爱情吗？他预感到这爱情的滋味灼痛了他的嘴唇。不，如果他的双腿拒绝载走他，他宁愿用膝盖爬着回去。

但这已是一次败仗，他失败的爱情已经奄奄一息。他只有一个不可抵御的需要，睡眠的需要，长眠不醒。苔蕾丝的形象暗淡了，一堵黑色的大墙升起，把他和她分隔开。现在，他即便用手指触碰一下她的肩膀，也会因此而死去。他那微弱的欲望有一种尸体的臭味。如果他回到她的房间，把这个姑娘紧紧贴在自己的肉体上，天花板就会崩塌在他们头上。

睡眠，长眠不醒，当醒着已没有任何乐趣时，睡着一定是很舒服的！明天他不再去邮局，这没有什么用；他不再吹笛子，他不再出现在窗口。那么，为什么不长眠呢？他的生命已经到头，他可以睡下了。他重新望着河流，竭力想看看科龙贝尔是否还在那儿。

水面平展展的，漩涡形成的迅速消失的笑靥泛起涟漪。"叮咚河"奏起舒缓的音乐，而田野伸展着黑暗。于连三次念叨苔蕾丝的名字。然后，他让自己像包裹一样滚落下去，溅起一大片浪花。"叮咚河"恢复草丛中的歌唱。

当有人发现这两具尸体时，以为有一场搏斗，杜撰出一个故事。于连为了报复对方的嘲笑，大概早就窥探科龙贝尔，他用一块石头砸在对方的太阳穴上，将其杀死后，自己跳到河里。三个月后，苔蕾丝·德·马尔萨纳嫁给了年轻的维特伊伯爵。她穿着白色的裙子，面孔秀美、平静，纯洁而神态傲慢。

昂日丽娜[①]

一

　　大约在两年前，我骑着行车穿过普瓦西北面的奥日瓦尔那边一条荒凉的路，路边突然出现一所房子，使我大吃一惊，我从车上跳下来，想看个仔细。这是一座砖房，没有什么特色，在十一月灰蒙蒙的天空下，冷风扫着落叶，周围是栽着老树的

---

① 左拉最早是以《闹鬼的房子》命名这篇小说。1899 年 1 月 16 日小说最早发表在英国的《星报》上，2 月 4 日发表在法国的《巴黎急件》上。

宽大花园。但使它不同寻常的是，令人揪心、又奇特又冷寂，处在可怕的荒废中。由于一扇铁栅门被拆走了，一块巨大的木牌被雨水淋得褪了色，表示这座房子要出售。我走进花园，好奇心之中夹杂着不安和不自在。

也许三四十年以来，这座房子就没有人住了。挑檐和门窗框架的砖，经过冬天的侵袭，已经松动，长满了苔藓和地衣。房子正面有一道道裂缝，有如早生的皱纹，在这座还很结实却没人照管的建筑上纵横交错。下面的一级级台阶已经冻裂，从中长出荨麻和荆棘，仿佛通往荒芜和死亡之地的门槛。吓人的惨象尤其来自没有窗帘的窗户，光秃秃的，阴森森的，顽童用石头砸碎玻璃，让人看到房间里死气沉沉的，犹如目光熄灭的眼睛依然在没有灵魂的躯体上睁大着。宽敞的花园一片荒凉，以前的花坛在杂草丛生之下几乎难以辨认。小径消失了，被贪婪的植物吞没，矮树丛变成野生的树林。被抛弃的墓园中，野生植物生长在百年大树潮湿的树荫下。这一天，秋风如怨如诉地吹拂着植物，卷走它们最后的叶子。

我长久地忘却自身，处在此情此景显示的令人绝望的哀怨中，心里被暗暗的恐惧扰乱了。我的忧伤感越来越大，不过我被强烈的怜悯、被周围感受到的贫困和痛苦的景象挽留住了。当我决定离开时，在道路的另一边，两条路的交叉口，看到一间旅店，一所破房子，里面供人喝酒，我于是走了进去，决定找当地人聊聊。

店里只有一个老妇人，她嘀咕着给我端来一杯啤酒。她抱怨在这条偏僻的路上安家，一天也路过不了两个骑自行车的人。她没完没了地说，讲她的经历，说她叫图散大妈，和她的男人一起来自维尔农，开了这间旅店，起先倒还顺利，可是，她当了寡妇以后，一切越来越糟糕。在连珠炮地说过以后，我开始问她关于旁边那座房子的事，她突然变得审慎起来，带着不信任的神态望着我，仿佛我想从她那儿掏出可怕的秘密。

"啊！不错，索瓦吉埃尔，本地人都叫它闹鬼的房子……我呢，我什么也不知道，先生。我没有赶上，我来这儿的时候是复活节，还不到三十年，而这些事不久就要往上追四十年。我们来的时候，房子几乎就是您看到的那样……一个个夏天过去，一个个冬天过去，除了砖头落下来，什么也没有变过。"

"可是，说到底，"我问，"既然要卖掉，为什么又不卖掉呢？"

"啊！为什么？为什么？难道我知道吗？……传说那么多……"

无疑，我最后使她产生了信任。随后，她急匆匆地把传说中的事一五一十告诉了我。开始她对我说，邻村的姑娘没有一个敢在黄昏以后走进索瓦吉埃尔，因为流言不胫而走，说是有一个可怜的鬼魂在夜里要回来。我很惊讶，离巴黎近在咫尺，这样一个故事竟然还有人信以为真。她耸了耸肩，首先想表现胆子很大，随后又让人看到她不肯承认的恐惧。

"先生，可这都是事实。为什么又不卖掉？我看到过买主来，所有人都走得比来的时候更快，从来看不到有买主重新出现。那么，可以肯定的是，一旦有看房的人胆敢走进这房子冒险，就会发生奇怪透顶的事：房门乒乓地响，哗啦啦地又自动关上，好像一阵强风刮过；从地窖里升起喊声、呻吟声和呜咽声；如果赖着不走，一个令人心碎的声音就会不断地喊：'昂日丽娜！昂日丽娜！昂日丽娜！'喊声那么痛苦，都要叫人冷到骨头……我对您再说一遍，这是有真凭实据的，没有人能对您说相反的话。"

我开始激动起来，我也打了个寒噤。

"这个昂日丽娜，究竟是谁呢？"

"啊！先生，只得统统都对您实说吧，我呀，再说一遍，我什么也不知道。"

她还是对我和盘托出。四十年前，大约一八五八年，正当得意扬扬的第二帝国处在不断的喜庆中时，G 先生在杜伊勒里宫任职，失去了他的妻子，她给他留下一个十二岁的女儿昂日丽娜。昂日丽娜美若天仙，活脱脱像她的母亲。两年后，G 先生再婚，娶了另一个出名的美女，一个将军的遗孀。据说，再婚以后，在昂日丽娜和她的继母之间产生了毒如蛇蝎的嫉妒：这一个看见自己的母亲被置之脑后，心如刀割；另一个面前总有一个前任的活肖像，生怕丈夫不能忘掉这个女人，便像着魔一样疯狂。索瓦吉埃尔是 G 先生的新夫人。一天晚上，她看到做父亲的热烈地抱吻他的女儿，在嫉妒的狂乱中，她狠狠地打了一下孩子，可怜的小姑娘颈背断裂，倒下死了。随后的事变得十分吓人：父亲失魂落魄，亲自把女儿埋在房子的地窖里，为的是挽救凶手；小尸体埋在那里好几年，他们对外说小姑娘上姑母家去了；一条狗使劲刨土，汪汪地叫，终于让人发现了罪行。杜依勒里宫的人赶紧掩盖丑事。如今，G 先生和太太都过世了，而昂日丽娜每夜都要从黑暗的神秘彼岸回来，回答那叫她名字的悲惨喊声。

"没有人会讲我说假话，"图散大妈最后说，"这一切都是真的，就像二加二等于四一样。"

我惶惶然听她讲述，被不真实的故事弄得不快，但却被这惨剧暴烈而阴森的离奇征服了。这个 G 先生，我曾听人说起过，我似乎觉得他确实再婚，而且家庭的不幸使他一生抑郁寡欢。难道这确有其事吗？人类的激情被煽动起来，激烈到疯狂。一个美如白日、受到宠爱的姑娘被后母杀死，又被父亲埋在地窖的角落里，这是多么惨绝人寰的故事啊！这既令人激动，又令人恐惧，让人难以言说。我还要再问，讨论一下。但这又何必呢？为什么不把这个可怖的故事放在民众精彩的想象中带走呢？①

我重新骑上自行车，朝索瓦吉埃尔投以最后一瞥。黑夜降临，发生惨事的房子以它像死人一样的眼睛，从朦胧的空窗望着我，这时秋风在老对之间悲鸣。

二

为什么这个故事会铭刻在我的脑子里，直到变成摆脱不

---

① 叙述者提出的问题是左拉参与德雷福斯事件时遇到的，他说动人故事对他有强烈的吸引力，1897 年 12 月 5 日他在案件笔录中说：群众的反常和疯狂的例子是少有的，紧了他作为小说家和戏剧家的人道反叛，他面对这样又美又可怕的情况感到激情翻滚，他要分析神秘和暴力对想象所起的影响。

开、真正的折磨呢？这是一个难以解答的精神问题。我徒劳地想，这样的传说在乡间流传，它直接引起了我的兴趣。不管怎样，死去的孩子纠缠着我，四十年来，一个哀怨的声音每夜通过被抛弃的房子里空洞洞的房间，在叫这个楚楚可怜的昂日丽娜。

在冬季的头两个月里，我在做调查。显然，这样一个失踪案件，是具有戏剧性的事件，只要有一点儿风声泄露出来，当时的报纸准定会谈到的。我查阅国家图书馆，什么也没有发现，连一行提到类似故事的文字都没有。然后，我询问当时杜依勒里宫的人，但任何人都不能清楚地回答我，我只得到矛盾的情况，以至于我放弃了查明真相的一切希望，不断地受到神秘事件的折磨。一天早上，一个偶然的情况使我获得新的线索。

每隔两三个星期，我都以同行之谊去拜访老诗人 V，他在刚过的四月去世，将近七十岁。长年以来，双腿瘫痪使他钉死在阿萨斯街小书房的一把扶手椅里，小书房的窗户面朝卢森堡公园。他在那儿舒缓地度过梦幻的一生，只靠想象生活，为自己造了一座理想之宫，远离现实，热爱并忍受痛苦。我们之中谁不记得他清秀可爱的脸、孩子鬈发般的白发、保留着青春纯洁的淡蓝眼睛呢？不能说他始终在说假话。事实是他不断地创造，以至永远也不知道现实对他来说在哪儿截止，梦想在哪儿开始。这是一个非常迷人的老头儿，长时间脱离现实生活，他的谈话常常像谨慎而朦胧地泄露未知事物一样，使我激动。

这一天，我和他在窗口旁聊天，狭窄的房间总是燃烧着熊熊的炉火。外面冰天雪地，卢森堡公园伸展出去，一片雪白，广阔的地平线纯洁无瑕。我不知道怎么竟然跟他谈到了索瓦吉埃尔这个还挂在我心头的故事：父亲再婚，后妈嫉妒活像亲娘的小姑娘，然后是被埋在地窖里。他听我说话，带着甚至忧愁时也保留的平静微笑。静默了一会儿，他淡蓝眼睛的目光消失在远方，在卢森堡公园无垠的白雪中，而一丝梦想的影子从他身上延伸出去，仿佛以轻轻的颤动围绕着他。

"我非常熟悉 G 先生，"他慢悠悠地说，"我认识他第一个妻子，超凡脱俗的美；我也认识他第二个妻子，依然美得惊人。我甚至对两个都热烈地爱过，却从来不曾透露。我认识昂日丽娜，她很美，所有男人都会跪下来崇拜她……可是事情并非完全像您所说的那样。"

我听了非常激动。难道这就是我感到绝望的意外真相吗？我要知晓得一切了吗？我先是不相信，对他说：

"啊！我的朋友，您帮了我多大的忙啊！我可怜的脑袋终于可以平静下来了。快说，把一切都告诉我。"

但他并没有听我说话，他的目光迷失在远方。然后他用梦幻似的声音说话，好像随着他的叙述，他在创造人和事物。

"昂日丽娜十二岁时已像成年人一样心里充满了成熟的爱情，带着快乐和痛苦的冲动。她发狂地嫉妒继母，她每天看到继母在父亲的怀抱里，就像看到可怕的背叛而感到痛苦。新婚夫妇侮辱的不再是她母亲一个人，他们折磨的是她，撕扯她的心。每夜，她听到她的母亲从坟墓里叫她。有一夜，为了与母亲'团聚'，她痛苦异常，这个十二岁的小姑娘将一把刀刺进了自己的心脏。"

我大声喊道：

"天哪！可能吗？"

"多么恐怖，多么吓人啊！"他没有听我说话，继续讲下去，"第二天，G先生和太太发现昂日丽娜躺在小床上，刀子当胸一直插到刀柄！他们第二天就要出发到意大利，家里只有一个把孩子带大的老妈子。他们担心有人指控他们犯罪，在她的帮助下，确实把小尸体埋了，不过是在房子后面，一棵大橙树下面的花坛角落里。她的双亲去世后，直到老妈子讲出这段故事那一天，才在那里找到她。"

我起了疑心，不安地打量他，寻思他是否在杜撰。

"但是，"我问他，"难道您也相信昂日丽娜能够每夜回来，回答喊她那个神秘而凄惨的声音吗？"

这回他看着我，又开始用宽容的神态微笑起来。

"回来，我的朋友，唉！所有人都回来了。干吗您不愿意死去的可爱小姑娘仍然住在她爱过和痛苦过的地方呢？如果有人听见一个叫她的声音，那是因为她的生命还没有重新开始，请您放心，因为一切都会重新开始，什么都不会消失，爱情和美都一样……昂日丽娜！昂日丽娜！昂日丽娜！她会在太阳和花朵里再生。"

我心里当然没有信服，也没有平静。我的老朋友V是个天真的诗人，甚至把我弄得更糊涂了。他准是在编造。但正像所有的明眼人一样，兴许他猜出来了。

"您讲给我听的一切，都是真的吗？"我笑着大胆问他。

轮到他柔和地快活起来。

"当然是真的。难道'无限'不都是真的吗？"

这是我最后一次见到他。大概由于我之后不在巴黎。我仍然看到他带着梦幻的目光，远望着卢森堡公园白茫茫的一片，那么平静地确信他无尽的梦幻，而我呢，迫切地想查明埋藏心里的扑朔迷离的事实真相。

三

一年半过去了。我不得不去旅行，在那场席卷我们到未知境界的风暴打击下①，巨大的忧虑和巨大的快乐使我的生活激荡不已。但有时我总是听到悲惨的叫声从远处传来，穿过我的身体："昂日丽娜！昂日丽娜！昂日丽娜！"我瑟瑟发抖，疑窦丛生，受到想知道真相的折磨。我不能忘记，没有比半信半疑更使我像受到地狱的煎熬了。②

在六月里一个风清和煦的晚上，我说不出怎么回事，骑自行车来到索瓦吉埃尔那条偏僻的路上。我是想再看看这个地方吗？难道是本能让我离开大路，朝这个方向驶去吗？已经是将近晚上八点钟了，但在一年中白天最长的这些日子里，天空仍

---

① 指德雷福斯案件。左拉在1893年发表致总统的《我控诉》一文后，被迫流亡英国。

② 左拉仍然在影射德雷福斯案。他在《真相》这部小说的主人公马克身上也刻画了类似的形象："马克的思想有逻辑而且清晰。理智在他身上十分明晰而牢固，需要把一切建立在确信上。由此他对真相有绝对的激情。在他看来，只有在确信中才有可能休息，获得真正的幸福，而这确信在他身上是完完全全的、最终的和决定性的。"

然映照着落日余晖，万里无云，透出无边无际的金色和蔚蓝。多么惬意的微风啊，多么芬芳的草木气味啊，在辽阔宁静的田野里是多么温馨愉悦啊！

和第一次一样，在索瓦吉埃尔前面，惊讶使我跳下了车。我迟疑了一下，这不再是同样的房子了。漂亮的新铁栅门在夕阳下闪光，围墙已经修复，隐没在树丛中，我几乎看不见房子，我觉得这儿恢复了喜气洋洋的青春欢乐。莫非这是宣布复活了吗？昂日丽娜已经答应远方的喊声，返回人间了吗？

我在路上停下，呆呆地望着，这时在我身边有一个慢吞吞的脚步声，使我吓了一跳。这是图散大妈，从邻近的一块苜蓿地牵回一头母牛。

"这些人，难道他们不害怕吗？"我指着房子问。

她认出了我，让牲口停下来。

"啊！先生，有些人会从天主身上踩过去。房子卖掉已经有一年多了。这是画家 B 来这么一手，您知道，这些画家什么事都干得出来。"

然后，她牵走她的牛，摇摇头加上一句：

"临了，倒要看看事情怎么了结。"

画家 B，这个细腻而灵巧的艺术家，画过那么多可爱的巴黎女人！我认识他，在剧院里，在画展大厅里，在凡是能相遇的地方，互相握过手。突然，我忍不住想走进去，坦言相告，请求他把他所知的真相、把索瓦吉埃尔纠缠着我的内幕告诉我。我没有仔细思量，也没有在意骑自行车风尘仆仆的衣服，况且习惯也开始成自然了，我把自行车一直骑到一棵老树长满苔藓的树干前。听到铁栅门上弹簧震动的清脆铃声，一个仆人过来了，我递给他一张名片，他让我在花园里等一等。

当我扫视周围时，我更加吃惊了。房子正面已经修缮过，再没有裂缝，再没有松开的石头；台阶上摆满了玫瑰花，重新变成一道欢快迎迓客人的门槛；有了生气的窗户如今笑嘻嘻的，诉说着白色的窗帘后面屋内的欢乐。花园也清除了荨麻和荆棘，花坛重新出现，形成了一个香气扑鼻的大花束，百年老树在春天阳光的金雨下、在宁静中恢复了青春。

仆人重新出现，他把我带进客厅，对我说，先生到邻村去了，但他很快会回来。我可能等了几个小时。我耐住性子，先观察我所在的这个房间：陈设讲究，厚厚的地毯，印花布的窗帘和门帘，配上宽大的长沙发和深凹的扶手椅。门帘很宽，日光蓦然一暗使我吃了一惊。随之黑夜几乎完全降临了。我不知道要待多久，他们把我忘了，甚至没有把灯端来。我坐在黑暗里，开始重新复活整个悲惨的故事，沉湎在幻想中。昂日丽娜是被杀害的吗？她是自己用一把刀戳进心窝的吗？在这所又变得漆黑的闹鬼的房子里，恐惧袭上身来，先是轻微的不舒服，起了一阵鸡皮疙瘩，随后恐惧增大，在强烈的恐怖中，我全身冰冷。

我仿佛听到隐约的声音在什么地方徘徊。这无疑是在地窖的深处：低沉的呻吟、憋住的呜咽、幽灵沉重的脚步声。随后，声音上升、接近，我觉得整幢幽暗的房子充满了这种吓人的悲伤。突然响起可怕的喊声："昂日丽娜！昂日丽娜！昂日丽娜！"声音越来越响，我感到冷风掠过我的面部。一扇客厅的门猛地打开，昂日丽娜走了进来，穿过客厅，没有看见我。我认出她，灯光和她一起从照亮的前厅进来。这确实是十二岁死去的小姑娘，亭亭玉立，美丽的金发披在肩上，一身素白，白得就像每天晚上从地下回来的土色。她无声地、发狂地穿过，从另一道门消失，喊声重新响起，在更远的地方："昂日丽娜！昂日丽娜！昂日丽娜！"我站在那里，额头冒出冷汗，在来自神秘世界的狂风中，恐怖得毛发根根竖起。

几乎在同时，我觉得，就在仆人终于拿着一盏灯进来的时候，我意识到画家 B 在那里，他握着我的手，对我这样久等表示歉意。我没有虚假的自尊心，马上对他提起我的故事，虽然我还在战栗。他起先惊讶地听我讲话，然后带着和蔼的笑容，忙不迭地让我安心！

"亲爱的，您准定不知道，我是第二个 G 太太的表弟。可怜的女人啊！指责她是杀这个孩子的凶手！她那么爱孩子，就像父亲一样因失去她而痛哭！因为唯一的真相是，可怜的孩子是死在这里的，并非她亲手杀死自己，而是死于突然发烧，天哪！受到这样大的打击，父母都恨上这所房子，再也不想回来。这就解释了他们生前房子里没有住人。他们死后，有打不完的官司，无法卖掉这所房子。我想要它，长年等待机会，我向您保证，我们还没有看见过任何幽灵。"

我有点儿战栗，结结巴巴地说：

"可是，昂日丽娜，我刚刚看见了她，在那里，就刚才……有个可怕的声音在叫她。她穿过去了，穿过这个房间。"

他望着我，惊愕不已，以为我失去了理智。突然他像生活美满的人一样哈哈大笑起来。

"您刚才看到的人是我的女儿。她的教父就是 G 先生，他为了纪念他的女儿，就给她起了昂日丽娜这个名字；刚才一定是她的母亲喊她，她从这个房间穿过去了。"

孩子回来了，非常活泼，乐呵呵的，朝气蓬勃。正是她，白色的长裙，美丽的金发披在肩上，身材娉婷，闪耀着希望的光芒。

亲爱的幽灵，这个在死去的孩子身上复活的孩子啊！死神被战胜了。我的老朋友、诗人 V 没有说谎，什么也没有失去，一切重新开始，美丽和宠爱都一样。母亲们在喊她们，这些今天的小姑娘，这些明天的恋人，她们又生活在阳光下和花丛中。房子正是从孩子的苏醒中变得有鬼出没似的，今天，房子又变得年轻、幸福，处在终于又找到的欢乐中。

雅克·达木尔[①]

❧❀❧

一

在努阿美[②]那边，当达木尔眺望大海空阔的边际时，他有
时以为看到了自己的坎坷经历、围城的困苦、公社的愤怒，然
后是颠沛流离，远渡重洋。他如今面容憔悴，仿佛被人殴打过

---

① 小说首次发表在 1880 年 7 月的《欧罗巴信使报》上，在 1879 年 3 月
　 3 日（7 月 11 日大赦）允许公社社员回国之后。
② 新喀里多尼亚的首府，位于太平洋。

似的。这不是一个明晰的幻象，不是可以怡然自得、陶醉其中的回忆，而是变得模糊暗淡的沉思默想，只涌现一些记忆犹新、准确无误的事实，其余的已经泯灭了。

二十六岁时，雅克娶了费丽丝，这是个十八岁的高大漂亮的姑娘，拉维罗特①一个水果商的女儿，正是这个水果商租给雅克一个房间。他是金银首饰镂刻工，每天能挣到十二法郎。她起先当裁缝，但由于他们不久就有了一个男孩子，她顺理成章要喂养孩子和料理家务。欧仁茁壮地成长。九年以后，又添了个女儿，叫路易丝，多少年都是骨瘦如柴，他们为了她在看医吃药上花费的真不少，不过，这个家庭没有什么不幸。达木尔往往星期一表现得不错，如果他喝多了，他会显得很有理智，倒下便睡，第二天照旧上班，同时觉得自己没有出息。打十二岁起，欧仁就开始学艺。这个顽童才刚会读书写字，便已经独立谋生。费丽丝很爱干净，安排生活灵巧节俭，或许像做父亲的所说的，她有点儿"太巴结"，因为她常常给他们吃蔬菜，多于吃肉，好攒点儿钱，以备不时之需。这是他们最美好的时光。他们一家住在梅尼尔蒙唐②昂维埃日街的一套有三个房间的住宅里，父母一间，欧仁一间，还有一间饭厅，工具都堆放在那里，厨房和路易丝的内室不算在内。这是一幢小楼，位于一个院子的尽里头，但空气还是很流通的，因为窗户朝向一个已拆毁的建筑物的工地，那里从早到晚，大车卸下一堆堆

---

① 巴黎郊区的一个小镇。
② 巴黎郊外的一个小镇，自1860年起属于巴黎。

烂木碎砖。

当战争①爆发时，达木尔一家在昂维埃日街已经住了十年。费丽丝虽然接近四十岁，但仍然很年轻，稍稍发胖，肩膀和臀部线条浑圆，使她成为区里的标致女人。相反，雅克却像风干了一样，两人相差八岁，他站在她旁边，已像老人一般。路易丝总算摆脱了危险，但身子骨依然脆弱，她像父亲的体质，带着小姑娘的精瘦，而欧仁当时十九岁，像母亲一样，身材高大，背阔腰圆。他们在一起过得很融洽，除了星期一，有时父子俩在酒店里待到很晚。钱这样吃喝掉，费丽丝十分恼火。有两三回，他们甚至打了起来，但后果并不严重，这是酒的错儿，而且在井井有条的家里也没有酒。人们援引他们一家为好榜样。普鲁士人向巴黎进军，可怕的失业开始的时候，他们在储蓄银行存有一千多法郎。对于要抚养两个孩子的工人之家来说，这是很不错的了。

因此，围城的头几个月他们不是很艰苦。在闲置着工具的饭厅里，他们还吃着白面包和肉。邻居是个可怜虫，他是画匠，名叫贝吕②。达木尔怜悯他的贫困，甚至还能发发善心，有时邀请他来吃饭。这个朋友早晚必到，他是个滑稽大王，总有笑料可说，最后终于缴了费丽丝的械，这张大嘴狼吞虎咽掉最好的肉块，她曾经既不安，又恼火。每晚大家都玩牌，一边

---

① 指 1870 年的普法战争。
② 贝吕的原型是卡米尔·贝吕，1851 年成为流亡者，在《比利时独立报》任编辑部秘书。

数落着普鲁士人。贝吕是个爱国者，谈到在田野里挖地道和坑道，直达沙蒂永和蒙特尔图的炮台底下，一下炸掉这两个据点。然后他又抨击政府，说是这帮懦夫为了迎回亨利五世①，甘愿向俾斯麦②打开巴黎的所有大门。谈起那些卖国贼的共和国，他不由得耸了耸肩。嗨！共和国！他两只手肘支在桌上，嘴里叼着短烟斗，向达木尔解释他的政府，那时人人都是兄弟，自由自在，财富属于大家，从上到下，到处是正义和平等。

"就像一七九三年一样。"他断然地加上一句，并不知道为什么。

达木尔神情严肃。他也是共和派，因为从摇篮起，他就听到周围的人说，有朝一日，共和国将是工人的胜利，普天下的幸福。不过他对于事情该怎么进行倒没有明确的想法。因此，他仔细地聆听贝吕，觉得言之有理，不消说，正如贝吕所讲，共和国定会到来。他热血沸腾，坚信全巴黎的人，男女儿童，要是高唱《马赛曲》，向凡尔赛挺进的话，就能击溃普鲁士人，伸出手来援助外省，建立人民的政府，这个政府该给每个公民年金。

"小心，"费丽丝满腹狐疑地说，"同贝吕在一起，不会有好结果。你可以养活他，既然这叫你高兴，就让他一个儿去瞎

---

① 亨利五世（1820—1883），即波尔多公爵，查理十世的孙子，从1836年起就觊觎法国王位，企图恢复旧王朝的统治。

② 俾斯麦（1815—1898），德国首相，铁腕人物，在他指挥下发动普法战争。

碰乱撞吧。"

她也拥护共和国。一八四八年，她父亲死在街垒上。只不过回忆起来并没使她冲动发狂，却使她变得理智。处在平民的地位，她说过她知道怎样迫使政府变得正义，她会变得很得体。贝吕的话激怒了她，让她害怕，因为她觉得这些话是邪门歪道。她看出达木尔变了，举止言谈都使她不高兴。但她对儿子欧仁倾听贝吕说话时热烈阴沉的神情更为担心。每晚，路易丝就在桌子上睡着了，而欧仁抱着手臂，慢慢呷着一小杯白酒，一声不吭，盯着画匠，画匠总是从巴黎带回一些关于卖国行径的奇异故事，什么波拿巴分子从蒙玛特尔高地向德国人发信号啦，抑或将成袋面粉和成桶弹药扔到塞纳河以便早日献城啦。

"都是些流言蜚语！"待贝吕决定要走，费丽丝这样对儿子说，"你呀，你别去伸头露脸！要知道他在撒谎。"

"我心里有数。"欧仁回答，做了一个可怕的手势。

大概十二月中旬，达木尔一家吃光了他们的积蓄。随时都有传闻，说什么普鲁士人在外省败北，出现胜利的迹象，终于要解救巴黎啦。起初，一家人并不害怕，不断盼望恢复工作。大家勉为其难，就靠围城时的黑面包生活，只有小路易丝消化不了。这时，达木尔和欧仁正像那做母亲的所说，终于情绪激动起来。他俩从早到晚无所事事，离开了他们的日常习惯，放下了工具，手臂发软。他们俩生活在苦恼中，在充满古怪的血腥想象里，惶恐不安。两人进了一个步兵营，就像其他许多步兵营一样，甚至不走出防御工事，大家在驻扎的地方打牌。达木尔肚腹空空，知道家里的贫困而心痛难受。正是在这里，他听到这个那个的传闻，才明白过来，政府早已发誓要消灭人民，成为共和国的主宰。贝吕说得很对：没有人不知道，亨利五世住在圣日耳曼的一幢房子里，房顶上飘着一面白旗。但这迟早要结束。有朝一日，这些使工人挨饿、屠杀工人的浑蛋，总要叫他们吃枪子儿。事情很简单，就叫富人和教士腾出地方来。达木尔和欧仁一起回家，被外边的疯狂举动弄得十分狂热，他们一味说到杀人，费丽丝吓得脸色刷白，缄默不语，她在照顾小路易丝，小姑娘由于饮食低劣，又病倒在床。

围城终于结束，停战协议签订了，普鲁士人列队走过香榭丽舍大街。昂维埃日街的这家人又吃上了白面包，是费丽丝到圣德尼弄来的。可是用餐时气氛阴沉，欧仁特意去看过普鲁士人，谈起种种细节，而达木尔舞起一把叉子，愤怒地叫嚷，本该把所有的将军都送上断头台。费丽丝恼了，夺过了他的叉子。往后几天，由于老不复工，他决定自己动手干活儿。他有几块铸件和烛台，他想加一下工，再卖出去。欧仁待不住，干了一个小时就放下活计。至于贝吕，停战以后就消失不见了，不用说，他已找到一个饭菜更好的人家。但有一天，他容光焕发地出现，叙述起蒙玛特尔高地的大炮事件。到处筑起了街垒，人民的胜利终于来临，他来找达木尔，说是需要所有的好公民。达木尔放下了他手里的活计，对费丽丝惊恐的脸色置之不顾。这就是巴黎公社。

三月、四月、五月，日复一日地过去了。达木尔感到厌倦，他的妻子恳求他待在家里，他回答说：

"那么我的三十个铜子呢？谁给我们面包？"

费丽丝垂下了头。他们就靠父亲的三十个铜子和儿子的三十个铜子来糊口，这是国民自卫军的薪俸，因为分酒分咸肉，有时还可以提高一点儿。再说，达木尔对他的权利满怀信心，他向凡尔赛人开火，犹如向普鲁士人射击一样，深信他在挽救共和国，保障人民的幸福。经历过围城的困苦和身心疲劳，内战的震动使他生活在压抑的噩梦中，他像一个默默无闻的英雄在那里挣扎，下定决心为保卫自由而战死。他并不理解共产主义思想的各种复杂理论。依他看，公社就是到来的黄金时代，世界大同的开端。他更固执地确信，在某个地方，在圣日耳曼郊区或者凡尔赛，有个国王正准备重建宗教裁判所和领主特权，如果一旦让他进入巴黎的话。至于他这个人，他连压死一只昆虫都不忍心，而在前沿阵地上，他却毫不犹豫地摧毁敌军。他筋疲力尽，满身汗污，烟尘仆仆，回到家里，好几个小时待在小路易丝身边，倾听她的呼吸。费丽丝不再试图挽留他待在家里，她以谨慎女人的平静等待这场震荡的结局。

可是有一天，她大胆指出，那个可怜虫贝吕，早先大喊大叫，却没有那么蠢，要去挨枪子儿。他很有能耐，居然在后勤部找到一份好差事，这不能阻止他穿军装，戴着肩章，跑来称赞达木尔的思想，滔滔不绝地谈论要枪毙各个部长、全体内阁成员和所有商人，只要进攻凡尔赛，逮住了他们的话。

"为什么他自己不去，而把别人推在前头呢？"费丽丝说。

但达木尔回答：

"别说了。我在履行义务，那些不履行义务的人，随他们去吧!"

　　将近四月末的一个早上,有人把躺在担架上的欧仁抬回昂维埃日街。他在慕利诺附近当胸挨了一颗子弹。正往楼上抬的时候,他在楼梯上咽了气。待到达木尔晚上回来,发现费丽丝默默无言地待在他们儿子的尸体旁边。这是可怕的打击,他摔倒在地,而她任凭他靠墙坐着啜泣,一言不发,因为她无话可说,倘若她吐出一句话来,她会这样喊:"都是你的错!"她早已关上小房间的门,没发出什么响声,生怕吓着路易丝。因此,这时她去看看这父亲的呜咽有没有惊醒孩子。他终于站起来,长久地对着镜子,凝视欧仁的一张相片,小伙子穿着国民自卫军的军装。他拿起一支笔,在相片底下写上:"我会为你报仇。"他还写上了日期和签名。这才轻松一点儿。翌日,一辆蒙着大幅红旗的柩车把遗体送到拉雪兹神父公墓,后面跟着一大群人。父亲光着头走着,看到这些旗帜,这使灵柩的黑木更加幽暗的血红色,不免使他的心溢满愤恨的思想。费丽丝留在昂维埃日街,待在路易丝身边。当天晚上,达木尔就回到前沿阵地去杀敌。

　　五月那几天终于来到了。凡尔赛军队进入巴黎。达木尔有两天没回家,他同他那一营人一起撤退,在大火中坚守街垒。他已经茫无所措,在烟雾中开着枪,因为这是他的职责。第三天早上,他又出现在昂维埃日街,衣衫褴褛,踉踉跄跄,像个醉汉一样痴呆。费丽丝给他脱去衣服,用湿毛巾擦干净他的手,这时一个女邻居来说,公社社员还在拉雪兹神父公墓坚持着,凡尔赛人不知道怎么把他们撵出去。

"我到那儿去。"他简单地说。

他重新穿上衣服，拿起他的枪。但公社的最后一批保卫者已经不在高地，而在光秃秃的荒地里，欧仁就安卧在其中。他心烦意乱，但愿自己被打死在儿子的坟茔上。他连那儿都去不了。炮弹呼啸而至，高大的坟墓都炸坏了。有几个国民自卫军还躲在闪闪发白的大理石后面，掩蔽在榆树之间，向士兵开火，远远可以看到士兵们的红裤子在往上爬。达木尔恰好在这时来到，被抓了起来。他的三十七个同伴被枪杀了。他逃脱了这场处决，那真是奇迹。由于他妻子刚给他洗过手，他又没有再开过枪，或许这样得到了赦免。不过他精疲力竭，惊慌失措，目睹恐怖的场面，受到太多的打击，他后来再也想不起接着到来的那几天。这在他的脑子里，仿佛是一场朦胧的噩梦：在黑魆魆的地方度过漫长的一个又一个小时，在烈日下艰苦地跋涉、叫喊、殴打，他所过之处是目瞪口呆的人群。他脱离这种痴呆的状态时，已经作为囚徒，被押到了凡尔赛。

费丽丝来看望他，她总是脸色苍白，表情平静。她告诉他，路易丝好多了，两人又沉默不语，互相没有什么好诉说的。她走的时候，为了鼓起他的勇气，补上说，大家在关心他的事，正设法营救他。他问道：

"贝吕呢？"

"噢！"她回答，"贝吕安全无恙……军队进城的第三天，他已经溜了，不用替他担心。"

一个月后，达木尔被流放到新喀里多尼亚。他被判决一般地流放。由于他没有军阶，要是他平静地咬定他自始至终未曾放过枪的话，军事法庭或许会赦免他无罪。在最后一次见面时，他对费丽丝说：

"我会回来的。你带着小姑娘等着我。"

待到他头脑昏沉，面对着大海空阔的边际，心境抑郁，在影影绰绰的记忆里，达木尔最清晰地听到的就是这句话。他往往就停留在那里，直至夜幕降临。在远方，有一个亮点如同船只的航迹划破越来越浓的黑暗一样，长久地消失不掉。他仿佛觉得该站起身，踏着海波，沿着这条白晃晃的道路走去，因为他答应过要返回家园。

二

在努阿美，达木尔表现得不错。他找到了工作，人们使他产生得到赦免的希望。这是个很和蔼的人，喜欢同孩子们玩耍。他不再过问政治，很少访友，生活孤独，只能指责他的是偶尔喝点儿酒，但喝醉时十分柔顺，热泪滔滔，径自睡觉去了。他的赦免看来肯定没问题，有一天他却失踪了。人们获悉他同四个伙伴一起逃走了，都十分惊讶。两年来，他收到费丽丝好几封信，起初信按时寄来，不久越来越少，终于没了消息。他写得很勤。三个月过去了，杳无音信。于是他感到了绝望，赦免恐怕还要再等上两年，他在狂热中铤而走险。这种狂热，第二天就会令人后悔不迭的。一个星期之后，在几法里以外的海滨，找到了一只破碎的小船和三个逃跑者的尸体，一丝不挂，已经腐烂，目睹者证实，其中有达木尔。身材一样，胡子也一样。经过简短的调查，各种手续都办妥了，签发了死亡证书，在寡妇的要求下寄往法国，当局已经通知了她。整个报界都在关注这件事，有篇关于逃跑和悲惨结局的十分具有戏剧性的报道，转载于全世界的报纸上。

然而，达木尔还活着。人们把他和他的一个伙伴混淆了，尤其令人惊异的是，他们两人并不相像。他们俩只不过都留着长胡须。达木尔和奇迹般地活下来的第四个逃跑者，一踏上英国的土地便分道扬镳。他们从此没有再见面，不用说，那一个死于黄热病，这种病差点儿也将达木尔席卷而去。他第一个想法就是通知费丽丝。但有一份报纸落到他手里，他读到关于他逃跑的报道和死讯。打这时起，他觉得写信不够谨慎，人们可能截获这封信，看到后便会知道真相。对所有人来说，他死了不是更好吗？没有人再为他操心，他就可以自由地回到法国，一直等到大赦，再露出身份。正是在这时候，一场黄热病的可怕袭击使他滞留在无望病人医院达几星期之久。

等到达木尔逐渐康复时，他感到难以抑制的困倦。好几个月他仍感虚弱，身不由己。热病仿佛掏空了他以往的愿望。他一无所欲，心想何必烦恼。费丽丝和路易丝的形象消失了。他还常常看到她们，但是十分遥远，是在浓雾之中，他有时竟迟疑着，要认不出她们了。当然，他一恢复健康，就会动身去找她们。当他终于能起床时，另一个计划占据了他的全部心思。在重新找到妻子和女儿之前，他憧憬发一笔财。他在巴黎能干什么呢？他会饿死，不得不重新捡起他的手艺，兴许他连工作也找不到，因为他感到自己已经老朽不堪。相反，倘若他到美洲去，在数月之内，他说不定会积攒起十几万法郎，他的耳朵里轰鸣着几百万的奇异故事，比起来他确定的只是个普通的数目。有人给他勾画一个金矿，那里所有的人，直至最低贱的挖土工人，在半年后都能挥金如土。他已经安排好自己的生活：他带着十几万法郎回到法国，买下万桑那边的一幢小楼，依靠三四千法郎的年金，生活在费丽丝和路易丝中间，逍遥度日，幸福甜蜜，摆脱政治。一个月以后，达木尔到了美洲。

于是开始了动荡的生涯，他追逐运气，投身于大量奇异和庸俗的冒险活动中。他经历了千难万苦，接触到各种发财机会。有三次他以为终于拥有十万法郎，但一切又从他的指缝流走了，别人席卷了他的财产，他做了最后一次努力，仍然被剥夺净尽。总之，他吃苦受累，拼命工作，依旧身无分文。他跑遍世界，最后流落到英国。从英国又来到布鲁塞尔，就在法国的边界上。只不过他不再想返回法国。自从他到了美洲，他就不再给费丽丝写信。三封信得不到回音，他不得不猜想起来，抑或有人扣留了他的信，抑或他的妻子已经去世，抑或她离开了巴黎。隔了一年，他还做过一次无用的尝试。为防备有人拆信，怕自己暴露，他便用假名写信，对费丽丝谈起一件臆造的事，相信她会认出他的笔迹，心领神会。长久断绝音信仿佛使他的思念沉睡了似的。他已经"溘然长逝"，在世上无亲无故，什么事都无关紧要。他在一个煤矿干了几乎一年，在地底下看不到阳光，绝对销声匿迹，只顾吃饭睡觉，此外一无所求。

有一晚，他在一个小酒馆里听到有人说，大赦令刚刚通过，所有公社社员都可以回国。这消息唤醒了他。他受到震动，感到需要同其他人一起动身，到那边去再看看他居住过的那条街道。起先这是一种普通的本能的推动。在回国的火车上，他的脑子开动起来，他想到如今他可以重新取得他在阳光下的一席地位，如果他终于找到费丽丝和路易丝的话。希冀升上他的心头，他眼下是自由人，可以公开去寻找她们。末了他相信他会找到她们平静无事地待在昂维埃日街的住宅，桌布铺好，仿佛她们早就在等待着他一样。什么都会解释清楚，不过是很普通的误会。他要到区政府去，通名报姓，这个家庭就会重新开始往昔的生活。

在巴黎，北站挤满了熙熙攘攘的人群。旅客一出现，欢呼声就此起彼伏，出现了疯狂的热情，手臂挥舞着帽子，张大的嘴呼喊着名字。达木尔一时间惶恐起来，他不明白怎么回事儿，他以为所有这些人是来夹道欢迎他的。随后，他辨别出人们欢呼的一个名字，这是一个公社社员的名字，他恰好坐在同一辆车上，是有名的缺席被告人，民众在向他欢呼。达木尔看着他走过，他十分臃肿，目光湿润，面带笑容，对这个欢迎场面十分感动。这位英雄登上了马车，人群嚷着要给马卸套。你挤我推，人流涌向拉法耶特街，万头攒动，越过这海洋，好一阵可以看到马车缓慢地远去，宛如一辆凯旋的战车。达木尔被推推搡搡，好不容易来到郊外的大街。没有人注意他。他经历的千辛万苦，凡尔赛、远渡重洋、努阿美，这一切都涌上心来，悲苦交集。

在郊外大街上，他柔情复萌。甚至忘了一切，他仿佛觉得他刚把工作留在巴黎，心情平静地回到昂维埃日街。十年的生活填塞得这样杂乱，这样满满登登，他觉得自己后面就像人行道一样平平展展地绵延下去。可是，以往他回家时对这些常见的东西是悠然自得的，如今却感到某种惊异。郊外大街本该更加宽阔，他停住脚步看招牌，见到这些十分愕然。踏上这令他怀念的土地，他没有坦然的欢乐；他心里混杂着咏唱浪漫曲叠句的柔情和暗暗的不安，这种不安是面对重新见到的熟悉旧事物而产生的陌生人之感。当他走近昂维埃日街时，他的心情越发纷乱。他感到手脚瘫软，他不想继续走下去，仿佛灾难等待着他似的。为什么要回来？他回来要干什么？

他终于来到昂维埃日街，三次走过家门而不入。对面的煤炭铺已经消失，如今是一爿水果店。他觉得门口那个女人身体健壮，正襟危坐，他不敢去问询，像他早先打算的那样。他宁愿直奔门房去碰碰运气。多少次他这样转到左边甬道的尽头，终于敲了敲小玻璃窗：

"达木尔太太在吗？"

"不认识……咱们这儿没这人。"

他站着一动不动，在过去门房所在的地方，是一个大块头女人，如今在他面前是一个干瘦的、不好惹的小女人，她神气疑忌地瞧着他。他接着说：

"十年前，达木尔太太住在尽里头。"

"十年！"女门房嚷着说，"嗨！这是哪年哪月的事！……眼下是一月份。"

"达木尔太太也许留下了地址吧。"

"没有。不知道。"

他还要纠缠，她发了火儿，威胁要叫她的丈夫出来。

"嘿！你到楼里来刺探，还有完没完！……真有那么些人想溜进来……"

他的脸涨得通红，嘟嘟囔囔地退了下来，为自己干瘪的长裤和腌臜的旧外衣感到羞耻。他顺着人行道，耷拉着头走着，然后又走了回来，因为他委决不下，是否该这样走开。仿佛诀别一样，这使他摧肝裂胆。别人或许会怜悯他，告诉他一点儿情况。他抬起眼睛，凝望着窗户，审视着店铺，竭力想镇定下来。这一带寒碜的房子解除租约的事像下雹子一样密集频繁，十年足以变换几乎所有的房客。但是他还残存一点儿谨慎心理，夹杂着羞耻心，这是一种受惊吓的孤僻感，他一想到被人认出来就不寒而栗。他沿着街往下坡走去，终于看到一些熟悉的面孔：烟草店老板娘、杂货商、洗衣妇、面包店老板娘。过去他们曾互通有无。他有一刻钟游移不定，在店铺前面徘徊踯躅，寻思该不该进去，内心斗争不已，难熬得渗出了汗珠。他心惊胆战地选中了面包店老板娘，这是个无精打采的女人，总是白得像从面粉袋里钻出来似的。她盯住他，没从柜台上挪动一下。不用说，她没认出他来，他的皮肤晒得黧黑，头顶光秃，像被烈日催熟了一样，浓密的大胡子掩没了半边脸。这情景使他胆子壮了些，他买了一个铜子的面包，大着胆子问道：

"您的女顾客中，有没有一个带着小姑娘的女人？……达木尔太太呢？"

面包店老板娘沉吟了一会儿，然后用软绵绵的声音说：

"啊！有的，在从前，差不离……不过很久以前啦。眼下我不清楚……来来去去有那么多人！"

　　他对这个回答心满意足了。往后几天，他胆子更大些，又去问了几个人，但到处遇到的都是一样的冷漠，一样的遗忘，情况互相矛盾，使他更加坠入五里云雾中。总之，看来费丽丝肯定在他动身前往努阿美之后约两年，即在他逃跑的时候，离开了本区。没有人知道她的地址，有的说是在格罗－卡瓦，有的说在贝尔西镇①。人们甚至想不起小路易丝，他一筹莫展，有一天晚上坐在郊外大街的长凳上哭泣起来，心想他不会知道更多的情况了。他怎么办？巴黎对他来说毫无意义了。他回到法国剩下的一点儿钱都已用光。一时间，他决定回到比利时的煤矿里，矿井内漆黑一团，他无忧无虑地生活着，像一头野兽那样从容。可他还是留了下来，境况悲惨，饥肠辘辘，找不到工作。哪儿都不要他，觉得他太老。他只有五十五岁，但看起来有七十岁。经过十年的痛苦磨难，他瘦骨嶙峋。他像一只狼那样走在街头，去看看被公社烧毁的建筑工地，寻找招收老、弱、孩子的工作。一个在市政厅干活儿的石匠答应给他找个管理工具的差事，可是迟迟不能兑现，他饿得要命。

　　有一天，在圣母桥上，他瞅着流水，像要自杀的穷人那样，正目眩神迷，猛地要越过栏杆，他的动作差点儿掀倒一个过路人。这是个穿白罩衣的高大老头儿，他开始咒骂起来：

　　"浑蛋！"

　　达木尔惊呆了，眼睛盯着那个人。

---

① 位于巴黎郊外。

"贝吕！"他终于叫道。

果真是贝吕，他发福了，满面春风，显得更年轻。回国后，达木尔经常想到他，但是，每半个月搬一次家的人到哪儿去找呢？画匠眨巴着眼睛，那一个声音颤颤巍巍地通名报姓，他不敢相信就是达木尔。

"不可能！开什么玩笑！"

可是，他终于认出是达木尔，感叹声惊动了人行道上的人。

"你可是死了啊！……你知道我真没料想到这个！不能这样捉弄人……瞧，瞧，你这不是真的活着吗？"

达木尔压低声音说话，请他安静下来。贝吕觉得这事真是天大的玩笑，末了挽住他的胳臂，把他拉到圣马丁街的一个酒店里，左问右问，想知道个仔细。

"待会儿再说，"他们在一个小间里落座后，达木尔说，"首先，我的妻子呢？"

贝吕惊愕地瞧着他：

"什么，你的妻子？"

"是呀，她在哪儿？你知道她的地址吗？"

"当然，我知道她的地址……不过，你当真不知道这件事吗？"

"什么？什么事？"

于是贝吕哈哈大笑。

"啊！那就更令人难以相信了。你怎么什么也不知道？……你的妻子又嫁人了，我的老兄！"

达木尔本来拿着杯子，又放回桌上，他抖得这样厉害，酒都洒在指缝间。他在外衣上擦了擦，用微弱的嗓门儿重复着说：

"你说什么？又嫁人了，又嫁人了……你敢肯定吗？"

"当然啰！你既然死了，她就又嫁人，这没有什么奇怪的……不过这真逗，因为眼下你又复活啦。"

可怜的人脸色煞白，嘴唇哆嗦，而画匠把事情原原本本地告诉了他。费丽丝如今生活美满。她嫁给了巴蒂尼奥尔区①修道士街的一个肉店老板，他是个鳏夫，她料理他的生意，生意十分兴隆。肉店老板叫萨尼亚尔，是个六十岁的胖子，但保养得十分好。肉店位于诺莱街拐角，是区里货源最充足的店铺之一，栅栏漆成红色，漆金的牛头装饰在招牌的两角上。

"那么，你准备怎么办？"每讲完一个细节，贝吕就重复这句问话。

对铺面的描绘使可怜的人感到七荤八素，他做了个模棱两可的手势，算是回答。该看看情况。

"那么路易丝呢？"他猛不丁地问。

"小姑娘吗？啊！我不知道……他们把她安置在别的地方，想摆脱掉她，因为我没看到她同他们住在一起……他们会把孩子还给你，这倒是真的，因为她对他们没有什么用。只不过你带着一个二十岁的姑娘能干什么？你看起来处境困难。嗯？不是损你，别人会说，在大街上人们会给你两个铜子。"

---

① 巴黎北边的一个区，原先是个镇，1860 年并入巴黎。

达木尔一直耷拉着头，透不过气来，无话可说。贝吕要了第二升酒，设法安慰他：

"得了，真见鬼！你既然活着，不如痛快一下。不是一切都完了，慢慢会安排好的……你准备干什么？"

两人于是没完没了地讨论起来，论据翻来覆去老一个样儿。画匠没说出口的是，流放犯一走，他就千方百计想搭上费丽丝，她结实的肩膀勾得他心痒痒的。她喜欢肉店老板萨尼亚尔，而不是他，不用说这是由于萨尼亚尔的财产，他因此便对她暗地里有股怨恨。他要了第三升酒，然后嚷着说：

"如果我是你呀，我就到他们家去，留下来不走。我要把那个萨尼亚尔扔到门外去，如果他对我纠缠不休的话……你毕竟是主人，法律向着你。"

达木尔渐渐有点儿喝醉了，酒力使他苍白的双颊升起火焰般的红晕。他重复着必须看看情况。但贝吕总在怂恿他，拍着他的肩膀，问他是不是一个男子汉。不消说，他是个男子汉。他一直非常爱她，爱这个女人！他现在还爱着她，为了见她一面，会放火去烧巴黎。那么，他还等什么呢？既然她是属于他的，他唯有重新把她夺回来。两个人喝得醉醺醺，互相瓮声瓮气地嚷嚷着。

"我这就去！"达木尔艰难地站起身，陡然地说。

"好极了！你一个人太没力量！"贝吕嚷着说，"我跟你一块儿去。"

于是他俩一起前往巴蒂尼奥尔区。

在修道士街和诺莱街的拐角，肉店在红栅栏和漆金牛头的衬托下，显得分外有气派。大块的肉吊在白布上面，而一排排羊腿包在有花边的圆锥形纸袋里，像花束一样，形成花环状。在大理石桌面上，有成堆的肉块，还有切碎剔除净的小块肉、粉红色的小牛肉、绯红色的绵羊肉、油脂斑斑的鲜红色牛肉。一只只大铜盆，天平的梁，肉架的挂钩，闪闪发亮。在铺砌大理石的地面、敞开明亮、光线充足的店堂里，呈现出富足、卫生的气息和新鲜肉的香味，这些仿佛使店里所有的人都红光满面。

尽里头也洒满了从街面射进来的阳光，那儿，费丽丝坐在高高的柜台上，几面玻璃给她挡住了风。她坐在里面，在明亮的反光和店堂粉红色的光线衬托下，显得十分鲜艳，就像四十开外的女人成熟而丰满。整洁、皮肤细滑，加上分披的黑发和雪白的脖颈，她像一个干练的老板娘，沉着中带着笑容，忙忙碌碌，这只手拿着笔，另一只手搁在收银处的钱堆里，体现着这家店的体面和兴旺。伙计们切肉、过秤、唱数，顾客们从收银处前面列队而过，她收银时用可爱的声音同别人交换区里的新闻。正在这时，一个病容满面的小个儿女人来付两块排骨的钱，她用懒洋洋的目光瞧了瞧排骨说：

"十五个铜子，对不？身体欠安吧，韦尼埃太太？"

"不好，身体不好，总是胃痛。我吃什么全都吐出来。最后医生说，我需要吃肉，可肉这么贵！……您知道，煤厂老板死了。"

"不可能!"

"他呀,他不是胃,是肚子的毛病……两块排骨十五个铜子!家禽要便宜些。"

"当然啰!这不能怪我们,韦尼埃太太。我们也不知道该怎么凑合着过日子……沙尔,他怎么啦?"

她一面说着话,一面找钱,同时眼角照顾着店堂,她刚瞥见一个伙计同人行道上的两个人说话。这个伙计没听见她的叫声,她便提高了嗓门儿:

"沙尔,他们问什么?"

但她没等到回答。在走进来的两个人当中,她认出了一个,走在前面的那一个。

"啊!是您,贝吕先生。"

她好像不怎么高兴,嘴唇紧闭,微微噘起,露出不屑的神情。这两个人从圣马丁街到巴蒂尼奥尔区,在几家酒店里歇过脚,因为这段路很长。他俩高声说话,一直在商量,所以口干舌燥。这样,他俩的脸显得红通通的。刚才,贝吕用手突然一指,点给达木尔看坐在柜台里漂亮年轻的费丽丝:"瞧,她在那儿!"这时,达木尔心头紧了一下,这不可能是她,这大概是路易丝,路易丝会这样像她的母亲,因为费丽丝准定更老一些。这个有气派的店铺,带血的肉,熠熠闪光的铜器,还有这个衣着讲究的女人,她的资产者的神态,手搁在钱堆里,这一切夺走了他愤懑的勇气,他不由得心生惶恐。他真想拔腿就跑,一想到要走出去,便羞愧满面,脸色泛白。这位太太如今绝不会同意和他团圆。他呀，脸色难看，胡子蓬乱，外衣肮脏。他掉转脚跟，想溜到修道士街上，甚至不想让人看见他，这时贝吕一把将他抓住。

"杀千刀！你怎么胆小如鼠！……嗨！在你的位置，我要叫这个老板娘团团转！我不平分秋色决不离开，是的，平分羊腿和其他东西……你想不想成功，你这个落汤鸡！"

刚才他是逼着达木尔穿过街道的。然后，问一个伙计萨尼亚尔先生是不是在店里，知道肉店老板在屠宰场，于是领头走进店里，准备速战速决。达木尔尾随着他，神情痴呆，透不过气来。

"有什么事吗，贝吕先生？"费丽丝用不太欢迎的语调接着又问。

画匠回答："不是我，是这一位有点儿事儿要对您说。"

他躲到了一边，这下达木尔跟费丽丝面对面了。她凝视着他，他呢，局促不安，在受折磨，眼睛低垂。她先是鄙夷地嘟起了嘴，安详快乐的脸对这个老醉汉、对这个穷鬼表现出一种厌恶。但她一直盯着他，没跟他说过一句话，脸色变得刷白，忍住了叫声，手里捏着的钱撒了下来，只听见抽屉里哐啷一声。

"怎么啦？您不舒服啦？"韦尼埃太太问，她好奇地待在一边。

费丽丝做了一个手势，叫其他人走开。她说不出话来。她艰难地站起来，朝店堂尽里头的餐厅走去。她没对那两个人说跟着她来，他们却跟在她后面走进餐厅。贝吕在冷笑，达木尔的眼睛始终盯着撒满锯末的砖地，似乎他担心会摔倒一样。

"嗨！这可是真逗！"韦尼埃太太喃喃自语，她和伙计们留在店堂里。

伙计们停止了切肉和过秤，交换着惊异的眼光。但他们不想受连累，便又干起活儿来，一副漠不关心的样子，不回答女顾客的话茬儿，她手里拿着两块排骨离开了，用不快的目光打量着他们。

在餐厅里，费丽丝显出想回避旁人的模样，她推开第二道门，让这两个人走进卧室。这个房间陈设考究，严严实实，安静无声，床前和窗上挂着帘幕，有只金挂钟，桃花心木的家具漆得闪闪发光，一尘不染。费丽丝跌坐在蓝色棱纹布的圈椅里，重复着这几个字：

"是您……是您……"

达木尔说不出一句话来。他审视着房间不敢坐下，因为他觉得椅子太漂亮了。因此，还是贝吕先开口：

"不错，他找了您半个月……他恰巧碰到了我，我就把他领来了。"

然后，他仿佛感到需要找点儿托词，说明来找她的原因：

"您明白，我只能这样做。这是个老相识，我看到他落到在粪堆里打滚儿的田地，心里难受得厉害。"

费丽丝缓过来一点儿，她是最有理智的，身体也最好。她不再感到憋气时，便想摆脱难以忍受的局面，开始犀利地质问。

"得，雅克，你想要什么？"

他一声不吭。

"不错,"她继续说,"我又嫁人了。但这不是我的错,你知道。我相信你死了,而且你没有做过什么来纠正我的错误想法。"

达木尔终于说话了:

"不,我给你写过信。"

"我对你起誓,我没有接到过你的信。你是了解我的,你知道我从来不撒谎……瞧!我这儿有证书,在抽屉里。"

她打开一个书桌,猛地抽出一张纸,递给达木尔,他用迟钝的神情开始看起来。这是他的死亡通知书。她接着说:

"那时,我看到自己孤零零单身一个,便对一个人的提亲让了步,他要让我摆脱贫穷和痛苦……这就是我全部的错。我受到诱惑,想过美满的生活。这不算什么罪,对不?"

他倾听着,耷拉着头,比她更卑微、更困窘。他抬起了眼睛,问道:

"我的女儿呢?"

费丽丝又哆嗦起来,她聂嚅地说:

"你的女儿?……我不知道,我再也见不到她了。"

"怎么?"

"我把她放到我姑母家……她跑了,学坏了。"

达木尔一时之间沉默不语,神情平静,仿佛他并不明白什么意思。蓦地,本来无所适从的他,竟一拳狠狠地敲在五斗柜上,一只贝壳做的盒子在大理石柜面上蹦了一下。他还来不及开口,两个孩子,一个六岁的小男孩儿和一个四岁的小姑娘打开了门，扑到费丽丝的脖子上，带着一连串的欢笑声。

"你好，小妈妈，我们刚去花园来着，在那边，走完这条街……弗朗索瓦丝说什么该回家了……噢！你可知道，有沙子，水里有小鸡……"

"好啦，你们出去玩吧。"母亲没好气地说。

她又叫女仆：

"弗朗索瓦丝，把他们带走……这时候回家真够蠢的。"

孩子们闷闷不乐地退了出去，而女仆被太太的声调刺伤了，生了气，往前推搡两个孩子。费丽丝生怕雅克会抢走她的两个孩子，他会背上他们逃走。没人邀请贝吕坐下，他却已经安安稳稳地埋在第二张圈椅里，并在他朋友的耳畔说：

"是萨尼亚尔的孩子……嗯？这两个长得真快！"

房门关上以后，达木尔在五斗柜上敲了第二拳，嚷着说：

"事情不能这样，我要我的女儿，我回来是要把你接走。"

费丽丝浑身冰凉。

"你坐下来，咱们聊聊，"她说，"闹得满城风雨也无济于事……那么，你是来找我的啦？"

"是的，你跟我走，马上就走……我是你的丈夫，唯一的好丈夫。噢！我了解我的权利……对不，贝吕，这是我的权利？……得了，戴上你的帽子，识相一点儿，如果你不想大家都知道咱俩的事。"

她瞅着他，她惶恐不安的面孔不由自主地表明，她已不再爱他，他使她害怕和厌恶，他又穷，又老得可怕。什么！她这样白皙、丰满，眼下已习惯过资产者舒适安乐的生活，竟然要重新开始过从前那种穷困艰苦的生活，守着这个她看来像幽灵似的男人！

"你不肯，"达木尔注视着她的脸，又开口说，"噢！我明白了，你已习惯坐在收银台上做老板娘，我呢，我没有漂亮的店铺，也没有盛满金钱的抽屉，你可以随意乱翻……再说，还有刚才那两个小家伙，我觉得你看样子更喜欢照料他们，而不喜欢照料路易丝……一家人失去了女儿，只会嘲笑父亲！……但这一切我都无所谓。我要你现在跟我走，你要么跟我走，要么去警察局，让局长带着警察把你领到我那里……这是我的权利，对不，贝吕？"

画匠点头表示赞同。这个场面令他幸灾乐祸。但是，待他看到达木尔怒气冲冲，而费丽丝无路可退，差不多要啜泣起来，支撑不住时，他觉得应该扮演一个漂亮角色。他介入进来，用判决的语调说：

"是的，是的，这是你的权利，不过还得看看情况，考虑一下……我呀，我一向行为端正……无论什么事，在决定之前，先同萨尼亚尔先生商量一下才好，但他不在家……"

他止住了，然后嗓音一转，假装激动而发抖，继续说下去：

"不过这一位急得很。啊！太太，你要知道他受过多少苦就好了！而眼下他一个子儿也没有，饿得要命，到处都没有人接受他……我刚才碰到他的时候，他从昨儿起就没有吃过饭。"

费丽丝从惶悚一下子转到感动，她止不住眼泪簌簌下落，哽咽着说不出话。这是无边的忧郁，对生活的怀念和厌弃。她爆发出一声叫喊：

"原谅我，雅克！"

她终于能够说话了：

"现在木已成舟。不过我不想让你生活在不幸中……让我来帮助你吧。"

达木尔做了一个激烈的手势。

"那当然啰！"贝吕急促地说，"这儿房子里应有尽有，你的妻子不会让你肚子空着……就算你拒绝金钱，你总可以接受礼物吧。你只要给他一只汤锅，他就能做出一钵汤来，对不，太太？"

"噢！他要什么都可以，贝吕先生。"

可是达木尔又敲起五斗柜，嚷着说：

"谢谢，我可不吃这种施舍。"

又转过来盯住他的妻子：

"我要的是你本人，你会属于我的……留着你的肉吧！"

费丽丝退缩了，厌恶和恐惧又袭上心头。这时达木尔变得十分可怕，口称要砸烂一切，怒不可遏，骂骂咧咧。他想要女儿的地址，他抓住圈椅里的妻子摇晃着，冲她嚷嚷，她把小姑娘卖掉了。她被突如其来的情景吓呆了，毫无抵抗，用缓慢的声调重复，她不知道地址，但准定有人从警察局把她领走了。末了，达木尔索性坐在椅子上，赌咒说，魔鬼也不能让他动弹一下，但他又猛地站起来，最后敲了一拳，比前几次更厉害：

"嘿！天杀的！我走……是的，我走，我高兴这样……不过你不会白等的，你的男人一回家，我马上就来，我会给你们——他、你、两个小家伙，你这幢宝贝房子，通通安排好……等着我，走着瞧！"

他走了出去，一面用拳头威胁着她。说到底，这样结束使他心头轻松不少。贝吕还待在后头，对这一幕心中窃喜，他用调解的声音说：

"你别担心，我不会离开他……一定得避免发生不幸。"

他甚至大着胆子抓起她的手，吻了一吻。她随他摆弄，已经瘫成一团，如果她的前夫抓住她的胳臂的话，她已会跟他一起走。她听见这两个男人的脚步穿过店堂。有个伙计用劲把一块羊肉剁成小方块，传来大声吆喝数目的声音。于是，精明的老板娘的本能又将她引回到柜台，她在明亮的玻璃中间显得很苍白，但十分沉静，仿佛什么事也没有发生过似的。

"该收多少？"她问。

"七法郎五十生丁，太太。"

她找回零头。

四

第二天，达木尔来了运气：那个石匠介绍他当了市政厅工地的看守。十年前他参与烧毁的建筑，如今他又负起照管的责任。总之，这是一个轻松的差使，一种使人麻木愚钝的工作。晚上，他在脚手架下巡查，倾听有什么声响，有时就睡在石膏袋上。他不再提回到巴蒂尼奥尔区。但有一天，贝吕来邀他下馆子，在喝第三升酒时，他嚷着说，明天是定局的一次。第二天，他没有动窝。从这时起，事情就这样解决了：他只在酒醉中大动肝火，要求自己的权利；当他饿肚子的时候，他就阴沉沉的，满腹心事，好像羞愧满面。画匠临了揶揄他，反复说他不是个男子汉，而他呢，满脸严肃，喃喃地说：

"该杀掉他们！……我在等着动手。"

有一天晚上，他动身一直走到蒙赛广场，在一条长凳上待了一个小时，他又走回工地。白天，他以为看到了女儿从市政厅前面经过，大模大样坐在华丽的双篷四轮马车的靠垫上。贝吕劝他去找一找，相信一天内就能找到路易丝的住处。但他拒绝了。何必知道呢？但是，他的女儿可能成了一个漂亮的女人，穿着讲究，在两匹高大的白马的跑动中，他瞥见过她，这个想法使他心潮起伏。他的抑郁与日俱增。他买了一把刀，给他的朋友看，说是准备用来血溅肉店老板的。他对这句话很得意，还带着嘲弄的笑容。

"我会血溅肉店老板，恶有恶报，是不？"

当时，贝吕拉着他到庙宇街的一家酒店，待了好几个小时，想说服他不该动刀流血。这很愚蠢，首先因为这会砍掉他的头。贝吕抓住达木尔的手，要求达木尔起誓不要沾上一件不光彩的事。达木尔固执地嘲讽说：

"不，不，恶有恶报……我会血溅肉店老板。"

好几天过去了，他并没有血溅肉店老板。

这时出了一件事，似乎加快了灾难的到来。他因为不称职，被工地辞退了：在一个风雨之夜，他睡着时有人偷走一把铁锹。从这时起，他又枵腹终日，踯躅街头。他太好强，不肯去乞讨，只是目光炯炯地看着那些烤肉店。贫困并没激励他，反而使他痴呆。他佝偻着腰，陷入忧郁的沉思凝想中。看来他再不敢出现在巴蒂尼奥尔区，如今他连一件干净的外衣也穿不上。

在巴蒂尼奥尔，费丽丝提心吊胆地生活着。达木尔登门的那天晚上，她不想将事情告诉萨尼亚尔；第二天，她被自己的沉默折磨着，感到内疚，却找不到勇气说出来。因此，她终日胆战心惊，以为看到她的前夫这时走了进来，想象会出现难以忍受的场面。最糟的是，店里有人大概猜到发生了什么事，因为那些伙计的风言风语，每当韦尼埃太太来买两块排骨接回零钱时，神态不胜忧虑。一天晚上，费丽丝终于扑到萨尼亚尔的脖子上，呜咽着一五一十都告诉了他。她重复自己对达木尔说过的话：这不是她的错，人既然死了，本来不该会返回的。萨尼亚尔尽管六十岁了，但仍然精力充沛，人品正直，竭力安慰她："我的天哪，这件事不太好弄，不过一切会安排就绪的。有什么事不能安排好呢？"他老当益壮，腰缠万贯，在生活中站稳了脚跟，尤其有闲情逸致。或许可以去看看他，可以同这个多年销声匿迹又突然归来的人聊聊。这件事他感兴趣，因此，一个星期以后，那一位还不出现，他便对妻子说：

"喂，怎么回事儿？他撇下我们啦？……你要是知道他的地址，我亲自去找他一趟。"

她恳求他安安静静地待着，他补上一句：

"我的好妻子，这事得让你放心啊……我看出你的身体在垮下去。这事得有个了结。"

等待惨剧来临，增加她的忧虑，说实话，在这幕惨剧的威胁下，费丽丝消瘦了。终于有一天，肉店老板正在向一个伙计发火儿，这个伙计忘了给一只牛头换水，这时，费丽丝走过来，脸色刷白，嗫嚅地说：

"他来了！"

"啊！好极了！"萨尼亚尔说，立即平静下来，"请他到餐厅去吧。"

然后不慌不忙，朝那个伙计转过身去：

"尽量用水冲洗，牛头会有毒。"

他走到餐厅去，达木尔和贝吕已在那里。他俩一起来完全是凑巧。贝吕在克利希街碰上达木尔，他从没见过达木尔这样穷困潦倒。待他知道他的朋友要去修道士街，他便恼火起来，数落达木尔，因为这件事也是他的事。他又开始絮絮叨叨地教训起来，嚷着说，他要阻止达木尔到那儿去干蠢事，他堵住人行道，想强迫达木尔把刀交给自己。达木尔耸了耸肩，执拗得很，打定主意不说出自己的意图。对贝吕的推测，他只回答：

"你要愿意的话，就跟我来，但不要打扰我。"

在餐厅里，萨尼亚尔让这两个人站着。费丽丝溜回自己的房间，把孩子也带走了，她将房门锁了两道锁，失神落魄地坐着，紧紧搂住两个小家伙，仿佛要保护他们并留住他们似的。她虽然竖起耳朵，但因忧心忡忡而耳鸣不已，什么也听不见，又因为她的两个丈夫在隔壁房间都十分尴尬，默默对视着。

"那么，是您？"萨尼亚尔想说点儿什么，终于问道。

"是的，就是我。"达木尔回答。

他觉得萨尼亚尔很体面，有点儿自惭形秽。肉店老板看起来不像超过五十岁，脸色红润，理了个平顶头，没有留胡子。他没穿外衣，系了一条宽大的白围裙，雪白发亮，神态快活，富有朝气。

"我说，"达木尔迟疑着，"我不是想来同您说话，是想同费丽丝说话。"

这时，萨尼亚尔恢复了镇静。

"得了，我的朋友，我们来解释一下吧。真见鬼，我们俩互相之间没有什么可指责的。既然都没错，何必咬来咬去呢？"

达木尔垂着头，死死盯着一条桌腿。他用微弱的声音咕噜着：

"我不怨您，您让我安静吧，请您走开……我想对费丽丝讲话。"

"这样不行，您不能对费丽丝说话！"肉店老板沉静地说，"我不愿意您闹得她不舒服，像上回那样，她不在我们也可以聊聊……不过，要是您有理智，那么事情就好办。既然您说还爱着她，那就请您看看她的处境，为她的幸福考虑一下。"

"您别说了，"达木尔骤然冲动起来，打断了他，"您什么也别管，要不然就不可收拾了！"

贝吕以为他要从兜里掏出刀来，便扑到他们两个之间，显得十分卖力。但达木尔把他推开。

"你别管闲事！……你担心什么？你真蠢！"

"平心静气一点儿！"萨尼亚尔说，"一发火儿就不知道自己干什么事了……听着，如果我把费丽丝叫来，您得答应我理智些，因为她很敏感，您知道得和我一样清楚。我们俩都不想害了她，对不？……您能检点些吗？"

"嗨！如果我来这儿行为不检点，您说这样的话，我一开始就会将您掐死！"

他说话时嗓音这样深沉和痛苦，肉店老板深为震动。

"那么，"他宣布说，"我去叫费丽丝……噢！我呀，我是很公正的，我明白您想跟她商量一下。这是您的权利。"

他朝卧室门口走去，敲了敲门。

"费丽丝！费丽丝！"

一点儿动静也没有，因为费丽丝一想到这次会面就浑身冰凉，像钉在椅子上一样，把孩子搂得更紧，他终于沉不住气了。

"费丽丝，你来一下……你这样做很蠢。他答应保持理智。"

钥匙终于在锁孔里转动着，她出现了，又小心地关上了门，让她的孩子们躲在里面。又重新笼罩着静默，局面尴尬。正如贝吕所说的，风暴就要来临。

达木尔说得很慢，每句话都含含糊糊，而萨尼亚尔站在窗前，用手指撩起一角白色的窗帘，假装朝外面看，以表明他是大度的。

"听着，费丽丝，你知道我从来不是很凶的。这个，你可以这样说……我不是今天才这样的。起先，我想在这儿杀死你们。后来，我心里想，这对我无济于事……我宁愿任你去选择，你愿意怎样，我们就怎样做，应该由你来决定你更喜欢哪一个。你回答……你想跟谁走，费丽丝？"

她无法回答。她激动得憋住了气。

"很好，"达木尔仍然用微弱的声音说，"我明白了，你想跟他走……到这儿来我就知道事情会怎么发展……我一点儿也不怪你，我认为你毕竟还是有理由的。我呀，我是完了，我一无所有，再说你也不再爱我。而他呢，他使你生活美满，更不用说有两个小家伙……"

费丽丝哭泣着，心乱如麻。

"你不该哭，我的话不是责备。事情已发展成这样，只好如此……我想再看你一次，对你说，你可以安心睡觉。现在你已经作了选择，我就不再来让你难受了……一言为定，你永远不会听人说起我。"

他朝门口走去，而萨尼亚尔很激动，大声嚷着叫住了他：

"啊！您是一个正直的人，确实不错！……不能这样一走了事。您得跟我们一起吃晚饭。"

"不了，谢谢。"达木尔回答。

贝吕十分愕然，觉得事情了结得太古怪，待到他的朋友拒绝邀请时，他显得很不以为然。

"至少我们得喝一点儿！"肉店老板说，"见鬼，您难道不肯赏光在我们家喝一盅吗？"

达木尔没有马上接受。他徐缓地环顾餐厅，餐厅窗明几净，陈设着白橡木家具。然后，他的目光停留在费丽丝身上，她泪水阑干的脸在哀求他，于是他说：

"那好吧。"

萨尼亚尔非常高兴，他嚷着说：

"快点儿，费丽丝，拿酒杯来。我们不需要女仆……四只酒杯。你呀，你也得碰杯……啊！我的朋友，您接受了真是太好啦，您不知道这让我多么高兴，因为我呀，我喜欢仁慈的心肠，您的心肠是仁慈的，我敢给您担保！"

可是费丽丝的手瑟缩发抖，她在餐柜里找酒杯和酒瓶。她已经晕头转向，什么也找不到。萨尼亚尔不得不帮助她。酒杯都斟满了，满桌的人举起了杯。

"祝您健康！"

达木尔正对着费丽丝，他要伸出手臂去碰她的酒杯。两人默默相对而视，眼里满含着过去的情景。她哆嗦得厉害，只听见玻璃发出碰撞声。他俩不再以亲昵的第二人称相称呼，这仿佛已经逝去，今后只存在于记忆之中。

"祝您健康！"

正当这四个人喝酒的时候，孩子们的声音从隔壁房间传出来，划破了沉寂。他俩在玩耍，互相追逐，又叫又笑。随后，他俩敲着房门，喊着："妈妈！妈妈！"

"行了！各位再见。"达木尔说，把酒杯放回桌上。

他走了。费丽丝站得笔直，脸色煞白，看着他离去，而萨尼亚尔彬彬有礼地把这两位先生送到门口。

五

在街上，达木尔大步流星地往前走，贝吕好不容易尾随在后。画匠憋着满肚子气。在巴蒂尼奥尔的林荫大道上，他终于看到他的同伴腿都要累断了，跌坐在一张长凳上，脸色苍白，目光呆滞，他把心里所想的全盘托出。要是他，至少给这对资产者夫妇一记耳光。看到丈夫把妻子让给别人，而且毫无保留，这真叫人恼火。多么呆头呆脑啊，是的，呆头呆脑，不用说别的词！他举了一个例子：另外一个公社社员找到了他的妻子，她正同别人搞得难解难分。怎么着！两个男的和这个女的一起生活，十分和谐。可以安排好的，不能任人摆布，因为在这件事里，毕竟他是笨蛋！

"你不明白道理，"达木尔回答，"既然你不是我的朋友，那么你也走吧。"

"我呀，不是你的朋友！我已经竭尽全力！……理智一些吧。今后你怎么办？你没有亲人，瞧你像条狗一样流落街头，你会饿死，如果我不搭救你的话……不是你的朋友！如果我将你抛弃在这儿，你就引颈待毙吧，就像活够了的母鸡那样。"

达木尔做了个绝望的手势。这倒是的，眼下他只有投水自尽，或者让警察抓走。

"嗨！"画匠继续说，"我可是你真正的朋友，我这就带你到一个人的家里去，你会有吃有睡。"

他站起身来，仿佛突然下了一个决心似的。然后，他使劲拖走了他的同伴，后者嘟嚷着：

"到哪儿去？到哪儿去？"

"你就等着瞧吧……既然你不愿意在你妻子家里吃饭，那么就到别的地方吃饭去。你放心，我不会让你一天之内做两件蠢事。"

他急匆匆地朝前走，顺着阿姆斯特丹街往下走。在柏林街，他停在一幢小公馆的门前，摁了摁铃，问来开门的跟班，苏维妮太太在不在家。跟班在踌躇，他便加了一句：

"去告诉她，是贝吕来了。"

达木尔机械地跟随着他。这次意料之外的拜访，这幢豪华的宅邸，终于把他弄糊涂了。他上了楼，突然，他的目光落在一个很俏丽的金发的娇小女人的怀里，她披着镶花边的晨衣。她嚷着说：

"爸爸，是爸爸！……啊！您决心下得真好！"

她是个心地淳厚的姑娘，一点儿都不在乎老人的黑外衣，满心喜悦，拍着巴掌，陶醉在突然迸发的父女温情中。她的父亲惊呆了，竟认不出她来。

"这是路易丝啊。"贝吕说。

于是他结结巴巴地说：

"啊！是的……您太可爱了……"

他不敢用"你"称呼她。路易丝让他坐在一把靠背椅上，她摁铃吩咐挡住客人。这时，他打量着房间，墙壁罩上了开司米，陈设富丽精巧，他感到赏心悦目。贝吕得意扬扬，拍着他的肩膀，一再说：

"嗯？你还能说我不是你的朋友吗？……我呀，我非常清楚，你需要你的女儿。于是我弄到了她的地址，跑来告诉她你的经历。她马上对我说：将他领来！"

"这当然啰，可怜的父亲！"路易丝用娇滴滴的嗓音喃喃地说，"噢！你知道，我怕它，怕你的共和国！所有的公社社员都是讨厌的家伙，他们会毁灭世界，如果对他们听之任之的话！……可是你，你是我亲爱的爸爸。我记得你以前是多么好，那时我很小，老是病病歪歪的。你瞧，我们非常融洽，只要我们永远不谈政治……我们三个先去吃饭。啊！多好啊！"

她几乎坐在这个工人的膝盖上，明亮的眼睛笑盈盈，淡色的细发在耳畔飘拂。他呢，浑身无力，心里渗入美滋滋的幸福感。他本想拒绝在这幢楼房里就餐，因为他觉得不合适。但他已找不到刚才那股毅力，那时，他喝完最后一杯酒，从肉店老板的家里出来，连头也不回。他的女儿太温柔，她雪白的小手搁在他的手上，把他紧紧束缚住了。

"你肯吃饭吗？"路易丝又问了一遍。

"好吧。"他终于说，两串眼泪淌到脸颊上。

贝吕觉得他很理智。正当大家步入餐厅时，跟班过来禀报太太，先生来了。

"我不能见他，"她平静地回答，"告诉他，我同我父亲在一起……明儿六点见，如果他愿意的话。"

吃晚餐时很愉快。贝吕用各种各样诙谐的话去逗达木尔开心，路易丝听了笑得涌出了眼泪。她仿佛又回到了昂维埃日街，晚饭吃得真痛快，达木尔吃得很多，又饱又累，身子沉甸甸的，可是，每当女儿的目光和他的目光相遇时，他总是甜滋滋地温柔地微笑。上餐后点心时，他们喝着一种像香槟酒一样的冒着泡沫的甜酒，三个人都喝醉了。仆人走开以后，他们手肘支在桌上，带着醉后的忧愁，谈起了过去。贝吕卷了一支香烟，路易丝吸了起来，眼睛半闭半合。她坠入了回忆之中，谈到她的几个情人，第一个是个高大的年轻人，很有出息。随后，关于母亲她说了一些很严厉的话。

"你明白，"她对父亲说，"我再也不能去看她，她的所作所为很不像样儿……要是你愿意，我会去找她，对于她撇下你那种不光彩的方式，我怎么想就怎么对她说。"

但是达木尔严肃地说，对他来说，她已不存在了。路易丝蓦地站起来，嚷着说：

"对了，我给你看样东西，会使你高兴的。"

她出去了，立即又返回，贝吕一直叼着烟卷，她交给父亲一张折角、发黄的旧照片。那工人震动了一下，混浊的眼睛盯着那肖像，咕噜着说：

"欧仁，我可怜的欧仁。"

他将照片递给贝吕，贝吕深受感动，也嗫嚅着说：

"非常像他。"

然后轮到路易丝看。她看了好一会儿，眼泪噎住了她，她将照片还给父亲说：

"噢！我还能回想起他的模样……他多么可爱啊！"

三个人都感动得潸然泪下。照片在桌上传了两圈，大家都陷入沉思。时间已经使照片发白了，可怜的欧仁穿着国民自卫军的军服，好像一个湮没在传说中的起义者的亡灵。翻弄照片时，老父亲看到他从前写在上面的字："我要为你报仇。"他在头顶上挥舞一把餐刀，重新作出他的誓言：

"是的，是的，我要为你报仇！"

"当我看到妈妈变坏时，"路易丝说，"我不想将可怜的哥哥的照片留给她。一天晚上，我从她那里偷偷拿走了它……这是为了你，爸爸。我现在给你。"

达木尔将照片靠在酒杯旁，瞧个没完。路易丝真心诚意地想解脱父亲的困境，有好一会儿提到接父亲来跟自己一起住，不过这是办不到的。末了，她有一个想法，她问他是不是同意看守一份产业，就靠近芒特，有位先生刚给她买了下来。那儿有一幢小屋，给他每月两百法郎，他可以过得很舒坦。

"那敢情好，这是天堂般的生活，"贝吕嚷着说，替他的朋友接受下来，"如果他感到烦闷的话，我可以常去看他。"

过了一个星期，达木尔安居在贝莱尔，他女儿的产业所在地。老天爷让他经受了那么多磨难，该让他安生静养了，如今他就在这里安度晚年。他发福了，满面春风，穿戴像个资产者，面容像个老战士一样和善、正直。农民们都向他深深鞠躬。他打猎垂钓。在太阳下，在小路上，可以看到他带着不偷不抢、靠着辛辛苦苦挣来的年金度日的人那种安详自在，傻看小麦生长。当他的女儿带着一些先生来到这儿时，他懂得怎样保持自己的地位。她溜出来的日子是他最快乐的时刻，他们在小楼里一起进餐。他带着婴儿的结结巴巴和她说话，用抚爱的神情瞧着她的装束。饭餐十分讲究，各色各样的好东西都是他亲自烹调的，还不算餐后点心、糕点和糖果，这是路易丝装在口袋里带来的。

达木尔不想再去看他的妻子，他心中只有女儿。她能怜悯老父亲，她是他的骄傲和欢乐。另外，他也拒绝做出努力，恢复他的身份。何必去打扰政府，写什么文件呢？这样反倒增添他周围环境的安静。他蹲在自己的窝里，销声匿迹，被人遗忘，等于不存在，接受孩子的礼物时也不羞赧。而一旦恢复了他的身份，或许那些嫉妒的人对他的境况就会恶意中伤，他最终会为此痛苦不安。

　　但是，有时在小楼里会闹闹嚷嚷，这是贝吕到乡下来过上四五天。他终于在达木尔这里找到一个梦寐以求的角落，可以逍遥自在。他和他的朋友一起打猎钓鱼，他在河边躺着度过一个个白天，然后每天晚上，两个朋友聊着政治。贝吕从巴黎带来无政府主义的报纸，看完后，两人都同意上面提到的极端措施：枪毙政府成员，吊死资产者，焚烧巴黎，以建立另一个城市，人民的真正的城市。末了，在上楼就寝的时候，达木尔走近那张叫人安上框架的欧仁的照片，凝视着它，嚷着说：

　　"是的，是的，我要为你报仇！"

　　第二天，背脊圆滚滚的，面容显出休息过了，他又去垂钓，而贝吕躺在河岸上，鼻子埋在草丛中睡着了。

铁匠①

　　铁匠个子魁梧，是当地最高大的人，肩部肌肉起疙瘩，面孔和手臂都被锻铁炉的火焰和铁锤迸出的铁屑弄得黝黑。他的脑壳方方正正，乱蓬蓬的浓密头发下是一双孩子般的蓝色大眼睛，好像纯钢一样明亮。他的宽下巴在笑的时候，送出呼呼响的气息声，活脱脱像他的风箱发出巨人般的呼吸声和欢笑声。他用对自己的力量感到满意的姿势——在砧铁上劳动养成的姿

---

① 小说最初发表在 1874 年的《劳动者年鉴》上，内容根据左拉 1868 年住在马蹄铁匠勒瓦塞家里看到的情景写成。

势——举起双臂时，虽然年届五十，仿佛比举起"小姐"还要矫健。"小姐"是二十五斤重的一大块铁锤，"一个可怕的姑娘"，从维尔农到鲁昂①，唯有他才能使之起舞。

我在铁匠家里住了一年，我恢复健康的整整一年。我失去了毅力，失去了判断力，我动身一直往前走，认识自我，寻找一个平静和干活儿的角落，在那里我可以重新找回刚强有力的我。正是这样，有一晚，在大路上，越过村庄，我看到斜斜地矗立在十字路旁的铁匠铺，孤零零的，炉火熊熊。火光那么明亮，从敞开的院门照出来，似乎把十字路口烧着了。沿着小溪，在对岸排列的杨树好像火炬一样冒烟。远方，在暮色苍茫中，铁锤的节奏传到半法里以外，犹如铁骑的团队越来越近的奔腾声。在敞开的大门下，在亮光和嘈杂声中，在这雷声的撼动中，我站在那里，看到这种劳动，望着人的双手扭曲和锤平烧红的铁条，感到很高兴，心里已经得到抚慰。

在这个秋天的晚上，我第一次看见铁匠。他在锻造一副犁铧。衬衫敞开，露出结实的胸膛，每一次呼吸，肋骨就显出好像淬过火的金属锻造成的那样。他朝后一仰，抡起铁锤砸下去。没有停顿，身体柔韧，肌肉无情地使劲。铁锤在规则的圆圈中甩动，带出火花，后面留下一道火光。铁匠就是这样用他的双手挥动"小姐"，而他的儿子，一个二十岁的小伙子，用铁钳夹住火红的铁块，他也在锤打，声音低沉，被老头儿那个

---

① 鲁昂是在巴黎西北、塞纳河畔的重要城市；维尔农是鲁昂和巴黎之间的村镇，也在塞纳河畔。

"可怕的姑娘"响亮的舞蹈盖住了。当当当，好像一个母亲庄重的声音在鼓励孩子牙牙学语。"小姐"始终在跳华尔兹舞，一面抖动裙子上的闪光片，每一次从砧铁上跳起来时，都在锻造的犁铧上留下脚后跟的印痕。一股血红的火焰流到地上，照亮了两个工人凸出的肋骨，他们巨大的身影伸长到铁匠铺阴暗朦胧的角落里。火光逐渐变得暗淡，铁匠停住了。他黑苍苍，站着，支撑在锤柄上，甚至不擦额头上的汗。我在他儿子慢慢地拉动风箱的呼呼声中，听到铁匠还在起伏的两肋发出的喘息声。

晚上，我睡在铁匠家里，我再也不往前走了。铁匠铺的上面有一个空房间，他向我提出来可以住那里，我接受了。天亮前，从五点钟起，我就进入我的主人的劳动中。我在整个屋子的欢笑声中苏醒，屋子欢天喜地的吵闹一直持续到夜里。我的下面，铁锤在跳舞。仿佛"小姐"在拍打天花板，把我当作懒鬼，把我赶下床。整个可怜的房间，连同大柜、白木桌子、两把椅子，都发出咯咯声，向我喊叫动作快点儿。① 我只得下楼。在楼下，我看到锻铁炉已经烧得通红。风箱发出呼哧呼哧的声音，一股红蓝两色的火焰从煤炭中升起，一个圆形的星球在钻进炭火的气流下闪闪发光。铁匠在准备白天的活儿。他翻动角落里的铁器，将犁铧翻身，察看轮子。这个可敬的人，他看到我时，双手叉腰，咧嘴大笑。五点钟把我从床上赶下来，这使他开心。我相信，他一早锤打，是用锤子可怕的齐鸣声作

---

① 左拉在1868年已描写过类似的景象，那时他在勒瓦塞的家里。

为起床号。他把他的大手放在我的肩膀上，俯身仿佛对一个孩子说话，对我说，自从我生活在他的铁器中，我身体好得很。每天，我们坐在一辆翻倒的旧小推车屁股上，一起喝白葡萄酒。

我常常白天待在铁匠铺里。尤其是冬天、下雨的日子，我的所有时间都在那里度过。我对这活儿产生了兴趣。铁匠持续不断地锤打生铁，随自己的意愿锻造，有如一出悲壮的戏剧使我激动。我注视着金属从炉子里转到砧铁上，看到它在工人成功的努力下，犹如一块软蜡卷曲、伸长、蜷缩。犁铧造好以后，我跪在它面前，再也认不出昨天不成形的毛坯。我察看每一件东西，幻想力大无穷的手指捏住它们，没有火的帮助，把它们这样制造出来。有时，想起我从前看到的一个少女，我不禁微笑起来：她整天在我的窗子对面，用纤细的手绞着黄铜丝的花茎，再用一根丝线，把人造的紫罗兰缠在上面。

铁匠从来不抱怨。我曾经看到他每天打铁十四个小时，晚上笑逐颜开，一面满意地揉着胳膊。他从来不忧愁，也从来不疲倦。倘若房子倒坍了，他会用肩膀扛住。冬天，他说他的铁匠铺里很暖和。夏天，他把门敞开，让干草的气味进来。夏天来了，天黑时，我坐在他身边的大门前。铁铺在半山腰上，从那里可以看到整个山谷。耕地广阔的一片，消失在天边黄昏的淡色丁香中，他看了满心喜欢。

铁匠经常开玩笑。他说，所有这片地都是属于他的。两百多年来，铁匠铺给整个地方提供犁铧。这是他的骄傲。没有他，哪一年的庄稼都长不出来。如果这片平原五月绿了，七月黄了，这会儿变幻的丝绸应该归功于他。他热爱收获，好像爱他的子女一样。他喜欢大太阳，向下冰雹的乌云举起拳头。他指给我看远处的一块地，看上去还没有他的背部那么大。他告诉我，在哪一年他曾为那块燕麦地或者黑麦地打过一副犁。在耕种季节，他有时放下铁锤，来到路边，手搭凉棚去眺望。他望着他的犁铧组成的大家庭在犁地，在对面、左面、右面开出犁沟。看到牲口拉着犁慢慢移动，好像是团队在前进。犁铧在阳光下闪烁，发出银光。他呢，举起手臂，召唤我，叫我来看犁在干"多么神圣的活儿"。

我的楼下响起的叮当铁器声，在我的血液中放进了铁质。这对我胜过药房的药物。我习惯了这吵闹声，我需要铁锤落在砧铁上的这种音乐，让我明白我生活着。在我这间被风箱的呼呼声激活的房间里，我可怜的脑袋又恢复活力了。当当当，仿佛欢快的钟摆在控制我的工作时间。在活儿干到最火爆的时候，铁匠来气了，我听到烧红的铁在发狂的铁锤的蹦跳下的爆裂声，我感到手腕有一种巨人的狂热，我真想用我的笔一下子砸平世界。等到铁匠铺平静下来时，我的头脑中一切也平复了。我下了楼，看到这整块金属被征服，还在冒烟．我对自己的工作感到羞愧。

啊！在那些炎热的下午，我有时看到铁匠多么壮美啊！他直到腰部都裸露着，肌肉暴突、绷紧，俨然米开朗基罗的一尊杰出立像，力度非凡。看到他，我找到了现代的雕塑线条，那是我们的艺术家在古希腊无生命的肌肉里孜孜以求的。在我眼里，他就像因劳动而变得伟岸的英雄，是本世纪不知疲倦之子。他不停地在砧铁上敲打我们分析世界的工具，在火与铁中铸造明天的社会。他呀，他挥动铁锤像玩耍一样。他想笑时，就抓起"小姐"，使劲打下去。于是，在铁匠铺里，在炉子火红的喘气中响起了惊雷。我相信听到了劳动者的叹息。

正是在那儿，在铁匠铺里，在犁铧中间，一劳永逸地治好了我的懒惰和多疑的毛病。

穷人的妹妹

一

十岁时，这个可怜的孩子，她看上去那么瘦小，以至于看到她像一个农庄的女长工那样干活儿，真是令人同情。她有一双好奇的大眼睛，脸上挂着逆来顺受的人的那种苦笑。在谷物能卖出好价钱的日子，富有的农场主傍晚在树林口上遇到她穿着破衣烂衫，背着沉重的柴火，有时会向她提出，给她买一条粗糙毛织物的好裙子。于是她回答："我知道在教堂的门廊下，有一个穷老头儿，在这寒冬腊月，只有一件罩衣。您给他买一件粗呢外衣吧，明天，看到他穿得暖和，我身上就会热乎了。"这使她得到"穷人的妹妹"的绰号。有些人嘲笑她的蹩脚裙子，这样称呼她；另外一些人则是这样回报她的心地善良。

穷人的妹妹过去有过缠上花边的精致摇篮和摆满房间的玩具。一天早上，她的母亲没有在起床时来抱吻她。她因看不到母亲而哭泣，人家告诉她，天主派了一位圣女把她母亲带到天堂去了，这才使她止住了眼泪。一个月前，她的父亲也是这样走的。可爱的小姑娘心想，他刚把她的母亲叫到天堂，两人相会，但没有他们的女儿无法生活，他们不久会派一个天使来，也把她带走的。

她再也记不起怎样失去她的玩具和摇篮。她从有钱的小姐变成了穷姑娘，却并不使任何人惊讶：准是恶人装成好人，把她剥夺一空。她只记得一天早上看见纪尧姆叔叔和纪尧梅特婶婶来到她的床边。她害怕得要命，因为他们根本不吻她。纪尧梅特匆匆地给她穿上一件粗布衫；纪尧姆拉着她的手，把她带到眼下她所住的可怜板屋中。然后，一切就这样了。每天晚上她都感到筋疲力尽。

纪尧姆和纪尧梅特，他们从前也拥有巨额财富。但是纪尧姆喜欢宾朋满座，通宵狂饮滥喝，不考虑酒桶会告罄；纪尧梅特酷爱饰带、绸裙，会花上好几个小时，竭力使自己变得年轻漂亮。有一天，地窖里没有酒了，镜子也得卖掉，去买面包。迄今为止，他们也有某些富人的善心，常常这只是受到做好事的影响和对自身的满足；他们要同别人分享幸福，才能更深地感到幸福，在他们的仁慈中就这样掺杂了自私自利。因此，他们不懂得受苦，却仍然心地善良；他们留恋失去的财产，只为他们的贫困而伤心落泪，他们对穷人变成硬心肠了。

他们忘记了他们的贫穷是自身造成的，把自己的破产推到每个人的头上，心里感到强烈的报复需要，对着自己的黑面包怒不可遏，看到有人比他们更痛苦时，竭力聊以自慰。

因此，他们乐意看到穷人的妹妹衣衫褴褛、小面颊变得瘦削、脸色因哭泣而刷白。他们不会承认，看到这个孩子的羸弱而感到幸灾乐祸，这时小姑娘双手提着沉重的水罐，从泉水边回来时跌跌撞撞。① 他们因洒出一滴水而打她，说什么必须改正她的坏脾气；他们打得那么狠，心里一股子怨气，很容易看出，这不是正确的惩戒。

穷人的妹妹因他们的贫困而受苦。他们要她去做最累人的苦差事，派她在晌午的烈日下去捡麦穗，下雪天去拾枯枝。一回家，就得打扫、洗刷、在破屋子里收拾整齐。可爱的小姑娘不再抱怨命苦。幸福的日子离她已经很远，她不知道生活可以不哭泣。她从来想不到有受人抚爱、欢天喜地的小姐；她已不知道玩具和亲吻，每天晚上接受的是挨打和干面包，仿佛这同样属于生活的一部分。看到一个十岁的孩子对各种各样的痛苦漠然置之，显得不去考虑自己的不幸，这使明智的人吃惊。

----

① 对穷人的妹妹的描写令人想起《悲惨世界》中柯赛特在泰纳迪埃家的遭遇。

但有一天晚上，不知纪尧姆和纪尧梅特发什么善心，他们给了小姑娘一枚崭新的铜币，允许她在这一天剩下的时间去玩耍。穷人的妹妹慢慢地走到城里，对自己的铜板感到犯难，不知道怎样去玩。她这样来到大街上。左边靠近教堂，有一家摆满糖果和玩偶的铺子，夜晚，这家铺子在灯光下明晃晃的，当地的孩子把它梦想成天堂。这一晚，一群小孩儿张大嘴巴，赞赏得说不出话，站在人行道上，双手按在橱窗上面，尽可能靠近货架上的奇珍异宝。穷人的妹妹羡慕他们的大胆。她站在道路中央，垂下两条小手臂，拉好被风吹开的破衣服。她对自己有钱有点儿得意，紧紧捏住崭新的铜板，用目光选择她要买下的玩具。最后，她选中一只头发像大人的玩偶。这只玩偶像她一样高，穿一件白绸裙，就像圣母那样的裙子。

小姑娘往前走了几步。她有点儿害羞，进去之前扫视周围，看到铺子对面的一条石凳上坐着一个衣衫不整的女人，她怀里抱着一个哭泣的孩子。她又站住了，背对着玩偶。听到孩子的哭声，她的双手怜悯地交叠在胸前。这回不害羞了，她迅速靠近，要把崭新的铜板给可怜的女人。

这个女人已有一会儿望着穷人的妹妹。她看到小姑娘站住，又向玩具店走去。当孩子向她走来时，她明白孩子的好心。她接过铜板，眼圈湿了；然后，她把给她铜板的小手握在自己手里。

"我的孩子，"她说，"我接受你的施舍，因为我看得出，拒绝会使你难过。你呢，你什么都不想要吗？像我穿得这样破旧，我只能满足你一个愿望。"

这个穷苦的女人这样说话时，她的眼睛有如星星一样炯炯放光，她的脑袋周围有一道火焰，就像阳光形成的冠冕一样回旋。睡熟在她膝盖上的孩子，在休息中神圣地微笑着。

穷人的妹妹摇了摇金发的脑袋。

"不，太太，"她回答，"我没有任何愿望。我本想去买您在对面看到的那个布娃娃，不过我的婶婶会把它砸烂的。既然您不想白白地收下我的铜板，我宁愿您好好吻我一下作为交换。"

女乞丐俯下身，吻了小姑娘的额头。穷人的妹妹接触到吻时，感到自己离地而起。她觉得老是附在身上的疲乏离去了，同时，更大的仁慈来到她的心里。

"我的孩子，"陌生的女人又说，"我不愿你的施舍得不到回报。我像你一样有一个铜板，在遇到你之前，不知道怎么花。王公、贵妇，曾经扔给我一袋袋金币，而我并不认为他们值得拥有它。你拿去吧，不管怎样，你可以按你的心思行事。"

她把这个铜板给了小姑娘，这是一枚黄铜的古老铜板，边上已经磨损，中间有一个小扁豆大小的穿孔。铜板那么旧，无法知道它来自哪里，只是在一面，还看得出一个圆弧形王冠有一半磨灭了。这兴许是天上的钱币。

穷人的妹妹看到这个铜板很单薄，便伸出手去，明白这样一个礼物绝不会损害女乞丐，把它看作给自己的友谊纪念品。

"唉！"她想，"可怜的女人不知道自己在说什么话。王公、漂亮的贵妇要她这个铜板有什么用呢？铜板这样可怜巴巴，连一点儿面包都买不到，我甚至不能把它再送给一个穷人。"

那个女人眼睛越闪越亮，露出微笑，仿佛孩子刚才在高声说话。她对孩子轻轻地说：

"始终拿好了，等着瞧吧。"

于是穷人的妹妹接受下来，为了不让她生气。她低下头，把铜板放在裙子的口袋里。待她抬起头时，石凳已空无一人。她大吃一惊，回家时一直想着刚才遇到的事。

二

穷人的妹妹睡在一个阁楼里，里面杂乱地堆着一些残缺不全的旧家具。有月亮的日子，靠着一扇狭窄的天窗，她上床时还看得清。其余日子，她摸索着来到床前，可怜的睡铺由四块草草拼在一起的木板和一条草褥子组成，草褥子的上下两块布有的地方都挨到一起了。

但这天晚上，正是满月。一束明亮的月光成长条形落在梁上，使阁楼充满了亮光。

平时要待纪尧姆和纪尧梅特睡下时，穷人的妹妹才上楼。有些阴暗的夜晚，她有时非常害怕突如其来的呻吟声，以为听到脚步声，而这只是屋架的咔嚓声和老鼠的奔跑声。因此她热切地喜欢明月当空，友好的月华消除她的恐惧。月光明亮的夜晚，她打开天窗，在祈祷中感谢月亮又来看望她。

她看到房间里有月光时便喜出望外。她很疲倦，感到有月亮好友的守卫，会很平静地入睡。在睡眠中，她时常感觉到月亮在房间里默默无声地、轻轻地漫步，使冬夜的噩梦逃遁。

她走去跪在一个旧箱子上，在金黄色的月光里，向天主祈祷。然后，她走到床边，解开裙子的搭扣。

裙子滑落到地上，可是，从半开的口袋里落下如雨点般的大铜板。穷人的妹妹看着铜板在滚，一动不动，怔住了。

她弯下腰，把铜板用指尖一个个捡起来。她把铜板摞在旧箱子上，没有办法知道它们的数目，因为她只会数到五十。她看得很清楚，铜板有好几百枚呢。待她在地上找不到铜板时，她去拿裙子，从裙子的重量看，她明白，裙子口袋仍旧是装满的。整整一刻钟，她从口袋里掏出一把又一把铜板，对掏不到底感到束手无策。她终于感到只有一个铜板了。拿在手里，她认出来，这就是女乞丐给她的那枚铜板。

于是她心里想，天主刚刚显现了一个奇迹，她瞧不起的这枚难看的铜板，是富人们所没有的。她感到它在自己的手指中间颤抖，准备接连不断地增加。因此她哆嗦起来，生怕这枚铜板突发奇想，要把阁楼堆满财富。她已经不知道拿这堆在月光下闪烁的钱币怎么办了。她六神无主，环视四周。

她是个勤快的女孩儿，在她围裙的口袋里，总是有针线。她找来一块旧布，缝了一个口袋。口袋做得太小，她的小手都很难伸进去。她把女乞丐的铜板放进口袋里，然后把箱子上堆满的钱币塞进袋子里。每一堆钱落下去时都把口袋塞得满满的，钱袋一下子又变空了。几百枚铜币轻而易举装进里面。显而易见，再多四倍也能装得下。

装完后，穷人的妹妹疲乏了，把口袋藏在草褥下面，睡着了。想到第二天可以广泛施舍，她在梦中笑了。

三

　　早上醒来时，穷人的妹妹以为做了个梦。非得触到了她的财宝，她才信以为真。口袋比昨夜沉了些，孩子明白，神奇的铜板夜里还在工作。她匆匆穿上衣服，下得楼来，手里拿着木屐，不发出一点儿响声。她把口袋藏在围巾下面，贴紧在胸前。纪尧姆和纪尧梅特还在沉睡，没听到她下楼的声音。她不得不经过他们的床前，他们离她那么近，由于害怕她差点儿摔倒。然后她跑了起来，把门打开，一溜烟逃走了，忘记把门关上。

　　眼下是冬天，十二月最冷的早晨。天刚破晓，晨曦泛白，天空的颜色好像覆盖白雪的大地一样。充满天际的是银装素裹，万籁俱寂。穷人的妹妹沿着通到城里的小径，快步行走。她只听到她的木屐踩在雪上的吱吱声。虽然心事重重，但她还是出于好玩，选择最深的车辙走。

　　快到城里时，她才想起匆忙中忘了向天主祈祷。她跪在小路边上。她独自在那儿，沉迷在安睡的大自然无限的幽静中，以孩子柔和的声音念着祷告，以至天主都分不清是不是天使的声音。不一会儿，她站直身子。寒冷袭上身来，她加快脚步。

　　当地十分穷困，尤其这一年，冬天严寒，面包昂贵，只有富人才买得起，那些靠阳光和怜悯过日子的穷人，一大清早就出门看看春天是不是来了，能一起带来更慷慨的施舍。他们走大路，坐在城门前的界石上，向行人乞讨。在他们的阁楼里冰冷彻骨，等于住在大路上。他们人数多得可以住满一个大村子。

穷人的妹妹打开她的小口袋。进城时，她看到一个瞎子由一个小姑娘引领而来，小姑娘忧郁地望着她，看到她衣衫褴褛，于是把她看作一个姐妹。

"我的父亲，"她对穷老头儿说，"伸出您的手。耶稣派我来找您。"

她对老人说话，因为小姑娘的手太小了，只能容纳十来个铜板。所以，为了放满瞎子伸给她的手，必须在袋里掏上七次，他的手是那么长那么宽啊。然后，在离开之前，她叫小姑娘再在口袋里抓了一把钱。

她急于到达教堂前面的石凳旁边，早上，穷人聚集在那里，这座教堂为他们挡住北风。旭日升起时，正好照到门廊下面。她又要停下来。在一条小巷的拐角，她看到一个老女人。无疑她曾在那里过夜，冻得麻木，瑟瑟发抖。她闭着眼睛，双臂交叉紧贴在胸前，好像睡着了，只求一死。穷人的妹妹站在她面前，手里握着满满一把铜板，不知如何向她施舍。她流着眼泪，心想来得太晚了。

"大妈，"她说，轻轻碰了碰那个女人的肩膀，"瞧，拿好这些钱。您要到旅店吃一顿，在熊熊的炉火前睡上一觉。"

听到这柔和的声音，老女人睁开眼睛，伸出手去。她兴许以为还在睡觉，梦到一个天使来到她身边。穷人的妹妹很快来到广场。门廊下有一群人，等着朝阳。乞丐们坐在那些圣徒雕像脚下，冷得发抖，挤在一起，互相不说话。他们慢慢地转动脑袋，就像垂死的人的动作。他们挤在角落里，为了在太阳出来时不错过一点儿阳光。

穷人的妹妹从右边开始，将一把把铜板扔在毡帽里和围裙里，那样真心实意，很多钱币都滚到石板上。可爱的孩子也不点数。小口袋产生奇迹：它掏不空，小姑娘每抓一把，它又涨满了，就像从一只装得太满的水罐里倾注而出。穷人们对这欢快地落下的钱看得目瞪口呆，他们捡着落下的铜板，忘记了太阳升起，嘴里匆匆念叨着："愿天主报答您！"布施数额这样大，老头儿们以为是圣徒石像把这笔财富扔给他们，至今他们仍然这样认为。

孩子看到他们高兴，也快乐得笑逐颜开。她来回走了三次，给每个人同样的数目，然后她停住了，并非小口袋空瘪了，而是因为她在傍晚之前还有很多事要做。她正要离开时，看到角落里有一个残疾老人，他不能走近向她伸出手来。她对没有看到他感到悲催，走上前去，倾倒口袋，想给他更多的钱。铜板开始从这只了不起的钱袋里像泉水一样不停地流出来，数不胜数，一会儿，穷人的妹妹攥紧了袋口，因为在短短的时间里，钱币就会累积得像教堂一样高。可怜的老人无法处理那么多钱，也许富人会来抢劫他呢。

四

这时，广场上的人口袋已经装满，她走向田野。乞丐们忘记了首先减轻他们的痛苦，跟随着她。他们惊讶而尊敬地望着她。她呢，独自环顾四周，走在前面。人群跟随在后。

孩子穿着一件破烂的印花布衣服。就破衣烂衫而言，确是穷人的小妹妹；就慈悲心肠而言，也称得上是小妹妹。她处在这个大家庭中，送钱给她的兄长们，忘却自身；她迈出那双小小的脚，庄重地走着，为能成为一个大姑娘而感到幸福。这个十岁的金发小姑娘后面跟着老人的护队，焕发出天真和威严。

她手里拿着小钱袋，从这个村子走到那个村子，在周围一带进行施舍。她径直往前走，不选择道路，走平原的大路和山坡小路。随后她偏离道路，穿越田野，想看看有没有流浪汉躲在篱笆下面或者田沟里。她踮起脚尖，远望天边，悔恨不能向当地所有的贫苦人发出呼喊。她想到兴许遗漏了某个受苦人，就叹息起来。这种担心使她时常折回原路，去看看某个灌木丛。要么在道路的拐弯处放慢脚步，要么她迎着一个穷人跑上前去，她的护送队五在每一个拐弯处紧跟着她。

在她穿过一块草地的时候，她遇到一群麻雀落在她前面。这些可怜的小鸟迷失在雪地里，悲戚地鸣叫，吁求一点儿食物，它们寻找不到。穷人的妹妹停住脚步，遇到这些可怜的小鸟，她的铜板却无能为力，一时目瞪口呆。她恼怒地望着自己的口袋，诅咒着这不能发善心的钱。但麻雀围绕着她，它们说自己也是这个大家庭的，要求得到她的恩惠。她几乎要痛哭失声，不知道怎么办。便从口袋里掏出一把铜板，因为她不能不施舍就打发走它们。可爱的孩子一准是昏了头，想象铜板是麻雀使用的钱币，天主的这些孩子也有磨坊主为它们磨面粉，有面包师为它们揉面。不知道她想做什么，但人们知道的是，她扔出的一把铜板，落在地上却成了地上的麦子。

穷人的妹妹并不显得吃惊。她给这些麻雀摆了一桌真正的宴席，请它们吃各种各样的谷物，数量那样多，以至来年春天，草地覆盖上又高又密的草，宛如森林里一样。从这时起，这块土地就成了飞鸟的乐土。它们在四季都可以找到丰富的食物，虽然方圆二十法里以上到这儿来的鸟成千上万。

穷人的妹妹继续走路，很高兴自己拥有这种新能耐。她不再满足于散发铜板，而是根据相遇的情况，有时给人暖和的新罩衣，有时给厚呢裙，有时还给轻巧牢固的鞋子，重量虽然连一两都不到，却比石子还经磨。所有这一切都来自一个不知名的工厂，布料又牢又柔韧，缝纫精巧绝伦，在我们只能缝上一针的空隙中，却能找到地方轻易地魔术般插上三针。这还不算巧夺天工呢，每件衣服都适合穿上它的穷人的身材！准定是仙女们的工厂刚刚在口袋里建立起来，她们带来了精巧的金剪子，在玫瑰花的叶子里裁出十件小天使的裙子。这一定是上天的活计，做得是那么完美无缺啊。

小口袋为此并不显得扬扬得意。袋口有点儿磨损了，穷人的妹妹也许有点儿把袋口撑大了，现在它可能有两只黄莺的巢那么大。裙子、披风都有四五米宽，那么这些宽大的衣服是怎么从里面出来的？其实是它们都叠好了，就像还没有从花萼里绽放出来的丽春花的花瓣一样。它们叠得非常巧妙，就像花蕾那么大。穷人的妹妹用两根手指一夹，轻轻一抖，布就展开、伸长，变成衣服，给天使穿已经不合适，却适合覆盖住凡人的宽肩。至于鞋子，至今也不知道它们是以什么方式从口袋里出来的，但听说，不过没有确定，每双鞋放在一颗蚕豆里，蚕豆一落地就裂开。当然，这一切并不影响一把又一把铜板像三月的冰雹一样密密麻麻地落下。

穷人的妹妹始终往前走。她一点儿都不感到疲惫，虽然从早上到现在她已走了近二一法里，没吃过没喝过。看到她在大路边经过，几乎没留下足迹，好像她被一对看不见的翅膀托起来。这一天，当地人在各个地点都看见了她。在这一带，无论平原高山，你找不到一个没有印上她的轻微足迹的角落。确实，纪尧姆和纪尧梅特，要是他们追踪她，就得花上整整一个星期才能追上她。并非她走的那条路要停顿、难行，而是因为有一大群人在她后面跟着，如同国王经过时会堵塞那样。她那样欢快地行走，在别的时候，她走这样一段路，至少也要六个星期。

她的护送队伍不断增加。凡是她救济了的人，都尾随着她，以至于到傍晚时分，她身后人群伸展出数百米之长。从来没有一个圣徒能够带着这样一支浩浩荡荡的队伍来到天主面前。

夜幕降临。穷人的妹妹始终往前走，小口袋也始终在工作。最后，只见孩子停在一个小山丘的顶上。她一动不动，望着她使之致富的平原，她的破衣烂衫在灰白的暮色中黑乎乎地突现出来。乞丐们围在她四周，他们那大团的黑影蠕动着，人群发出低沉的骚动声，然后笼罩着寂静。穷人的妹妹凌驾在天空中，面露微笑，脚下是成百上千的民众。从早晨以来她长大了很多，她站在山丘上，向天空举起了手，向她的民众说：

"感谢耶稣吧，感谢玛利亚吧！"

她的所有百姓都听到她温柔的声音。

五

穷人的妹妹回到家里时已是深夜。纪尧姆和纪尧梅特又是愤怒，又是惊吓，疲倦得睡着了。穷人的妹妹从牲口棚的门进去，这扇门只上了插销。她迅速上到阁楼，看到她的好朋友月亮，月光如水，喜气洋洋，仿佛它知道她白天所做的好事。上天常常用最皎洁的月光这样感谢我们。

孩子感到非常需要休息。但在上床之前，她想再看看口袋里那枚神奇的铜板。它大显身手，真值得吻吻它。她坐在箱子上，倒空了钱袋，将一把把钱币放在脚下。过了一刻钟，她竭力要掏到底部，那堆钱已经升到她的膝盖那么高了，于是她泄了气。她非常尴尬，找不到更好的办法，只好轻巧地把小口袋翻了个儿。神奇的铜板倾泻而下，阁楼一下子四分之三都堆满了。口袋倒空了。

听到这声音，纪尧姆惊醒了。这个男人，虽然在睡熟时楼板塌下来也听不见，但只要有一个小钱落在石板上，他都会睁开眼睛。他摇一摇纪尧梅特。

"喂！老太婆，"他说，"你听见了吗？"

老太婆气鼓鼓地咕噜着。

"小妞儿回来了，"他接着说，"我想，她偷了过路人的钱，因为我听到楼上有一个大钱袋叮当响。"

纪尧梅特翻身起来，再也不发脾气了，非常清醒。她很快点亮灯，一面说：

"我很清楚，这个小妞儿会干坏事。"

然后她又说：

"我要买一顶系飘带的帽子和一双斜纹布鞋子。星期天，我就能扬扬得意。"

于是，两个人披上衣服，纪尧姆走在前头，纪尧梅特举着灯，上了阁楼。他们又瘦又古怪的身影斜斜投在墙上。

上到楼梯口，他们惊讶得站住了。地上有一层的钱，厚达三尺，散布到各个角落，看不到巴掌大的一块地板。成堆的钱币错落起伏，好像这是钱海的波涛。在两堆钱中间，穷人的妹妹睡在月光中。孩子累得睡着了，无法回到床上。她轻轻地滑倒在地，在这用来施舍的钱形成的床铺上，她梦见了天堂。她的手臂放在胸前，右手攥住女乞丐的神奇礼物。在寂静中，可以听到她微弱的有规则的呼吸声，而她喜爱的月亮在她周围的新货币中闪亮，像一个金环围绕住她。

纪尧姆和纪尧梅特不是长久惊呆那种人。奇迹有利于他们，他们就不想去解释它，很少考虑是天主还是魔鬼显示的。他们用眼睛估计了一下这些财富，想确定这是阴影的幻觉还是月光的反光。他们贪婪地弯下身去，双手张大了。

但这时发生的事令人难以相信，我迟疑不决是否要说出来。纪尧姆刚抓起一把钱币，这些钱币马上变成一只只大蝙蝠。他恐惧地张开手指，这些丑恶的动物便逃走了，发出尖锐的叫声，它们黑色的长翅膀拍打到他的脸。纪尧梅特则抓住一窝尖细白牙齿的小老鼠，它们狠狠地咬她，沿着她的腿逃之夭夭。老太婆平时看到一只老鼠就要晕倒，如今感到老鼠在她的裙子里奔跑，吓得要死。

他们站直身子，再不敢抚摸这些表面崭新，但触摸时这样令人讨厌的钱币。他们不自在地面面相觑，互相用目光鼓励，半是笑，半是气恼，就像被过热的甜食烫伤的孩子。纪尧梅特首先抵不住诱惑。她伸长瘦手臂，又抓起两把钱币。当她攥紧拳头，不让漏掉一枚钱币时，她发出痛苦的大声叫喊。她抓住的是两把又长又尖的针，她的手指好像缝在掌心上。纪尧姆看到她弯下身子，也想要他的一份财宝。他做得急匆匆，可是捡到的东西却是两抔滚烫的火炭，烧得通红，像火药一样炙伤他的皮肤。

这时，他们疼得疯狂了，扑向钱堆，乱翻一通，力图以速度征服这奇迹。但这些铜板不会任人摆布。刚被触到，它们就像蝗虫一样飞走，有些变成蛇游走，有些变成沸水流走，或者变成烟雾消散。一切形式对它们而言都是可取的，临走时多少烫一下或者咬一口盗贼。

一下子产生那么多不同的生物，那么快，多得吓人，以致难以形容的恐怖笼罩着现场。会飞的癞蛤蟆、猫头鹰、吸血蝙蝠、尺蛾，拍打翅膀，冲向天窗，一团团飞走。蝎子、蜘蛛，所有在潮湿之地的丑恶寄生物一串串惊慌失措地爬到角落，阁楼虽然到处是裂缝，但还没有足够的窟窿给它们藏身，它们在缝隙里互相推挤、互相践踏。

纪尧姆和纪尧梅特被吓疯了，处在看到那么多不同的生物感到的头晕目眩中。左边，右边，所有地方，他们都在加速这些新生物的产生。生命从他们的手指间大量流出。活生生的浪涛在上涨。月光时而照亮的这些财宝，只是一堆黑乌乌的东西，沉重地移动、隆起，又塌下去，有如酿酒槽里的葡萄酒。

不一会儿，没有剩下一枚钱币。整堆钱币都活了起来。这时纪尧姆和纪尧梅特抓到的只是爬虫，逃走时将两把水蛇扔在对方脸上。

仿佛他们最后抓到的这两把东西，把所有的怪物都带走了，阁楼空荡荡的。穷人的妹妹什么也没有听见，面带笑容安然地睡着。

六

穷人的妹妹醒来时，有一点儿后悔。她心想，她到很远的地方，到整个地区去救苦济贫，却没有想到减轻叔叔和婶婶的贫困。

可爱的孩子同情所有受痛苦煎熬的人。对她来说，一个穷人不管是好是坏，首先是穷人。她分辨不清眼泪有什么不同，她很自然地想，她没有责任分发赏与罚，但有擦拭眼泪的使命。在她十岁的幼小心灵中，并没有公正的伟大概念。她整个人是仁慈的，是爱布施的。她想到地狱的罪人时，心里就充满怜悯，对炼狱里的灵魂也充满了同情。

以前有一天，有个人对她说，这样的穷人不配她赠给面包，她不明白。她不愿相信，饿了要吃，这还不够吗？

为了弥补她的疏忽，穷人的妹妹又拿起她的小口袋，用崭新的漂亮钱币，很快买下了毗邻她的亲戚小屋的一块地。另外，她买下一对棕白两色的牛，牛身上的毛就像丝绸一样闪闪发光。她很仔细，没忘买犁。然后，她雇了一个农场的小伙子，把牛套上犁，赶到茅屋门前的田边。这段时间，她在城里购买了各种各样的食物、烧起来火很旺的葡萄藤、精细面粉、腌货、干菜。她让三辆大车跟在自己后面，从这个铺子到那个铺子，在车上装满了她认为一家子需要的东西。她不买无用的东西，她买的是结实的家具、布匹、小铜锅，一个三十岁的家庭主妇梦想得到的所有东西。

三辆大车装满以后，她把大车安置在牛和犁旁边。她明白，茅屋非常寒碜，非常狭小，容纳不下这些东西。她很难受，不能买下一个农场，并非她缺钱，而是因为在这个地区没有农场。她决定叫来泥瓦匠，在可怜的茅屋这块地上建造一座大房子。但这期间，她急不可待，只是在大车前的地上倒了几堆铜板，支付建造的费用。

她做得干净利落，不到一个小时，就把一切安排妥当。纪尧姆和纪尧梅特还在睡觉，既没听到车轮的转动声，也没听到农场小伙子的皮鞭声。

这时，穷人的妹妹走近茅屋门，唇边挂着一丝微笑，因为她有时要开个善意的玩笑。她出于调皮而有点儿做事匆忙，她庆幸能赶在她的亲戚睡醒之前把一切安排就绪。

她看了最后一眼购买的东西，然后喊了起来，一面双手使劲拍门：

"纪尧姆叔叔，纪尧梅特婶婶！"

两个老人没有动静，她便用拳头敲打关得不严实的门板，提高嗓门儿又喊了几遍：

"纪尧姆叔叔，纪尧梅特婶婶，快开门，财富要求进门！"

纪尧姆和纪尧梅特在睡梦中听到这叫声，他们不用清醒便跳下床来。穷人的妹妹还在叫喊，这时他们出现在门槛上，你推我搡，揉着眼睛，想看清楚。他们过于匆忙，以至纪尧姆穿了裙子，而纪尧梅特穿了裤子。他们面对那么多奇特的事，竟没有意识到穿错衣服。三辆非常神气的大车前面，一堆堆钱币垒得像草垛一样高，锅子和橡木家具在雪地里突现出来。两头牛在清晨的寒风中喷着气。犁铧好像是银制的，在晨曦中闪着白光。

农场小伙子走上前对纪尧姆说：

"主人，我要把犁和牛送到哪儿去呢？眼下不是耕种的季节。别担心，您的田已下过种，您会有好收成。"

这时，车夫们走近纪尧梅特。

"好心的太太。"他们对她说，"这是您的家庭器具和冬天的食物。请快告诉我们，我们应该把车上的东西卸在哪儿。把所有这些东西搬进屋里，一天时间也不嫌多。"

两个老人目瞪口呆，不知如何回答。他们胆怯地望着这些财产，无法控制自己，他们想到昨夜如此恶毒地嘲弄过他们的卑劣铜板。穷人的妹妹躲在一个角落里，讥笑他们古怪的相貌。她并不想报复他们在不幸的日子里缺少情意，可怜的小姑娘从没有这样耻笑别人。我向你保证，看到纪尧姆穿着裙子，而纪尧梅特穿着裤子，不知道他们是应该高兴还是哭泣，你就会像她一样笑，做出最逗人的鬼脸。

最后，看到他们要回到屋里，关上门窗，她露面了。

"朋友们，"她对农场小伙子和两个车老板说，"把所有这些东西统统搬进茅屋，不用担心堆到房间的天花板。我没有想到房子这么小，我买了那么多东西，现在我们必须有一座城堡。这是给泥瓦匠的钱。"

她这样说是为了让她的亲戚听到，因为她有理由让他们放心，让他们明白，她就是那个送给他们这些礼物的好心仙女。但纪尧姆和纪尧梅特从昨天起就决定打她一顿，惩罚她一整天离开他们。当他们听到她这样说话，看到那些人把家具和食物放在他们的门口时，他们望着她，不知为什么号啕大哭。他们觉得有一只手扼住他们的咽喉。他们站在那儿，几乎喘不过气来，他们从来没有这样激动过，不知道如何是好。突然，他们明白了，他们是爱穷人的妹妹的。于是，他们破涕为笑，跑过去拥抱她，这使他们宽慰了许多。

七

一年后，纪尧姆和纪尧梅特成了当地最富有的农户。他们拥有一个新建的大农场，他们的田地伸展到方圆数不尽的法里，一边的地平线都容纳不下。一个穷人变成富人，这并不少见。在我们的时代，没有人会感到惊奇。但当纪尧姆和纪尧梅特由恶人变成好人时，却有人不愿相信。但这却是事实。穷人的妹妹的亲戚不再忍受饥寒之苦，恢复了以前的善心。由于他们也没少哭过，他们感到自己是穷人的兄弟，便无私地减轻穷人的痛苦。

我知道，眼泪使人向善。如果纪尧梅特不再酷爱花边，如果纪尧姆不再喝酒，更喜欢工作，我认为钱币在他们身上有着神奇的作用，帮助实现奇迹，因为这些钱币不像当初得来的钱，是用来挥霍的，而是扫绝坏心肠的人，引导正派人的手，使他们心地仁慈。啊！这些正直的铜板，根本不像我们那些丑恶的金币和银币做尽坏事、蠢事！

纪尧姆和纪尧梅特从早到晚亲吻穷人的妹妹。开头几天，他们不让她累着，只要她说要干活儿，他们就生气。显而易见，他们期望把她培养成一个漂亮的小姐，有一双洁白的小手，会打饰带。他们每天早上对她说："要显得高傲，别的不要烦心。"但小姑娘根本听不进去。她整天坐着，除了望着云彩飘荡，没有别的事做，会郁闷而死的。她对自己的财富没什么兴趣，只是擦拭她的橡木家具，仔细整理她的细布床单。她要随心所欲地取乐，她回答她的亲戚："别管我，我穿得很暖和，用不着什么花边。我宁愿操持家务，也不愿关心打扮。"

她多么明智地说这些话，纪尧姆和纪尧梅特明白，她说的非常对。他们不再违拗她的趣味。对她来说这是乐事。她像从前一样五点钟起床，承担家务事。不是过苦日子时那样扫地、洗涮，因为要保持一所这样大的住宅整洁，是她的力量所不能及的。她监督女仆，帮她们挤牛奶、养鸡鸭，她并不以为耻。她是当地最富有和最勤劳的少女。她成了大农场主以后，面孔更红润，工作时心情更愉快。她时常说："贫穷啊，你真好，你教会我做有钱人。"

她这样的年纪，想的事很多，这使她有时心情郁闷。我不知道她怎么看出，她的铜灰对她变得用处不大。田地给她面包、酒、油、蔬菜、水果；畜群给她提供羊毛做衣服，提供肉食；农场的产品充分满足她和全家的需要。她给穷人的部分也扩大了范围，因为她不再施舍钱，而是给肉、面粉、柴火、布匹和呢绒，这样做很明智，所给的是她知道穷人所需要的东西，免得他们乱花她施舍的钱。

在车载斗量的财富中，有好几堆钱币躺在阁楼里，穷人的妹妹看到这些钱占据了二三十捆干草的地方，心里难受。她更喜欢干草，这是劳动的回报，而不喜欢这些没有什么价值堆在那里的钱。因此，她逐渐对这种财富感到深深的厌恶，这些钱躺在守财奴的箱子里，或者在城里投机商的手里流通更合适。

她对这讨人嫌的财富心灰意冷。一天早上，她决定让它们消失。她保存着那个轻而易举地吞噬钱币的小口袋，小口袋认真地完成它的职责，把阁楼打扫得干干净净。穷人的妹妹行事很有心机，她不把女乞丐的铜板放在袋底。这样，钱币走得精光，不想再回来。

就这样，她不想变得太富有，感觉这样对心灵会有危险。她逐步分走她的一部分田地，只养活一家人，田地太广了。她量入为出。再说，农场里不缺少干活儿的好手，不管她愿意与否，阁楼里钱币又积攒起来，她悄悄地上楼，宁愿变穷些。为了保证自己能满足，她要一生都保存这只魔袋。这只钱袋在贫困时期给得那么多，在有钱时就只会收钱。

穷人的妹妹有另外一个心事：女乞丐的礼物使她难堪。她害怕钱袋给她的能力，因为即使一个人并不怀疑自己，感到自己卑微总比感到自己强大，心里更高兴。她真想把钱袋扔到河里，可是一个坏人可以在沙里找到它，用来损害别人。当然，如果这个坏人把她做好事一半的钱拿去做坏事，毫无疑问，他就会毁掉这个地方。因此她明白，女乞丐在做出施舍前，寻找了好久：这是一个可以使一方的人快乐或者绝望的礼物，这要看它落在谁的手里。

她留着这枚铜板。钱币有孔，她用一根带子把它挂在脖子上，这样就不会丢掉了。但她感到钱币在她胸前时便觉得难受，她愿不惜一切重新找到女乞丐，请求她收回存放的东西。这负担太重了，很难长期保存。让自己像个好女孩儿那样生活，除了劳动和快活产生的奇迹，她不要别的奇迹。

但怎样寻找也是枉然，她因找不到女乞丐而感到泄气。

一天晚上，她经过教堂前，进去做一会儿祈祷。她走到尽头一个小祭台那里，她喜欢它的阴暗和寂静。深蓝色的彩绘大玻璃窗好像月光一样照亮了石板，拱顶有点儿矮，没有回声。但这一晚，小祭台很喜庆。一束朦胧的光，穿过大殿，正面照在小祭台上，照亮了黑暗中一幅旧油画的金色框架。

穷人的妹妹跪在光石板上，看到美丽的夕阳余晖照在她没有见过的框架上，有一会儿走神。然后，她低下头，开始祈祷，她请求天主给她派一个天使负责管理她的钱币。

在热烈祈祷中，她抬起头来。夕阳所带来的光线已从框架移向画布，可以相信，一束金色的光线从圣像中逸出，照亮了黑色的墙。这仿佛一个天使撩开天堂幕布的一角，因为在灿烂夺目的光辉中，可以看到圣母玛利亚正在将耶稣放在她的膝盖上睡觉。

穷人的妹妹望着，竭力回想。她兴许在梦中见过这个美丽的圣母和这个圣婴。他们无疑也认出她：他们对她微笑，甚至她看到他们从画中走出来，来到她身边。

她听到一个温柔的声音说：

"我是天上神圣的女乞丐。人间的穷人给我奉献他们的眼泪，我将手伸给每一个穷人，让他减轻痛苦。我把这些给穷人的施舍带到天上。这些施舍在历代一个又一个积累起来，在世界末日那一天将形成选民幸福的宝藏。

"我正是这样，穿得穷困潦倒，好像一个民间姑娘那样，走遍世界。我安慰我的穷人兄弟，我通过仁慈拯救富人。

"一天晚上，我看到了你，我在你身上认出你正是我寻找的人。我的工作十分艰苦。我在世上遇到一个天使时，我便把我的一部分使命交给他。为此，我有天上的铜板，它们懂得行善，使纯洁的手成仙。

"看啊，我的耶稣在对你微笑，他对你很满意。你曾是天上的女乞丐，因为每个人都把自己的灵魂施舍给你，你要把你的穷人护送队带到天堂。现在把这枚沉重地压着你的铜板还给我吧，只有天使有力量将善永远负载在他们的肩膀上。要谦逊，愿你幸福。"

穷人的妹妹在谛听这番神圣的话。她半弯下腰，一声不响，听得入迷。在她睁大的眼睛里，反映出幻象的闪光。她长久地一动不动。随后，光芒始终在上升，她觉得天国的大门又关上了。圣母拿走了她脖子上的带子，慢慢地消失。孩子还在凝望，但她只看到金色框架的上边，在落日余晖中微弱地闪烁。

这时，她不再感到胸前铜板的重量了，她相信刚才看到的情景。她画十字，走开了，一面感谢天主。

　　就这样，她不再有心事，活了很久，直到她从青年时代起就在等待天使把她带到她的父母身边，他们的思念早就召唤她来到天堂。她在他们身边看到纪尧姆和纪尧梅特，他们也在厌倦了尘世那一天，早就离开了她。

　　她死后一百多年，在这个地方找不到一个乞丐。并非在家庭的大柜中没有我们丑恶的金币和银币，而是不知怎么回事儿，柜子里总是有圣母那枚铜板的子孙，有一些黄铜的钱币，它们是劳动者和普通人的货币。

猫的天堂[1]

　　一个姑妈遗赠给我一只安哥拉猫，它确实是我所知的最愚蠢的动物。以下就是我的猫在一个冬夜热烘烘的余烬前对我讲的故事。

一

　　我当时两岁，确实是能见到的最肥胖、最天真的猫。我仍

然像蔑视家庭舒适的动物一样妄自尊大。但我应该多么感谢老天爷啊！他把我安置在您姑妈家里。这个善良的女人宠爱我。我在一个大柜底下有一间真正的卧室、塞羽毛的垫子和三层的毯子。吃的和睡的一样好：从来不吃面包，从来不喝汤，有的只是肉，带血的鲜肉。

在这舒适的环境中，我只有一个愿望，一个梦想：从半开的窗子溜出去，逃到房顶上。抚摸对我来说平淡无味，床的柔软使我恶心，我胖得使我自己都沮丧。我整天因为幸福而厌烦。

应该告诉您，我曾经伸长脖子，从窗口看到对面的屋顶。那一天，有四只猫在那里打架，竖起了毛，翘起尾巴，在烈日下的青石板上打滚，发出快乐的咒骂声。我从来没见过这样异乎寻常的情景。此后，我的信念就确定了。真正的幸福就在这扇关得严严实实的窗子后面的房顶上。

我制订了逃走的计划。生活中除了带血的肉，还有别的东西。这就是未知，就是理想。一天，厨房的窗子忘了推上。我跳到下面的一个小房顶上。

二

一排排房顶好美啊！宽宽的檐槽围在房顶四周，散发出美妙的香味。我惬意地沿着檐槽走去，我的爪子踩进稀薄的烂泥里，烂泥暖暖的，无比柔软。我觉得像踩在天鹅绒上。太阳下热乎乎的，那种热把我身上的油脂都融化了。

不瞒您说，我的四肢直打哆嗦。我的快乐中也有恐惧。我尤其记得一次揪心的激动，险些使我一个跟斗栽到街上。三只猫从一所房子的屋脊上朝我迅速奔过来，一面发出可怕的猫叫声。由于我吓得不行，他们说我是大傻瓜，对我说，他们喵喵地叫是取乐子。我开始跟他们一起叫，太开心了。这些家伙不像我那样胖得好蠢。我像只球一样沿着烈日晒热的锌板滑下来时，他们嘲笑我。这群猫里的一只老雄猫对我特别好。他向我提出给我教育，我满心感激地接受了。

啊！让您姑妈给我吃的肺滚远些吧！我在檐槽里喝水，我从来不觉得甜牛奶这样可口。我感到一切尽善尽美。一只雌猫走过，看见她，我心里充满从未有过的激动。至今我唯有在梦中见过这种脊梁柔韧松软的美娇娘。我的三个同伴和我，我们冲上去迎接这个新来者。我跑在他们前面，正要向这秀色可餐的雌猫致意时，我的一个同伴在我脖子上狠狠咬了一口。我发出痛苦的叫唤。

"罢了！"老雄猫对我说，把我拉走，"您还会遇到很多这样的事。"

三

溜达了一个小时以后，我感到饥肠辘辘。

"在屋顶上有什么可吃的？"我问我的朋友老雄猫。

"找到什么吃什么。"他见多识广地回答我。

这个回答使我尴尬，因为我徒劳地寻找，什么也没有找到。最后，我在一间阁楼里看到一个年轻女工在准备午餐。窗子下面的桌子上放着一大块排骨，红艳艳的，令人垂涎欲滴。

"这正适合我。"我天真地想。

我跳到桌子上，咬住排骨。但是那个女工看到了我，一扫帚狠狠地砸在我的脊梁上。我丢下肉，逃走了，一面发出恶毒的咒骂。

"您刚从乡下出来吧?"老雄猫问我，"放在桌子上的肉只能在远处渴望。应该到檐槽里去寻找。"

我永远无法明白厨房里的肉不属于猫。我的肚子开始发怒了。老雄猫使我终于泄气地说，必须等到晚上，那时我们下楼到街上，在垃圾堆里寻找。等到晚上! 他说这话平静得像冷酷无情的哲学家。我呢，一想到还得延长挨饿时间，便感到自己要瘫倒了。

四

黑夜慢慢到来，一个有雾的夜，冻得我冰凉。不久下雨了，毛毛细雨，在风突然而起的吹打下，透入毛皮。我们通过一道楼梯的玻璃窗洞下去。我觉得街道多么丑陋啊! 再没有这种炎热，这大太阳，这阳光照得白晃晃的屋顶，可以在上面多么舒坦地打滚。我的爪子在泥泞的石块路面上打滑。我辛酸地记起我的三层厚毯子和我塞羽毛的垫子。

我们刚到街上，我的朋友老雄猫就开始发抖。他缩小身子，悄悄地沿着房子溜过去，叫我尽快跟着他。他遇到一扇通车马的大门时，匆匆地躲在里面，一面发出满意的呼噜声。我问他为什么要逃，他反问我:

"您看见那个肩上有背篓拿着一个钩子的人吗?"

"看见了。"

"那么，如果他看见我们，就会打死我们，穿在铁钎上烤着吃！"

"穿在铁钎上烤着吃！"我大声说，"这么说街道不是我们的了？我们没有吃的，反而要被吃掉！"

五

垃圾已经倒在一家家的门前。我泄气地在垃圾堆里搜索。我遇到两三块光溜溜的骨头，扔在灰烬里。这时我明白了新鲜的肺是多么美味。我的朋友老雄猫像鉴赏大师一样扒拉着垃圾。他带领我一直跑到早上，察看了每一条街，不紧不慢。在差不多十个小时里，我受到雨淋，浑身颤抖。该死的街道，该死的自由，我多么留恋我的监狱啊！

天亮时，老雄猫看到我跟跟跄跄。

"您受不了吗？"他用古怪的神态问我。

"噢！是的。"我回答。

"您想回家吗？"

"当然，但是怎样再找到我的家呢？"

"跟我来。昨天早上，看到您出来时，我就明白，像您这样的一只胖猫，是忍受不了自由的快乐和艰辛的。我认识您的家，我来将您送到您家门口。"

这只可敬的老雄猫，坦然地这样说。我们到家了。

"再见。"他对我说，没有流露出丝毫的激动。

"不，"我大声说，"我们不能这样分手。您随我一起来。

我们分享同一张床、同一份肉。我的女主人是一个善良的女人……"

他没有让我把话说完。

"别说了，"他粗暴地说，"您是一个傻瓜。我在那种软绵绵的温馨中会活不长的。您的生活对杂种猫是舒适的。自由的猫绝不会以坐监狱为代价，来换取您的肺和塞羽毛的垫子……再见。"

他又爬上屋顶。我看见他又高又瘦的侧影在旭日的抚弄下舒畅地抖动。

我回家以后，您的姑妈拿起掸衣鞭教训了我一顿，我乐呵呵地接受鞭打。我充分享受暖融融和挨打的快感。她打我时，我乐不可支地想到随后她要给我吃的肉。①

六

"您看，"我的猫在炭火前伸长身子，下结论说，"我亲爱的主人，真正的幸福，天堂，就是被关在一间有肉吃的房间里，又要挨打。"

我在为猫说话。

---

① 左拉很看重泰纳《比利牛斯山游记》中的这句富有哲理的见解："有吃的人是幸福的，在消化的人更幸福，一面消化一面睡觉的人要更加幸福。"左拉在1866年2月关于泰纳的一篇文章中说："《一只猫的生活和哲理见解》的某些篇章，总是使我想看到泰纳先生写的小说和故事。"

陪衬女[①]

一

在巴黎，一切都出售：疯疯癫癫的处女和乖巧的处女，谎言和大实话，眼泪和微笑。

您不会不知道，在这个贸易之地，美貌是一种商品，能做骇人听闻的生意。大眼睛和小嘴巴可以买进卖出；鼻子和下巴

---

① 小说收入 1866 年发表的《巴黎素描》中。

被给出最公道的价格。这样的酒窝，这样的美人痣，代表一笔固定的入息。由于总是有赝品，人们有时模仿天主的商品，用烧焦的火柴梗做成的假眉毛，用长发夹固定在头发上的假发髻，售价都要贵很多。

这一切都是公道的，符合逻辑的。我们是一个文明民族，我要问一下您，如果文明不能帮助我们骗人和被人骗，让生活变得可能，那么文明又有何用呢？

但不瞒您说，当我昨天得知，实业家老杜朗多，您像我一样认识的那个人，竟然异想天开地拿丑来交易时，我着实吃了一惊。美貌可以出售，这我明白，甚至可以出售伪造的美，这是很自然的，是进步的标志。但我声明，杜朗多使这种至今没有生命、称作丑的东西流通起来，则堪称法国的荣光。要明白，我想说的是丑陋的丑，干脆的丑，堂而皇之当作丑来出售的丑。

您有时准定会遇到两个一起在宽阔的人行道上散步的女人。她们徐徐地漫步，停在店铺的橱窗前，压抑着笑声，灵活而优雅地移动她们的裙子。她们像好朋友那样挽着手臂，往往以亲切的"你"相称，年纪几乎相仿，穿着雅致。不过，其中一个姿色平常，面孔难以点赞：人们不会回过头来再好好瞧瞧，不过，倘若凑巧见到了她，看过去倒也并不讨厌。而另一位却是丑得吓人，丑得令人难受，令人注视，使行人不由得在她和她的同伴之间作一对比。

要承认，您已经落入圈套，您有时会跟踪这两个女人。这个妖怪独自在人行道上，会吓得您手足无措；面孔平常的那个年轻女人，会完全令您无动于衷。但她们是在一起的，一个的丑增加了另一个的美。

那么，我告诉您吧，那个妖怪，那个丑得出奇的女人，属于杜朗多介绍所。她是一名陪衬女。杰出的杜朗多以每小时五法郎的代价，把她租给了相貌平平的女人。

二

事情是这样的。

杜朗多是一个有独创能力的、有发明才干的实业家，在商业上善于促狭使刁。多年来，他想到还不能从丑女交易中赚取分文时，便长吁短叹。至于在美女身上投机，那是很难处理的。杜朗多有富人的生性多疑，我向您保证，他绝对不去做这种投机生意。

有一天，他灵机一动，脑子里突然产生一个想法，就像那些伟大的发明家一样。他在人行道上散步，突然看到前面有两个年轻姑娘，一个秀丽，一个丑陋。看到她们，他明白了，丑女可以当美女的衬托。他心想，饰带、脂粉、假辫子可以出售，美女买下丑女当作适合她的装饰，也是合情合理的，符合逻辑的。

杜朗多回到家里，深思熟虑一番。他考虑的这种商业活动，做起来要有最高明的手腕。他不想投入一场成功便了不起，失败却遭人耻笑的冒险中。他通宵在盘算，阅读对男人的愚蠢和女人的虚荣讲得最透彻的哲学著作。第二天黎明，他作出决定：计算给了他论据，哲学家告诉他，人类有劣根性，他可以依赖许多主顾。

三

我想得到更多的灵感，写出杜朗多这种富于创造的史诗。这是一部充满泪水和哄然大笑、既滑稽又悲戚的史诗。

杜朗多为了组织"货源"，花费了未曾料及的更多的精力。他想直接行动，起先是只满足于在水管上、树干上和僻静的地方张贴小方块纸，上面手写："征求年轻的丑陋姑娘，做轻而易举的事。"

他等了一个星期，没有一个丑女应征。倒是买了五六个漂亮的女郎，哭哭啼啼要求工作。她们饥肠辘辘，就要走上邪路，还是想靠工作活命。杜朗多非常尴尬，对她们一再说，她们长得漂亮，不可能适合他的要求。但是她们坚持说自己长得丑，他声称她们漂亮，那纯粹是讨好，不怀好意。今天，由于无法出售她们没有的丑陋，她们只得出售自己拥有的美貌。

杜朗多面对这样的结果，明白只有漂亮姑娘才有勇气承认自己假设的丑陋。至于丑姑娘，她们绝不会自己承认嘴巴过大、眼睛异乎寻常的小。即使在所有墙上张贴，给每个上门的丑女十法郎，您也不会因此变穷。

杜朗多放弃了张贴广告。他雇了一些掮客，派他们到城里寻找丑八怪。这是一次对巴黎丑女的大搜罗。那些掮客触觉灵敏、鉴赏力强，任务艰巨。他们根据对象的性格和境况来进行搜罗：对方有燃眉之急，需要用钱，他们就单刀直入；打交道的是根本还不至于饿死的少女，他们就格外体恤。对有礼貌的人来说，很难开口对一个女人说："夫人，您很丑，我要买您的丑陋，按天计算。"

在这场搜索面对镜子流泪的可怜姑娘的追逐中，有一些值得回忆的插曲。有时，掮客奋不顾身：他们看见街上走过一个丑得符合理想的女人，便要把她带到杜朗多面前，为了得到老板的感谢。有些掮客采用极端的手段。

每天早上，杜朗多接待并检查昨天搜罗到的货色。他宽舒地坐在一把扶手椅里，身穿黄色睡袍，头戴黑缎无边圆帽，让那些刚网罗到的姑娘由招募她们来的掮客陪伴，在他面前列队而过。这时，他身子仰后坐，眯缝眼睛，摆出不悦或者满意的买主面孔。他慢慢地盯住一个猎物，沉吟不语，然后，为了看得仔细，他让"商品"旋转，从各个方面观察。有时他甚至站起来，摸摸头发，审视面孔，犹如一个裁缝抚摸一块料子，又像一个食品杂货商检验蜡烛或者胡椒的质量。当丑陋得到确认面孔又蠢又迟钝时，杜朗多就抚掌称善。他祝贺掮客，甚至拥抱那个丑八怪。但是他不信任那些别出心裁的丑女：那姑娘目光炯炯，嘴唇带上尖刻的微笑，他就皱起眉头，心里暗自嘀咕，这样的丑女即使生来不是为了爱情，却往往是为了激情的。他对掮客表现出一丝冷淡，对那个女人说，等以后她老一点儿再来吧。

要使自己成为审丑的内行，搜集到一批真正丑的女人，又不会得罪漂亮姑娘，这并不像人们所想象的那么容易。杜朗多表现出能够选中对象的天才，因为他对人的内心情感了如指掌。对他来说，重要的是外貌，他只录用那些令人嗤之以鼻的面孔，也就是那些又蠢又笨、使人的心冷掉半截的面孔。

介绍所最终筹备好那天，他可以向漂亮女郎表示，与她们的肤色和美色相配的丑女到来了，他抛出如下广告。

四

陪衬女介绍所

杜朗多

巴黎 M 街十八号

营业时间：上午十点至下午四点

夫人：

我有幸告知您，本人新近创建了一个介绍所，能效犬马之劳，永葆女人的美貌。本人发明了一种装饰品，能使自然魅力焕发新的光彩。

迄今为止，打扮无法掩盖痕迹。可以看得到花边和首饰，甚至知道头上是假发，嘴唇的艳红和面颊的粉红是灵巧的打扮。

但是，我想解决这个初看无法解决的问题，给女人打扮，又不让人看出变得妩媚是怎么回事儿。不增加一条饰带，不用涂脂抹粉，却为女人找到行之有效的方法，能引人注目，又不必徒劳地奔忙。

我相信能自我庆幸，完全解决本人提出的不可解决的问题。

今日，任何女士，如蒙信任，都可以低价获得人们的赞赏。

我的装饰品极其简单，效果稳妥。夫人，我只要描述一下，您立马明白个中奥妙。

您见过一个满身绫罗绸缎的美妇人，伸出戴手套的手向一个女乞丐布施吗？您注意过，丝绸闪闪发光，突现在破衣烂衫旁边，荣华富贵面对贫困，展露无遗，显得多么风雅吗？

夫人，我向标致面孔奉献能见到的最丰富的丑脸汇总。有窟窿的衣衫使新衣更显价值。我的丑女面孔突显俏脸蛋。

不用假牙，不用假发，不用假胸！不用涂脂抹粉，不用花钱打扮，不用花大价钱买脂粉和饰带！普普通通的陪衬女，挽在手臂上，在街上漫步，可以增加姿色，引来先生们的青睐！

夫人，请劳驾光临鄙所。您可以看到最丑陋和各种各样的展品。您可以挑选，找到适合您的那个丑女，以显出您的美貌。

价格：每小时五法郎，全天五十法郎。

夫人，谨向您致以崇高敬意。

杜朗多

又及：本所价格公道，老少无欺。

五

杜朗多获得了巨大成功。从第二天起，介绍所开始营业，办公室女顾客盈门，每个人都选择自己的陪衬女，欢天喜地把她带走了。谁也不知道一个美女倚在一个丑女的胳膊上时心里所有的快感。她要增加自己的美，从对方的丑中得益。杜朗多是一个杰出的哲学家。

但不应该相信，安排服务是易事。千百种出人意料的障碍一一出现。如果策划一个丑女有难度，那么要使女顾客满意就更困难。

有位贵妇上门，要求雇一个陪衬女。接待员将"货品"向她陈列出来，让她选择，只向她提供一些劝告。贵妇从这一个陪衬女走向另一个，鄙夷不屑，觉得这些可怜的姑娘要么太丑，要么不够丑，以为任何一个丑女也衬托不出她的美貌。雇员徒劳地让她看重这一个丑女的歪鼻子，那一个丑女的偌大嘴巴，再一个丑女的塌额角和痴呆相。

还有些时候，贵妇本人丑得可怕，杜朗多如果在场，就会挖空心思高价聘请她。她说自己是为了提高姿色而来的，期望雇一个年轻的、不太丑的、只需要略施粉黛的陪衬女。泄气的雇员让她站在一面大镜子前，让所有的丑女在她身边列队而过。她对丑的程度还不满意，抽身走了，对敢于向她提供这样的对象感到悻悻然。

但逐渐地女顾客的要求变得正常了，每个陪衬女都有被吸引的女顾主。杜朗多可以心满意足地休息，他使人类迈出了新的一步。

我不知道大家是否了解陪衬女的心理状态。陪衬女在光天化日之下强颜欢笑，但也在偷偷饮泣。

陪衬女长得丑，是奴隶，因为出卖自己而痛苦。再说，她衣着华丽，让名媛娇娃挽着手臂，以车马代步，在有名的饭店用餐，晚上到剧场，和美女卿卿我我，天真的人远以为是观看跑马和首场演出的名门闺秀呢。

整个白天，陪衬女很快乐，到晚上就烦躁了，哭泣唏嘘。她卸下了属于介绍所的打扮，独自回到阁楼，面对一面道出真相的镜子。她的丑陋毫无掩饰地呈现在面前，她清楚地感到永远不会被人爱。她帮助人激起欲望，却永远尝不到亲吻的滋味。

六

今天我只想叙述这家介绍所的创办，将杜朗多的名字传至后代。这样的人会青史留名的。

也许有一天，我会写一本《陪衬女的心声》。我认识其中一个不幸的女子，她对我诉说了她的痛苦，使我心里感到悲怆。她的一些女主顾是全巴黎都闻名的女子，曾对她颐指气使。太太们，行行好，别撕毁给你们装饰的花边，对丑女温和一些吧，没有她们，你们绝对不会显得美。

我这位陪衬女有火一样热烈的心灵，我猜想她读过很多沃尔特·司各特的小说①。我不知道还有什么比一个恋爱中的驼背或者一个怀春的丑女更可悲的了。可怜的姑娘以她的丑脸，把她喜爱的小伙子的目光都吸引过来，使之集中在她的女主顾身上。请设想一下把云雀引诱到猎人枪口下的诱鸟镜②吧。

---

① 沃尔特·司各特（1771—1832），英国历史小说家，著有《艾凡赫》等，19 世纪初他的小说在法国流行。他的名字在这里是情感理想主义的代名词，其实左拉并不了解司各特。
② 打猎时用来引诱鸟的反光镜。

她经历过很多悲剧，她对那些女人怀有刻骨的嫉妒。她们付出雇用她的钱，就像购买一盒香脂或者一双高帮皮鞋。她是一件按钟点出租的物件，而这物件却是有七情六欲的。在她微笑时，在她和窃走她一部分爱情的那些女人你我相称时，您可以设想她有多么痛苦吗？那些美女在大庭广众中昵称她为朋友，以此取乐，内心却把她当女仆看待；她们会任性地砸碎她，如同砸碎书架上的短胖瓷人一样。

可是，一个受苦的心灵对社会进步无关紧要！人类在前进。杜朗多将史上留名，因为他让一件至今无人问津的"商品"流通起来，他发明了一种促进爱情的"化妆品"。

广告受害者①

我认识一个正直的小伙子，他去年已去世，生前受尽了漫长的折磨。

克洛德从懂事的年龄起，就认定这个推理："我的生活蓝图已经全部规划好了。我只消盲目地接受我的时代的恩惠。为了与时俱进、生活美满，我只需每天早晚看看报纸和广告，准确地按照这些至高无上的导师给我的指点去做。真正的明智，

---

① 小说最早发表于 1866 年 11 月 17 日的《插图报》中。

唯一可能得到的幸福就在这里。"从这天起，克洛德把报纸的广告和墙上的招贴画当作他生活的法规。它们变成了让他决定做任何事的万无一失的指南。广告没有大力鼓吹的，他都从来不买，也从来不做。

这个不幸的人就这样生活在一个真正的地狱里。

克洛德买了一块地，土是从别处运来的，他只能在桩基上盖房子，按照新体系来建造，一刮风房子就摇晃，在雷雨下分崩离析。

在房屋内部，壁炉装着巧妙的除烟器，冒出来的烟可以憋死人；电铃坚执地保持不响；盥洗间按照出色的范例建成，变成一个臭不可闻的污秽之地；家具用的是特殊装置，既打不开，也关不上。尤其有一架机动钢琴，只不过是一只蹩脚手摇风琴罢了，还有一只撬不开、烧不坏的保险箱，在一个晴朗的冬夜，被几个窃贼安然地背走了。

不幸的克洛德，不仅在产业上受到损失，自己的人身也吃足了苦头。

他的衣服在大街上就裂缝了。他是在那些清理存货大拍卖的店铺买来的。

有一天我遇到他完全秃顶。他曾想把他的金发换成黑发，总是受到爱好进步的驱使。他刚用过的药水，把他的金发脱光，他很高兴，因为据他说，眼下他可以涂一种油膏，保准让他长出比以前的金发厚两倍的一头黑发。

我就不一一列举他吞服的药品了。他从原来的身强力壮，变成瘦骨嶙峋，气喘吁吁。正是这时，广告开始要他的命。他相信自己病了，便按照广告宣传的灵丹妙药来治疗。面对都同样说得天花乱坠的每种药，他感到困窘。为了更有疗效，他同时服用各种药物。

广告同样蔑视他的智力。他把报纸向他推荐的书籍摆满他的藏书室。他采用的分类是最奇妙的：他按价值高低排列，我的意思是说，按照出版商出钱叫人撰写文章鼓吹书的热烈程度来排列。

当代各种愚蠢和无耻的书籍就堆积在那里。从来未曾见过这样堆积卑劣的东西。而克洛德有心把让他买书的广告贴在每一本书的书脊上。

当他打开书时，他就事先知道他应该表现的热情；他要根据指定的方式笑或者哭。

因为这一套，他完全变成了白痴。

这出悲剧的最后一幕是令人痛切的。

克洛德看到有一个女梦游者包治百病，便急不可耐地去咨询她，要医治他并没有的疾病。女梦游者十分热心，要帮他变得年轻，告诉他回到十六岁的方法。只不过是洗一种澡，并喝某种药水。

他吞下药物，跳到浴缸里，他绝对变年轻了，过了半个钟头，别人发现他在浴缸里窒息了。

甚至在他死后，克洛德也是广告的受害者。他在遗嘱中吩咐把他装在一口暂时能防腐的棺材里，一个药剂师刚取得这种棺材的专利权。棺材抬到公墓，就裂成两半，可怜虫的尸体滚到烂泥里，只得用碎裂的箱子板胡乱埋掉。

　　他的坟墓是用硬质纤维板和人造大理石构成的，头一个冬天的雨水就把它化开了，很快就在墓坑里成了一堆不知名的腐烂物。